你必須知道的
百家姓故事

培育文化　益智館　14

你必須知道的百家姓故事

作者　邢建國
責任編輯　潘韻宇
美術編輯　姚恩涵

出版者　培育文化事業有限公司
信箱　yungjiuh@ms45.hinet.net
地址　新北市汐止區大同路3段194號9樓之1
電話　（02）8647-3663
傳真　（02）8674-3660
劃撥帳號　18669219
CVS代理　美璟文化有限公司
TEL／(02)27239968
FAX／(02)27239668

總經銷：永續圖書有限公司

永續圖書線上購物網
www.foreverbooks.com.tw

法律顧問　方圓法律事務所　涂成樞律師
出版日期　2016年9月

國家圖書館出版品預行編目資料

你必須知道的百家姓故事 / 邢建國著.
-- 初版. -- 新北市：培育文化，民105.09
面；　公分
ISBN 978-986-5862-85-5(平裝)
1.百家姓 2.通俗作品
802.81　　　　　　　　105013758

前　言

　　姓氏與華夏文明相生相隨，早在母系氏族社會時期，就已產生了姓氏。相傳宋初，錢塘地區（今杭州）的一個書生，將常見的姓氏編成四言韻語，像一首四言詩，作為蒙學教材，這就是《百家姓》。姓氏發展至今，已成為中華文明中一種獨特的文化，中國人重鄉土、刻進骨髓的尋根意識都與姓氏文化分不開。

　　中國最早的姓氏，產生於母系氏族制時期，共有八個，稱為上古八大姓，即姜、姬、姚、嬴、姒、妘、媯、妊（姞）。發展到北宋時期，中國的姓氏早已不止八個。《百家姓》最早成書時收錄姓氏共四百一十一個，後增補到五百零四個。其中，單姓四百四十四個，複姓六十個。

　　在中國文化中，素有「天下同姓是一家」的說法，兩個同姓的人，即便沒有血緣關係也會視彼此為「自己人」，這是因為他們有著相同的祖先。姓氏如同一條無形的紐帶，聯繫著同一姓氏的人們，形成一種強大的凝聚力，將同一姓氏的人緊緊團結在一起。

中國的姓氏據說原有兩萬三千多個，發展至今只剩下四千多個。隨著社會的進步，部落的興衰，王朝的更替，不斷地有新姓氏產生，也有舊姓氏消亡。姓氏是老祖宗傳承下來的，對中國人來說改姓是件十分重大的事。在江湖故事中，有血性的漢子在自報家門之前，總要先說一句「行不更名，坐不改姓」，其中包含著對自身姓氏的自豪感，以及對傳承姓氏的祖先的尊敬之情。

　　在姓氏發展過程中，周代是一個分水嶺。周朝建立之後，大封諸侯，在周天子之下形成了許許多多的諸侯國，這些諸侯國的國名，很多都演變成了姓氏並相傳至今，極大地豐富了姓氏種類。

　　春秋戰國緊隨西周，霸主良士層出不窮，學術大家更是多如牛毛，在這些風流人物中，就有人成為一代姓氏的始祖。之後風雲變幻，姓氏在歷史的長河中不斷地豐富、發展、完善，始有今天之象。

　　姓氏從古至今代代傳承下來，已發展為中國特有的文化現象。宗祠、家譜、祭祖等文化現象，都與姓氏密不可分。人們因為姓氏而產生極為強烈的宗脈認同感，重視家庭傳承，對親

情、血脈都有極強的歸屬感。這種歸屬感和認同感，只會隨著時間的沉澱變得越來越濃厚。姓氏使中國人成為世界上「尋根意識」最濃重的民族之一，近年來不斷有海外華僑歸國尋根認祖，這就強有力地證明了這一點。

「諸子之姓孔孟莊，三國之姓劉關張。」每個著名姓氏的傳承在歷史中都曾有過輝煌時刻，或當帝王將相，或創文治武功。本書按歷史時間脈絡排列，寫各家之姓，用百家姓氏帶出一部群星閃耀的中華歷史，也點出了各姓的宗族血脈特徵，如星座血型一樣極具代表性，可供各姓氏讀者閱讀。另外，由於姓氏起源歷史久遠，發展過程複雜，許多說法已無確切資料證明，多為民間流傳，不能作為科學依據。

第一章　中華五千年，姓氏起源

第二章　春秋戰國，大秦興衰

第三章　楚漢相爭，又添新貴

第四章　魏晉南北朝，英雄年代

第五章　隋唐英雄，名將天下

第六章　唐之後世，百家之姓

第一章
中華五千年，姓氏起源

　　每個中國人都有自己的姓氏，這些姓氏並不是原本就存在的，它們是經過了不同的歷史發展過程之後，才演變而來的。隨著中華文明的發展，中國的姓氏也從最早的上古八大姓，逐漸派生出成百上千的姓氏。這些派生出來的姓氏，成因雖說各不相同，但大體上也是有章可循的，在漫長的歷史中，姓氏也在不斷地進化。

上古時代，大族之姓

　　中華民族是世界上最古老的民族之一，強大的凝聚力以及生生不息的生命力，是每一個中國人的精神氣質和生命底蘊。擁有五千餘年綿延不絕的歷史與傳承的中國文化，博大精深，就連中國的姓氏，也是一門源遠流長的文化。每一種姓氏都有其獨特、豐富的文化內涵，它開枝散葉、生生不息，孕育出無數優秀的中華兒女，每一種姓氏都有其代表人物，如：孫權、李世民、葉劍英、曾國藩、史可法等都是中華民族的一員。

　　中國姓氏何止百家，它們從何而來，又是如何一步步發展、演變至今的呢？追本溯源，離不開上古時代的八大氏族。中國姓氏的發展與演變，與這八大氏族的姓密切相關，所以這八大氏族的姓也被後世稱為上古八大姓。可以說中國後世的姓氏，基本上都是由它們衍化而來的。

　　所謂上古八大姓一般指姜、姬、姚、嬴、姒、妘、媯、妊（姞）這八個姓。它們源自母系社會，同一個姓表示的是同一個母系內的血緣關係，故而上古八大姓都從屬「女」旁，以此表示這是一些不同的老祖宗所傳下的後代。

　　在現代人的思想裡，姓什麼即姓氏是什麼，也就是說，如今「姓」與「姓氏」並沒有什麼區別，基本是同義詞。可上面一直在說的是「上古八大姓」，而不是「上古八大姓氏」，這並不是因為說起來簡單或者是同義省略，而是因為在那時，就像古文中常用的「妻子」代表的是妻子和兒子一樣，「姓氏」表示「姓」與「氏」兩個不同概念的詞。

　　「姓」本來的意思是女人所生的子女。由於在上古時代，人類社會還處於母系社會階段，所以有「只知其母而不知其父」一說。因此，子女的姓是隨著母親的姓而變化的，也就是說這一時期，姓是隨母親的。從上面所提到的上古八大姓都是「女」旁這一點，便能看出些端倪。

　　隨著時間的推移和歷史的發展，同一祖先的後代子孫繁衍增多，這個家族也往往會分化出若干分支，然後散居各處。其中各分支的子孫在保留姓的同時，還為自己取一個有別於姓的稱號，作為自己的標誌，這個標誌就是「氏」。換句話說就是，一個家族的所有後代的共同稱號稱之為姓，而氏則代表從各個家族的姓中派生出來的分支。簡言之就是：「姓者，統其祖考之所自出；氏者，別其子孫之所自分。」

在古籍《通志・氏族略》中有記載：「三代（夏商周）之前，姓氏分而為二，男子稱氏，婦人（女子）稱姓。氏所以別貴賤，貴者有氏，賤者有名無氏……姓所以別婚姻，故有同姓異姓庶姓之別。氏同姓不同者，婚姻可通；姓同氏不同者，婚姻不可通（即是說天下同姓是一家，故而同姓不可通婚）。這說明，在三代之後，姓氏才合而為一，成為一個詞，同時有「皆所以別婚姻而以地望明貴賤」一說。關於姓和氏的來歷還有其他幾種原因，這些會在後文中有所提及。

　　通過上面的敘述，我們對於上古時代的母系社會階段的姓氏，即三代以前的姓氏有了一些瞭解與區分，那麼接下來便回歸正題，逐一地介紹上古八大姓。

上古八大姓──姜

姓氏溯源

　　姜姓是中國最古老的姓氏之一，有五千餘年的悠久歷史。據傳，中華民族的祖先是炎帝和黃帝，史籍《元和姓纂》中記載，炎帝生活在姜水流域（渭河支流），於是他就以姜為氏。在他的子孫後代中，出了一位被封於齊地的姜太公，可惜後來

卻被田和取代。「田氏代齊」後，姜氏這一支的子孫便分散到各地，並以姜作為自己的姓，子孫世代相傳。西漢初期，今河南與山東一帶的姜氏遷居到天水定居，隨後發展成為關中大族，所以又稱天水姜氏。直至今日絕大多數姜氏子孫仍以天水姜氏自居。

　　至於姜水所在，根據《水經‧渭水注》中記載：岐水的一部分被稱為姜水，而岐水位於今陝西省岐山縣的西面。

　　據史籍《通志‧氏族略》記載，在唐朝時，大臣桓庭昌被皇帝賜姓改姓姜，其子孫後代稱姜姓至今。因此姜姓中的一支源於桓氏，此外姜姓還與中國許多姓氏，如呂、謝、齊、高、盧、崔等的起源有關。

遷徙分佈

　　姜姓起源今河南省，後又西遷西戎，東漸入陝，又盛於天水，到了唐代，四川姜族又出蜀北轉漢中，如天水，又回到了其繁盛的地方。在明洪武年間有分支徙居福建漳州，並在此發跡，其後世子孫又有分支遷徙至廣東。到了清朝又有分支遠播海外。如今，姜姓在全國分佈十分廣泛，主要分佈在北方，尤以山東省人數最多。

姜姓名人堂

神話時代的後裔：姜子牙

提起姜姓名人，多數人首先想到的一定是姜子牙，他在《封神演義》中的表現極為出色，且「姜太公釣魚」的傳說也是膾炙人口。事實上，歷史中的姜子牙是一位傑出的軍事家、政治家和謀略家，還是一位長壽的老人家，據說他活了一百三十九歲，先後輔佐了六位周王，曾官拜「太師」（武官名），被尊為「師尚父」。姜太公最著名的事跡就是輔佐周武王滅商，後因功受封於齊，因此他還是周代齊國的始祖，有「太公」之稱，俗稱姜太公。

關於姜子牙的姓還有一件趣事，就是姜子牙姓姜，以呂為氏。原來，由於姜子牙是炎帝的後裔，理應隨炎帝姓姜，但姜子牙的一位祖先因輔佐大禹治水有功，受封於呂地，其後代就以封地「呂」為氏。因此在介紹姜子牙時一般都說姜姓，呂氏，名望，字尚父。

大膽姜伯約：姜維

姜維，字伯約，三國天水冀縣（今甘肅甘谷東）人。他初為曹魏將領，後受諸葛亮信任，當時年輕的姜維就被任為征西

將軍。諸葛亮對他的評價很高，有意讓他繼承自己的衣缽。

景耀六年，司馬昭滅蜀，姜維在劍閣據守鍾會，鄧艾繞道走陰平小路直攻入蜀，後主劉禪敗降。姜維得此消息後，果斷向鍾會詐降，並設法取得其信任，之後又在他和鄧艾之間挑撥離間，並慫恿鍾會叛變，想要趁亂復興蜀漢。可惜天不遂人願，鍾會被殺，他自己也死於亂戰之中，享年六十二歲。

根據《三國誌・蜀志・姜維傳》注引《世說新語》的記載，姜維死後腹部被人剖開，發現他膽大如斗，所以後世便有「大膽姜伯約」一說。姜維在六十二歲高齡仍能馳騁疆場，定計復國，實在令人欽佩，真乃將之楷模，入主名人堂實至名歸。

血脈共性

縱觀姜姓發展繁衍之路，自姜子牙開始，到後世的齊桓公姜小白，再到天水姜姓繁盛時代的蜀國大將姜維、南宋抗元將領姜才，及近現代的皖西紅軍和根據地創建人之一的姜鏡堂，都是戎馬一生的人物，善於謀略，由此可見，在姜氏一族的血脈中存在軍事家和謀略家的潛質，大多性格果敢，有勇有謀。

上古八大姓──姬

姓氏溯源

上古八大姓之一的姬姓歷史悠久，可追溯到五千多年前。據典籍《說文解字》和《帝王世紀》中的描述，相傳黃帝生於壽山、長於姬水，所以黃帝就以為姓，這便是姬姓的來源。在黃帝的後裔中，只有嫡系子孫才以姬為姓，嫡系以外的子孫則演變為其他的姓。例如後世周朝的王族便是黃帝的嫡系子孫，所以他們都是姬姓，而非嫡系子孫演變出了如周、馮、古等其他姓氏。

關於姬姓的由來還有一種說法，根據史籍《潛夫論》中記載，黃帝有二十五個兒子，其中十四個兒子得到賜姓，姬姓便是其中之一。傳說帝嚳高辛氏是黃帝的孫子，他的妻子姜嫄生子名為棄，棄就是周朝的始祖后稷。棄出生時就被認為是不祥之人，於是被拋棄在林子裡，後來被人收養。棄繼承了姬姓，因此後來的周朝王族都以姬為姓。

在漫長的歷史中，有部分少數民族姓氏漢化，改為姬姓，例如南北朝時期的鮮卑、宋朝的女真以及後來的滿族，這些也是姬姓的來源。

遷徙分佈

姬姓始於姬水，昌盛於南陽，之後姬性族人建立了周朝。周朝的貴族都姓姬，如周文王姬昌、武王姬發等等。西周初年大封諸侯的時候，姬姓的諸侯國有五十三個之多。在周朝滅亡後，這些姬姓後裔多數改姓，以國名、封邑，或者祖上的名、號為姓，所以以姬為姓的人口數量大大減少。唐代因避唐明皇李隆基的諱，又把姬姓改為周姓，此後，姬姓更加人丁稀少了，但如今按人口數量排名前三百的姓氏中，直接源於姬姓的姓就有一百二十多個，所以姬姓仍然很有地位。

姬姓名人堂

神話時代的後裔：姬發

武王姬發是西周王朝的創建者，也是西周的第一代君主，他是周國文王姬昌的次子。姬發繼位後立誓完成他父親的遺願，就是把商朝滅掉。在他繼位之後便重用姜子牙、周公旦、召公奭等一批十分有能力的人來輔佐他治理國家，使得周國日益強盛。

繼位後，姬發把握時機大會諸侯，響應會盟而來的諸侯相傳竟有八百餘個。兩年後姬發看到時機已然成熟，便親率大軍

討伐商紂，大軍一路衝殺，在姬發英明的領導及強大的軍事、心理雙重攻勢下，商紂大軍一路潰敗，最終姬發獲得了全面勝利，並建立了西周，定都鎬京。整個過程雖然沒有《封神演義》中所描述的那樣離奇，沒有呼風喚雨的仙人，也沒有光怪陸離的神仙法術，卻也險象環生，驚險絕倫。

形意拳創始人：姬際可

姬際可，字隆豐，山西蒲州（今山西永濟）人，相傳是形意拳的始祖，素有神拳之稱。據說他自小便接受傳統的封建教育，有著強烈的反清復明思想，總想著練就一身武藝，然後去完成反清復明的大業。

姬際可聽說許多反清義士雲集河南少林寺，便隻身前往少林寺，在寺內居住一段時間，每日觀看僧人練武，大受啟發。有一天姬際可看見兩隻雞在相鬥，突然頓悟，吸取各種動物的長處另闢蹊徑發明一套招式，拳法上以劈、崩、鑽、炮、橫五拳為主，前後各六式。之後流傳甚為廣泛，修習者眾多。

姬際可在少林寺一住就是十年，眼見清軍日盛，復明無望，便離寺回歸故里，教授子孫。至此姬氏後人便將他所創的心意六合拳（形意拳）稱為「際可拳」。

血脈共性

縱觀姬姓從古至今的發展演變，先不說直接源於姬姓的其他姓氏都出現過哪些驚艷的人物，就單說直系的姬姓一族，從周代的三十七代周王，到春秋戰國的吳王姬夫差，明代律學家、數學家姬敏，有神拳之稱的姬際可，還有曾任共和國外交部長的姬鵬飛，都在政治等方面顯露出傑出的才能。這是姬姓一族存於血脈中的性格，只有冷靜機敏的人才能達到如此出色的地步。

上古八大姓——姚

姓氏溯源

姚姓起源於三皇五帝中的舜帝，相傳舜帝生於姚墟，所以最初便以姚為姓，之後居於媯水之濱時，又以媯為姓，因此舜的後人便分出了姚、媯兩支。如今的姚姓就是源於上古時代的姚姓和媯姓，而姚姓和媯姓都是舜帝的後裔，屬於同宗。

在舜帝時代，為了加強族中女子的團結，曾經使媯、姚兩姓的女子相互改姓，在那個時候姚姓和媯姓是通用的。舜帝之後的姚姓又分化出許多其他的姓，如：陳、胡、王、孫、田、袁，

車、陸等。

在春秋戰國時期有一個諸侯國是姚國，是商族子姓的後裔，姚國的子孫有以國為氏的，成為了姚氏族的另一支。

此外，部分少數民族因各種原因，也有改姓為姚的，如漢朝末期的羌族，元明時期的蒙古族和德昂族，以及後來的滿族等，都有族人改為姚姓。今天的苗族、水族、彝族、土家族、壯族、白族、拉祜族、俄羅斯族等少數民族中，也都有姚氏一族的人。他們多為明清時期，在中南、西南、西北地區實行的改土歸流中，被當時地方的漢族最高行政長官賜予了漢姓，同時也有漢族士兵在駐守邊疆時，與其他民族女子聯姻後帶入了漢姓，其中便有姚姓。

遷徙分佈

姚姓是一個古老且多源流、多民族的姓氏群體，在先秦時期姚姓一脈主要活動在河南以及山東地區。到了秦漢兩晉時期，姚姓一脈有部分族人遠遷至北方和江南各地；北羌族的姚姓一脈興起並進入中原地區；同時甘肅洮河一帶的姚姓南下遷徙至四川和其他西南地區。

到了唐朝又經過兩次南下，移至東南地區，這時姚姓開始

進入廣東和福建。如今，姚姓在全國的分佈主要集中在安徽、廣東、江蘇三省，其次是浙江、四川、河南、河北、湖南、湖北六省。

姚姓名人堂

神話時代的後裔：姚賈

姚賈，魏國人，因其是看管城門的監門卒的兒子，所以被時人認為出身低下。他身在趙國時，曾受命聯合楚、魏、韓三國一同伐秦，其間卻因遭到秦國的離間而被驅逐出境。在那之後他卻得到秦王的禮遇和賞識。

當秦國與其他各國的戰爭到了最後關頭時，韓、魏兩國已將要亡國，齊國又沒有進行任何戰爭準備，而此時楚、燕等四國卻預謀聯合抗秦。秦王得此消息後大為震驚，立刻召來大臣商議對策，此時姚賈自薦出使四國，其後姚賈周旋於四國之間，最終說服四國放棄與秦對抗，且願與秦國交好。姚賈成功瓦解四國聯軍後，秦王大悅，封姚賈食為千戶，拜為上卿。隨後，秦王對四國分而擊之，各個擊破，統一六國，成就千秋霸業。這其中姚賈通過外交手段合縱連橫，功不可沒。

不安分的和尚：姚廣孝

姚廣孝是元末明初的一位高僧，還是一位傑出的政治家，出身於顯赫的吳興姚氏一脈。知道姚廣孝這名字的人不多，但提起他的法名，估計很多人會恍然大悟，他就是鼓動燕王朱棣起兵，奪了自己侄子朱允炆江山的人，即靖難之役的主要策劃者──道衍和尚。

　　姚廣孝是長洲（今江蘇蘇州）人。俗家姓姚，名天僖。他十四歲時出家為僧，法名道衍，字斯道，亦自號逃虛子，四十八歲時經人舉薦，入燕王府輔佐燕王朱棣。在朱棣做了大明的皇帝之後，授其太子少師，並恢復其俗家姓，並賜名廣孝。

　　話說姚廣孝雖身居高職，卻依舊居住在寺裡，一身僧相，曾參與重修《太祖實錄》與編纂《永樂大典》等。永樂十六年，病逝於慶壽寺，享年八十四歲，追封為榮國公，諡號恭靖。

血脈共性

　　在滾滾歷史長河之中，姚姓一脈英才輩出，不勝枚舉。上古聖君虞舜姚重華、西漢大臣姚平、後秦國君姚興、北朝畫家姚曇度、北朝醫學家姚僧恆、唐朝史學家姚思廉、元理學家姚樞、清代文學家姚范等等，都是姚姓一脈的傑出人物，他們有的在政治圈裡能左右逢源，有的在學術領域獨樹一幟，這說明

姚姓一脈的族人在人際關係上極擅長，善於交際。在學術領域中善於鑽研，且有建樹。

上古八大姓——嬴

姓氏溯源

嬴姓有五千多年的歷史，關於嬴姓的起源，在《說文解字》中有相關記載，書中說少皞為嬴姓。在古代，據說嬴字是燕字的異體字，且同音，故嬴即燕。東夷族首領少皞以燕（即玄鳥）為圖騰，所以嬴姓是因部族圖騰而得姓的。

另外在《左傳·昭公元年》中也有相關記載：周有徐，奄。杜預所做的註解中說「二國皆嬴姓」。書中所提到的徐、奄二國，都是極為古老的兩個國家，它們的歷史比周朝更加久遠。在商周之際，此二國都是東夷大國，而且都是嬴姓國。

遷徙分佈

嬴姓在少皞時期源於今江蘇、山東、河北以及遼寧等地的沿海地區。在之後嬴姓的發展中，逐漸分成了十四支：徐氏、郯氏、莒氏、運奄氏、終黎氏、菟裘氏、將梁氏、江氏、黃氏、白冥氏、修魚氏、蜚廉氏、趙氏、秦氏。秦朝之後，嬴姓族人

大多演變為谷、徐、梁、黃、秦、趙、費、金、裴等姓氏。如今，
嬴姓已經很少見了。

嬴姓名人堂

神話時代的後裔：嬴渠梁

嬴渠梁，即秦孝公，戰國時期秦國國君。嬴姓，名渠梁。
秦孝公二十一歲登基，在位二十七年。此時的秦國是一個不被
其他各國重視的弱國，就連已經沒有實權的周天子都看不起秦
國。秦孝公卻要改變這一現狀，立誓建立一代強秦。

其在位期間對內重用商鞅，實行變法，遷都咸陽，求賢納
才，加強法制與民生建設，終使國力日益強盛；對外合縱連橫，
加強外交，擴張地盤，從此國力大增，為日後秦國成就千秋霸
業奠定了堅實的基礎。可以說沒有一代明君嬴渠梁，就沒有一
統中國的秦朝。

千古一帝：嬴政

提起嬴姓名人，名氣最大的當屬秦始皇嬴政了。說起嬴政
的出身，其實並不怎麼好，他的父親是在趙國充當人質的秦莊
襄王嬴異人（後改名子楚），母親是被嬴異人看中的呂不韋的
姬妾趙姬，並且他的整個童年都是在趙國國都邯鄲度過的。

後來嬴異人通過呂不韋的斡旋得以回國，嬴政也跟隨父親一同回到秦國並開始了他的王族生活。嬴異人死後，年僅十三歲的嬴政登基為秦王，至此嬴政走上了滅六國統一天下、北擊匈奴、南征百越的王者之路。當時僅三十九歲的嬴政便已經稱帝，成為了中國歷史上的第一個皇帝，將中國推向了大統一時代，開始了專制主義的中央集權制度，對中國產生了巨大影響，同時也為中國開創了持續兩千餘年的封建君主專制的政治格局。

血脈共性

嬴姓一脈傳承至今，雖然人數已極為稀少，但是在他們身上都流著王族的血液，他們的祖先是上古時代的少皞，他們會不自禁地流露出一種高貴的氣質，這是嬴姓一族的血脈特徵。

上古八大姓——姒

姓氏溯源

古老的姒姓有著四千多年的悠久歷史，本身是一個小姓，分佈在華夏大地上的姒姓後裔不足兩千，但由它演變出的分支卻極其龐大，後世相繼出現了不少足以影響一個時代的大家族，

如夏姓家族、竇姓家族等，都是源自姒姓。

　　據史料考證，姒姓的先祖是被中華民族萬世敬仰、千古傳頌的治水英雄大禹。大禹姓姒，名文命，他的子孫中有一部分隨他姓姒。大禹去世後，被葬於浙江省紹興市的會稽山上，姒姓子弟為了守陵，便在紹興定居下來。

　　關於姒姓的起源還有一種說法：相傳少皞的子孫台駘封諸汾川，其後有姒、沈、蓐、黃等國，這些小國後來被大國吞併滅亡，其國遺民中有以國名為姓的，姒姓就是由此而來。

遷徙分佈

　　姒姓起源浙江，雖然人數不多，卻在全國各地均有分佈，如浙江、陝西、四川、雲南、河南、江蘇、黑龍江、北京、上海、天津等地均有姒姓的子孫。如今，在姒姓的發源地紹興市，其後裔約有一百五十戶人家，四百餘人。這些人中的大部分聚居在大禹陵附近。

姒姓名人堂

神話時代的後裔：姒少康

　　姒少康就是復興了夏王朝的國君少康，即夏朝的第六任君王。夏朝危急時，其母帶孕出逃，所以少康是一個遺腹子。少

康自幼歷經苦難，在復國後便勵精圖治，天下安定，各部落都十分擁戴他，夏王朝也終於在他手中再度復興，史稱「少康中興」。

此外，少康還有一個名字叫杜康，傳說中酒的發明者就是他。據說少康用餘糧釀酒並非貪圖享樂，他是為復國籌集資金。他用賣酒籌集來的資金擴充軍隊，同時總結出了一套酒文化。到了後世，杜康直接被當作了美酒的代名詞，姒少康本人也被尊為酒聖。

能屈能伸大丈夫：姒勾踐

勾踐，亦作「句踐」，姓姒，又稱菼執，春秋末期越國國君。他是大禹的後代，繼承大禹的姓。公元前四百九十四年，吳王夫差領兵伐越，越國大敗。勾踐向吳王稱臣屈辱求和，還帶著自己的老婆和大臣范蠡，應吳王要求前去充當三年苦役。此間三人忍辱負重，受盡羞辱與折磨。

有一次夫差病了，勾踐夫婦前去探望，正趕上夫差要大便，勾踐服侍其如廁之後竟當眾跪地親嘗糞便，並用無比喜悅的語調對夫差說：「病人的糞便若不臭則性命危矣，若臭則性命無憂，大王的糞便是臭的，所以大王定然無事。」夫差見勾踐如

此行為甚是感動，便提前將勾踐送回國。

勾踐回國後為了進一步迷惑夫差，便將西施送與夫差。此後夫差沉迷酒色，勾踐卻臥薪嘗膽，為復國緊鑼密鼓地籌備著。最終勾踐滅吳，一雪前恥。勾踐忍辱負重，能屈能伸，大丈夫當如此。

血脈共性

雖然姒姓人數很少，卻出現了不少君王，少康、勾踐都是其族人。從古至今姒姓族人不僅忠於自己的國家，還極重情義，是至孝之人，他們大多歷代居於紹興會稽山附近，為的就是給先祖禹守靈。由此可見，姒姓族人的血脈中有著王族的氣息，在性格裡有著忠孝兩全的烙印。

上古八大姓——妊（任）

姓氏溯源

妊姓是中華大地上一個十分古老的姓氏，出自母系氏族社會，屬於以第九天干「王」為氏。妊，古作壬，又作任。遠古妊姓部落族人與其他部落世代通婚。有種說法稱在妊部落中，生男為任，生女則為妊，之後人稱此姓女兒為「壬女」，也叫「玄

女」，由於「壬女」遠嫁華夏各個部落，從而產生了諸多關於「玄女」的傳說，對華夏文明的發展產生了重要影響，如「九天玄女」的傳說，就是由妊姓部落的「壬女」發展而來的。

據史料記載，薛、謝、豐、鑄（祝）等國族均為妊姓。後世中出自或可能出自妊姓的氏有薛氏、豐氏、謝氏、祝氏等。現如今有學者認為妊姓源自圖騰，但尚未有定論。

遷徙分佈

先秦時期，妊（任）姓族人主要生活在山東、河南、湖北地區。秦漢時期，擴散至四川、陝西、廣東、江蘇、甘肅、浙江等地。宋朝時期妊（任）姓族人聚居大省是四川、山東、河南三省。同時妊（任）姓族人已有部分移居福建。宋、元、明時期，妊（任）姓人口從中原地區向東部、東南以及西部地區遷移，形成了北方山西、東部山東、東南江浙、西部四川這四塊主要聚居地。

當代妊（任）姓在全國的分佈，主要集中於河南、河北、山西、山東四省，其次分佈於遼寧、陝西、四川、安徽等地，形成了以河南、河北、山西、山東為中心的北方妊（任）姓分佈區，長江以南則少妊（任）姓族人。

任姓名人堂

神話時代的後裔：太妊

母親是世界上最偉大的人，在中國的歷史上也從不乏偉大的母親。大家最熟悉的莫過於「孟母三遷」裡的孟母了，但這裡要介紹的，是另一位偉大的母親——太妊。

根據《列女傳·母儀傳》中所述，太妊是周文王姬昌的母親，她與太姜、太姒並稱西周三母。太妊在懷孕的時候，完全做到了非禮勿視、非禮勿聽、非禮勿言、非禮勿動，而且始終堅持著正確良好的生活習慣。姬昌一出生就十分聰明，太妊「舉一」，他就能夠「反三」。人們讚歎說，這都應該歸功於太妊，她的胎教做得好。可以說，太妊是第一個懂得胎教重要性的偉大母親。

妊（任）姓始祖：任不齊

任不齊，字子選，春秋戰國時楚國人。在孔子七十二賢弟子之中排名第十七位。在唐宋時期先後被當朝天子追封為任城伯、當陽侯，到了明朝又改稱「先賢任子」。

任不齊通曉六藝、工詩，尤其精通於樂。在老師孔子死後，他為其守靈三年才返回故鄉。拒絕了楚王的上卿之邀後，便在

家作詩傳，禮緯注、樂經，述孔子言作逸語三篇。著有《任子遺書》十二篇：《為學》、《三才》、《忠孝》、《言行》、《進賢》、《治道》、《刑賞》、《樂訓》、《燕居》、《禮教》、《問答》（上、下篇）。

　　因為妊（任）姓十分古老，起源甚早，多種起源說法均屬傳說，因此從習慣上，人們便將歷史上第一個任姓名人——任不齊，作為其得姓始祖。

血脈共性

　　妊（任）姓從西周開始便有西周三母之一的太妊，到春秋戰國時期有學術界妊（任）姓始祖任不齊，再到西漢名臣任敖等等，可以看出妊（任）姓族人大多賢能，屬王佐之才。

　　從東漢時期的雲台二十八將之一的任光，唐高宗時期的宰相任雅相，再到金代著名書畫家任詢，直至近代的馬克思主義者任弼時，都可以看出在歷史進步的同時，妊（任）姓族人也沒有被落在後面，他們不光能文，武也不差，文官武吏層出不窮。總的來說就是：妊（任）姓一脈生性端正，文武雙全。

上古八大姓 ── 妘、媯、姞

上古八大姓之中的妘、媯、姞（上古八大姓之一「妊」，另一說為「姞」）這幾個姓在現在已經極為少見，甚至有的可能已經湮滅在姓氏發展的歷史長河之中，但由這幾個姓演變出來的眾多姓氏，大都流傳至今。如出自妘姓的董、彭、雲、鄔等；出自媯姓的陳、田、胡等；出自姞姓的嚴、楊、孔、魯等。它們都有各自的後裔和分支，並且和姜、姬、姚、嬴、姒一同被稱為上古八大姓，並且衍化出了千百個姓氏分支。

姓氏溯源

妘

據說，妘姓族人是顓頊之孫祝融氏的後裔，相傳是上古時代的祝融八姓之一，也是中國最早的姓氏之一。相傳祝融受封於鄆羅地，號為妘子，所以其後世子孫就以妘為氏，到了後世他們省去「女」旁進而形成了雲氏，並且世代相傳至今。據《說文通訓定聲》記載，鄢、鄶、路、逼陽、鄅等古國，都是古時的妘姓國。

在周代，有妘姓子孫封邑在宜城（今屬湖北），稱為羅國。周代末期羅國為楚國所滅，後世子孫就以國名「羅」為氏。這

支羅姓家族其實也是媯姓的直系後裔。

媯

媯姓是上古時代的原始姓氏之一，源於有虞氏，出自上古時代高辛氏（帝嚳）後裔舜帝的封地，故而得姓始祖為舜帝。相傳舜帝是黃帝曾孫，生於姚墟，當他還是平民的時候就表現出相當的才氣並且有德有望。相傳他深受部落首領堯的器重，甚至將他的兩個女兒娥皇、女英一起嫁給舜帝，並授其封地在媯水之濱，後舜就以媯為氏。

後世周武王滅商後，分封黃帝、唐堯、虞舜之後，稱為三恪，以示敬重。其中有一個叫媯滿的人，他是舜帝的三十二代嫡孫，受封於陳地，並建立了一個新的陳國，以此取代了舊陳國。在媯滿死後周王室賜其諡號為胡公（胡為諡號，公為爵位），所以他的後裔中便有一支以其諡號為氏，發展出了胡氏一脈。

姞

姞也是中華民族最古老的姓氏之一，相傳，黃帝有二十五子，其中十四子由黃帝賜姓，姞姓便是其中之一，是黃帝的兒子伯儵的姓，因此姞姓的得姓始祖便是伯儵。

在黃帝賜姞姓于伯儵之後，又賜其封地，其子孫在此建立了姞姓的古燕國。經現代學者考證後認為，被黃帝賜予姞姓的伯儵，應當是古代「五帝」之初，「黃帝部族聯盟」中「姞姓部族」的首領，古老的「姞姓氏族」就是由此而來的。

　　隨著歷史的發展，「姞姓氏族」的子孫繁衍生息。雖然如今已鮮少有人姓「姞」，但其分支極為龐大，有吉、雍、魯、允、密須（密、須）、闞、燕、鄂、嚴、逼、郅、雎、光、孔、羊、楊、尹、蔡、斷、敦等姓氏。

時勢不光造英雄，也造姓氏

　　俗話說「亂世出英雄」，亂世中必定群雄並起、人才輩出。雖說英雄人物未必能左右亂世，可他們卻在亂世中起到了極其重要的作用。這並不是說在和平年代就沒有英雄人物，而是因為在和平盛世中，他們所表現出來的作用不甚明顯罷了。

　　中國五千餘年的歷史，從某個方面來說，是一場持續了幾千年的戰爭史。中國在戰火中成長，在戰火中進步。中國經過戰火的洗禮，一步一步地從遠古部落時代，走到奴隸制社會，再走到封建時代直至如今的共和國時代，完全可以說是戰爭鑄造了中華民族的輝煌。

　　隨著歷史的發展，人類的文化、科技等方面都在一點點地進步，中國的姓氏文化也同樣隨著歷史的車輪，一點一點地發展。溯其根源，中國千百姓氏大都由母系氏族社會中的上古八大姓演變而來。據相關文獻記載，周朝以前，只有貴族才有姓和氏，普通平民既沒有姓也沒有氏，而且氏是從姓派生出來的，從漢代開始，姓氏才合而為一。

　　當時除了貴族以先祖傳承為姓氏之外，還有其他因素使得

姓氏出現了千百個分支。比如說某個人，出生在某地，並且在這個地方生活很久，這個人便用居住地的名字作為自己的姓氏，世代相繼，這屬於以居住地名為姓氏；還有某人因為某事立了大功，被當時的王族賜予了封地，這個人以及他的後人就以封地為姓氏，屬於以封邑為姓氏；又有某人所在國家相對昌盛，是當時強國，內心自豪，或者所在國家被其他國家消滅了，這些人有感故土難離、故國難忘，便以國名作為自己的姓氏，屬於以國名為姓氏的範疇；某人十分有能力，在朝中擔任了某官職，乾脆就以他所居官職名，作為自己的姓氏，此後他的子孫一直延用此姓，這屬於以官名為姓氏。

中國姓氏分支極多，且來源方式不盡相同，但是追根溯源還是離不開上古八大姓，因為無論姓氏怎樣演變，分之幾何，溯其本源都屬同宗，都是華夏民族、炎黃子孫。

上面說了幾種得姓的方式，但比較籠統，當然得姓的方式也並不是只有上面說的那幾種，還有因故改姓，或者以先人創造出的事物為姓等得姓方式，那麼接下來就用具體的例子來說明。

古有大夫居西門──西門

姓氏溯源

在以居邑為姓的姓氏中，以複姓居多，且一般都帶有邱、鄉、門、閭、野、裡、官等字，表示不同環境的居住地點。

《通志‧氏族略》中記載：春秋時期，鄭國有個大夫長期居住在鄭國都城的西門，所以他的後代子孫就以此居地名稱為姓氏，稱西門氏。再後來他的子孫中有一部分為了簡便，遂改為單姓西或者門，且世代相傳至今。

戰國時期，魏國有一個叫「豹」的大夫，據說其人甚有才華，是個著名的政治家、軍事家、水利家，且戰功顯赫，被賜居魏國都城的西門，此後他便以西門為姓，稱西門豹，他的後人也世代以西門為姓。故而西門豹是這一支西門族人的得姓始祖。

遷徙分佈

古時西門一族出自梁郡和魏郡，其中一支起源於鄭國，另一支起源於魏國。西門一脈望族的聚居地梁郡，大概就是今河南商丘一帶；至於魏郡，大概在今山東省冠縣、河北省魏縣、河南省浚縣之間的地區。現如今在北京、上海、山東等地，還

有極少量以西門為姓的人零星分佈。

西門姓名人堂

西門氏的「無神論者」：西門豹

西門豹，戰國時期魏國人，著名的軍事家、政治家、水利家，戰功顯赫，魏文侯時，任鄴（今河北臨漳西南）令。在當時，上至君王下至百姓無不崇尚神靈，開天祭祀，獻祭諸神之事常有。可偏偏西門豹是個「無神論者」。

他初到鄴郡之時，見這裡人煙稀少，田地荒蕪，一片蕭條之色，便入民間體察民情。經瞭解得知，魏國鄴郡屢遭水患，有女巫勾結官員以「河伯娶婦」（即送美貌民女給河伯作為祭祀）為名欺詐百姓，中飽私囊，令百姓苦不堪言。於是西門豹用計拆穿了他們的陰謀並懲罰了他們。

之後西門豹又發動百姓在鄴郡挖渠十二條，引水灌溉農田，使百姓深受其益，從此鄴郡慢慢發展成為一個富足的大郡。到了漢朝有官吏要並渠，郡中百姓極力反對，他們認為水渠是經過西門豹詳細規劃後才開鑿的，不可亂改。最終官吏順從民意，沒有並渠。可見西門豹在鄴郡百姓心中的地位極高。

大唐忠臣：西門季玄

在唐朝時有一位忠臣，名曰西門季玄，歷任官職很多。他為人非常耿直，對朝中那些用花言巧語蒙騙皇上的人，更是極為痛恨，是一個極為忠君的臣子，人們都讚揚他忠心正直，在當時算得上是忠臣的典範。

血脈共性

西門一脈從其得姓始祖鄭國大夫和魏國官吏西門豹，到唐朝著名將領西門季玄，在他們身上都有一個共同的特質，就是精通學術，而且都有先見之明。

西周有國名曰吳 —— 吳

姓氏溯源

吳姓早在炎黃時期便已存在，關於其由來，一說是源於姬姓，出自黃帝的後裔古公亶父之子太伯，屬於以國名為氏。周太王欲立幼子季歷，以使季歷子姬昌（周文王）繼位振興周族。長子太伯得知後即與二弟仲雍同避江南，改從當地風俗，斷髮紋身，建立吳國。從此太伯的後代便以國名為氏，稱吳氏。

吳姓起源的第二種說法是說源於姜姓，其始祖是炎帝身邊

的大臣吳權，傳說他的後代是中國樂曲的發明者。關於吳權，還有另一種說法：吳權是遠古時期一個氏族的稱謂，吳權氏族的人都勇敢彪悍，善於打獵，吳姓就是由這個氏族的族稱演變而來的。

除了上述兩種源流外，吳姓的大家族中，還有一部分人是少數民族漢化而來的。例如分佈在湖南和貴州苗族居住地區的吳氏一脈，他們大多是由他姓苗族人改用、借用漢姓後成為吳姓中的一員，也有一部分是由漢族姬姓吳氏與苗族融合後形成的。滿族的烏蘇氏、烏色氏、烏拉氏、烏雅氏、烏爾漢氏等，在清朝中葉以後均有人因民族漢化而冠以吳姓。

遷徙分佈

西周初期的吳國位於今天的江蘇省一帶，其後吳國開疆擴土，使得國境一直延伸至今天的浙江省。與此同時，吳姓一脈有一部分人開始向北面、西面遷徙繁衍，遷入安徽、河南、山東等地。到了唐朝，有部分吳姓開闢漳州、落戶福建。宋明之後吳姓一脈雄踞東南，家族顯赫一時。另外在元代，有一部分族人遷居香港，之後又遷居海外。

吳姓名人堂

衝冠一怒為紅顏：吳三桂

　　吳三桂，字長伯，遼東（治今遼寧遼陽市）籍。明末，吳三桂官拜寧遠總兵，封平西伯，駐防山海關。後投降清朝，引清兵入關，被封平西王。之後聯合耿精忠、尚之信以反清復明的口號起兵反清，史稱三藩之亂。於一六七八年在衡州（治今湖南衡陽）稱帝，國號大周，可惜他卻只當了不久的皇帝便離世了。

　　據說當年李自成奪了京畿，明朝滅亡，吳三桂退保山海關。此時的吳三桂處境很差，他對內不敵李自成，對外難拒多爾袞。恰巧他又在此時聽說，李自成的部將劉宗敏霸佔了他的愛妾陳圓圓，還抓了他的家人當人質威脅他。於是盛怒之下喊了一句「大丈夫不能自保其室，何生為？」便投降了清軍，並引其入關。此後清軍得勝，吳三桂追殺南明永曆皇帝直到緬甸，後被清朝封為平西王，鎮守雲南。

畫聖：吳道子

　　吳道子，後改名道玄，唐代陽翟（今河南禹州）人，被後人尊為「畫聖」。吳道子幼年家境貧寒，相傳曾隨賀知章、張

旭學習書法，可惜沒有學成，於是改書為畫。開元年間因善畫被唐玄宗召入宮廷，任以內教博士，成為宮廷畫師。後人把他和張僧繇並稱「疏體」。吳道子擅畫佛道人物，且擅長壁畫創作。

如今吳道子的畫作，只有《送子天王圖》等摹本存在。

血脈共性

吳姓是中國大姓，歷朝歷代均有英才，古有太伯建吳國，是為吳姓始祖，戰國時期有兵家吳起，秦末有農民起義領袖吳廣，唐代有畫聖吳道子，明代有文學家吳承恩，清代有小說家吳敬梓等，這些無不說明吳姓一脈的族人本身具有濃郁的文化氣息，同時骨子裡又有軍人的傲氣。能文又能武，在吳姓一族的身上體現得淋漓盡致。

古有封地名為邢——邢

姓氏溯源

邢姓，源於姬姓，據記載，春秋時期，黃帝後裔晉大夫韓宣子一族被分封到了邢邑，之後便以封邑為氏，進而發展成為邢姓家族的一個重要分支。

另外，在《左傳》中對於另一支邢姓的來源有較明確的記載，邢姓一族是周公姬旦的後裔，屬於黃帝的嫡系子孫。也有人對後一種說法存疑。另外，有史料記載，周公的第四子靖淵受封於邢（今河北省邢台），稱邢侯，之後建立邢國，春秋時期邢國為衛國所滅。亡國之後，周公的這一支子孫便以國名為氏。

儘管在時間上，晉大夫韓宣子一系的邢姓家族誕生要晚於周公後裔一系，但他們同屬黃帝後裔，本為一家，無所謂分支一說。只不過是得姓時間、地點不同罷了。

「邢」字在古文中通「井」，武王滅商後封姜太公少子井叔於鄭，以統治子姓鄭人，史稱西鄭。後周穆王滅了姜姓鄭國，奪其為下都，之後井叔的後人也稱邢氏。

當然，在少數民族漢化過程中，也有不少少數民族成員改漢姓為邢，如滿族邢佳（性佳）氏、黎族拉海氏，蒙古族等都有人改姓邢。

遷徙分佈

邢姓起源於春秋時期的邢國（周公的第四子靖淵在其封地邢所建立的國家，位於今河北省邢台），後因國破，其中一部

分人遷出河北，遍佈今山西、山東一帶。不久後晉國大夫韓宣子的後代中也出現了邢氏族人，從此河南一帶也開始有了邢姓。

魏晉南北朝時期邢姓一族大量出現在河間鄚地（今屬河北省）。後又因躲避戰亂，遷居江南。隋唐之際，安徽、江蘇、浙江等地邢姓族人數量增加。

明代，一部分山西邢姓族人分遷至河南、河北、山東、陝西、北京、天津等地。

如今邢姓族人在中國分佈較廣，尤以河南、河北最多。

邢姓名人堂

無神論的才子：邢邵

邢邵，字子才，北朝魏齊時期文學家、無神論者，河間鄚（今河北任丘北）人。

北齊官中書監，攝國子祭酒，後授特進，死於任上。他一生為官，卻不驕縱。他誠以待人、不拘小節、為人寬厚，深得時人讚許。

據說邢邵博聞強識，十歲便能行文作賦，其文章講究對仗、辭藻華麗、文辭宏遠，在當時幾乎無人能出其右。

邢邵還是一個無神論者，他反對「神不滅論」，並且主張

「神之在人，猶光之在燭，燭盡則光窮，人死則神滅」。這種觀點十分具有樸素唯物主義的特徵。

秦淮八艷之一：邢沅

民間傳言，吳三桂衝冠一怒為紅顏，引清兵入關，為的就是陳圓圓。陳圓圓並不是她的本名，她本姓邢，名沅，明清之際常州武進（今江蘇常州）人，出身於貨郎之家，因家境貧困，母親又去世得早，所以被寄養在其姨母陳氏家中，之後便改姓陳。

邢沅天生麗質，能歌善舞，色藝雙絕享譽江南，是「秦淮八艷」中的一位。

如此佳人，吳三桂怎能不對她傾心！據說吳三桂在得知她被李自成手下大將劉宗敏強搶過去之後，十分憤怒，所以引清兵入關。民間傳言說邢沅隨吳三桂抵達雲南之後，便出家為尼，了卻了世間塵緣。

血脈共性

邢姓一脈在歷朝歷代皆有子孫為官，三國時期有太常邢貞，北齊有國子祭酒邢邵，元代有光祿大夫邢雙溪，明朝有政治家邢宥，清朝有武狀元邢敦行，現代也有海軍中將邢永寧，

同時邢姓還出了不少文人墨客，如邢獻之、邢侗、邢居實等。由此可見，邢姓一脈的子孫為官則造福一方，為民則文才出眾，邢姓族人天生儒雅且有領導氣質。

朝臣官職名——司空

姓氏溯源

　　司空這個姓氏的源流眾多，但無論哪種源流，都有一個共同點：源於古時的官職名。

　　相傳在帝堯時期，大禹就曾官至司空，據說這個官位在遠古首領少皥時期就已設置，專管水利、土木工程建設，後世一直沿用。大禹任職司空期間，治水有功、建國有勳，其子孫中就有以先祖官職名為氏的，稱司空氏，世代相傳至今。這一脈的司空氏族人多認大禹為得姓始祖。

　　但據記載說，司空一職是西周初期由周公所設，在金文中寫作「司工」，是主管工程的官職，具有城市規劃與建設、土地管理、工業技術、農田水利等相關方面的權力。後世各個朝代均有設置（名稱不同），而且在各朝代中都有人以此官職名為自己的姓氏，稱司空氏，後又有人為了方便，簡化為單姓，

稱司氏，一直相傳至今。

當然，除以官職名為氏以外，司空氏還有另一種源流，即源於子姓，出自春秋時期宋國武公子司空，宋武公曾率領宋國軍隊抗擊北方遊牧民族長狄部。為了紀念他的功績，其子孫中，有以先祖名字為姓氏的，稱司空氏，這一支司空氏屬於以先祖的名字為氏。

遷徙分佈

司空是一個古老的漢族複姓。據記載，漢朝初期司空氏一族的望郡是頓丘（今河南清豐西南一帶）。南北朝時期的北齊曾一度廢黜此縣，唐朝時期，頓丘改為清豐縣。

司空姓名人堂

耐辱居士：司空圖

司空圖，字表聖，自號知非子，又號耐辱居士，唐詩人、詩論家。他的曾祖父、祖父、父親都官至郎中。咸通進士，禮部侍郎王凝對他有知遇之恩。因此，王凝被貶之時，司空圖為報恩主動請隨。之後朝廷封司空圖殿中侍御史之職，卻因不忍離開王凝，拖延上任時間，被治罪並降職為光祿寺主薄，分管東都洛陽。後被宰相盧攜召為禮部員外郎，不久遷至郎中。唐

僖宗廣明元年，回鄉隱居，他的大部分詩歌和詩論都是在這一時期寫成的，如《丁未歲歸王官谷》、《力疾山下吳村看杏花》等佳作皆是那時所作。

　　唐景宗被殺後，他便絕食，終嘔血而亡，享年七十二歲。堪稱一代忠臣。

「大歷十才子」之一：司空曙

　　司空氏的名人大多為官，如唐代宗大歷年間的司空曙，他是大歷初進士，後為劍南節度使幕職，一直做到虞部郎中的職位。司空曙是「大歷十才子」之一，他的詩樸素真摯，情感細膩，多寫自然景色和鄉情旅思，長於五律。詩風雅致疏淡，大多屬於抒情類的行旅贈別之作，如《雲陽館與韓紳宿別》、《喜外弟盧綸見宿》等佳作均是如此。

血脈共性

　　司空氏族一脈自古以來便是官宦出身，散發著一種官宦子弟的氣質。從歷代司空氏族的名人身上，可以看出其性情多剛正、耿直，且知恩圖報，極念舊情，而且人也十分有才華，文人氣質顯而易見。

伏羲八卦，東方為尊——東方

姓氏溯源

東方是中國漢族的複姓，歷史十分悠久，大體可分為兩支。其中一支可追溯到上古時代，相傳源自伏羲氏。

據說伏羲氏出生時，「出於震，位主東方」，所以他便以東方為姓氏。在他所創造的八卦中的乾、坎、艮、震、巽、離、坤、兌分別對應著八個方位，即西北、北方、東北、東方、東南、南方、西南、西方，而這八個方位，以東方為尊。伏羲氏的子孫中，以農為本的一部分人，便以東方作為自己的姓氏，形成了東方複姓的一支。

東方姓氏的另一支可追溯到漢朝，由張姓而來，這一支東方氏族的得姓始祖是東方朔。東方朔的父親名叫張夷，在他出生前就過世了，母親田氏也在他出生三天後離世。東方朔被兄嫂撫養成人，因為出生時正是東方天剛亮的時刻，所以他的伯父就給他取名叫東方朔。東方朔本人極有成就，在西漢時期官拜太中大夫。他的子孫後代便都以先祖名字中的「東方」作為自己的姓氏，流傳至今。

遷徙分佈

東方一脈族人早期居住在陝西、河南一代，後興旺於山東，漢朝在平原郡形成望族。宋朝以後，東方氏一族已經很少見了。如今在國內北京、山東、山西，以及外國，如朝鮮、日本、韓國等有少量分佈。

東方姓名人堂

相聲界的祖師爺：東方朔

東方朔，字曼倩，平原郡厭次（今山東陵縣東北，一說今山東惠民東）人，西漢時期文學家。漢武帝即位後，廣徵賢臣。東方朔趁機上書自薦，詔拜為郎，後任常侍郎、太中大夫等職。他性格幽默、言辭敏捷、滑稽多智，經常在漢武帝面前談笑風生，常借說笑話來勸諭皇上，所以起初漢武帝把他當作俳優（古代指演滑稽戲的藝人）看待，東方朔得不到重用。於是他才寫出《答客難》、《非有先生論》，以表志向和不滿。連司馬遷的《史記》中都稱他為「滑稽之雄」。

東方朔一生有很多作品，例如《封泰山》、《責和氏璧》、《試子詩》等，後人匯總為《東方太中集》，收入《漢魏六朝百三家集》中。後世之人有不少崇拜他的，晉人夏侯湛就寫有

《東方朔畫贊》，對他的高風亮節和睿智詼諧，倍加稱讚。

唐朝詩人：東方虯

歷史上東方氏族的人丁並不十分興旺，可從不缺乏名人。身為唐朝史官、詩人的東方虯，在武則天時期官拜左史。東方虯曾說自己百年後可與西門豹作對。相傳在武則天游洛南龍門時，命隨從文官賦詩，東方虯率先做好，因此武則天賜他錦袍加身。現存詩四首，為《春雪》以及《昭君怨》三首。

血脈共性

從東方姓的得姓淵源來說，東方姓的族人勤勞務實，而且詼諧幽默中不乏機智聰穎。從東方姓歷代名人志士身上，都可以看到極佳的文化修養，說他們有一種文藝氣質毫不為過。

隋文帝忌「隨」有走之意──隋（隨）

姓氏溯源

隋姓本寫作隨，據史籍記載，源自姬姓。傳說中，上古女媧時期有樂師隨，其子孫便以先祖的名為氏，稱隨氏。

到了周朝時，有王族封於隨地，建立隨國（都城在今湖北隨州），後被楚國所滅，隨國遺民中有人就以隨為氏，這是隨

姓的起源之一。

隨姓還有一支源於祁姓，春秋時期晉國有正卿士會（人名，姓祁，名會，字季，以士為氏），食邑在隨（今山西介休東南），因此也稱隨會。他的子孫以其封地為氏，稱隨氏。這三支隨氏族人一直沿用隨姓直至隋朝。

隋文帝楊堅建立了隋朝，最初國號為隨，因忌諱「隨」有走之意，便去掉了隨字的「辶」變成了隋（「隋」字是隋文帝獨創的字，古無「隋」字。受其影響，人們漸漸就把姓氏中的「隨」寫作「隋」了。

關於隋姓，在中國姓氏文化中，有一個比較有趣的特點，就是隋姓族人和隋朝皇族沒有任何血源關係，也沒有任何史書、譜牒記載隋朝皇族的後裔有改國號為氏稱隋氏的，但隨姓卻是因為隋朝國號而改「隨」為「隋」的，這在中國姓氏文化史上算是一個特例。

此外，還有一支隋姓出自少數民族。據史籍所載，明宣德時期，王驥征麓川，土司乞姓，王驥賜刀、怕、剁三姓，後改剁為隋姓。今滿族、蒙古族等均有此姓。

遷徙分佈

隋姓起源於今山西介休，曾在今河南洛陽、河北清河一帶形成望族，隋時改隨為隋。唐末河北的隋姓族人遷居今安徽、浙江、江蘇、山東半島等地。金元間隋氏部分族人由山東棲霞遷居萊陽。明初，山西隋姓被朝廷分遷於今湖北、陝西、河南等地。清朝康乾帝以後，山東隋姓又有人遷居今遼、吉、黑三省。遷居東北期間，渡海必經葫蘆島、旅順等地，因而也有隋姓族人留居於此。如今，隋姓在全國各地均有分佈，尤以山東分佈人數最多。

隋（隨）姓名人堂

春秋晉國中軍將：隨會

隨會，本為祁姓，因功受封而采邑於隨地，故以封地稱氏，又因隨氏出於士氏，故史料中多稱其為士會，史稱范武子、隨武子。他是一位傑出的政治家，先秦時代賢士的典範。

隨會在其叔父的護佑下，進入政壇，為士蔿為之孫。晉襄公死後，他奉趙盾之命出使秦國，準備迎回公子雍並立為新君。不料為趙盾所拒，於是隨會在盛怒之下投靠了秦國。

秦康公認為隨會有大才，便任他為謀士。在秦國與晉國的

對抗中，秦軍採用隨會的計謀屢屢得勝。趙盾深以為患，便用苦肉計將隨會騙回晉國，並且委以重任。晉景公時期，隨會受重用，他改革政治，將緝盜科條全部廢除，以教民勸化為主，修訂晉國的法律，使當時晉國上下為之一新。

元朝勇將：隋世昌

隋世昌，萊陽（今屬山東）人，元朝將領，涉獵書史，善騎射。曾隨元軍攻取襄陽，他建議修一字城以圍困襄陽，之後在鹿門山大敗宋軍。將領劉整要建築新城門，命隋世昌全權負責。

宋兵來攻，隋世昌一邊打仗一邊修築城門，一夜之間竟完成了修築城門的任務。劉整又命他在樊城外修築炮台，當夜下起了大雪，城中更是箭如雨下，軍卒死傷眾多。

雖然困難重重，但凌晨剛到，炮台就如期建成了。隋世昌在漢江口縱火燒燬宋軍百餘艘戰船，在與樊城的宋軍交戰之時，身受重傷，卻依然神勇，最終攻克樊城。然後又跟隨伯顏攻打新城，第一個登上了城牆，身中數箭，受傷頗重，直接暈倒在地，可當他醒過來之後又殺入戰場，最終攻克新城。

隋世昌一生身經百戰，滿身刀傷。最後因傷而死，享年

六十一歲，諡號忠勇。看其戎馬一生，實在是一名難得的勇將。

血脈共性

隋姓一脈多出謀士、將領，如先秦賢士隨會，東漢五原太守隋昱，元朝名將隋世昌等。可看出隋姓一脈能文能武，骨子裡有著堅毅，血液裡流著不屈，內心世界十分強大，時常會為了自己的追求或者想要達成的目標，不遺餘力地爭取、奮鬥。

避仇造字遂為姓——龔

姓氏溯源

龔姓的歷史可追溯到黃帝時期，根據史籍記載，相傳黃帝的部下共工氏，當時為水官，因治水有功，被封為水神。一說與三苗、讙兜、鯀結為「四凶」，被流放。起初以單字「共」作為自己一脈的姓氏，他兒子句龍繼承了父職，若干年後，共姓族人為了避仇，有的人就在「共」字上加一個「龍」字，成了龔姓，也就是說，龔姓是以祖先的名字和官職（「共工」不僅是氏，也是官職，是舜設的九官之一，主管礦業）名稱改造而來的。龔姓一族始終以共工治水有功為榮，尊其為得姓始祖。

在史籍中記載，古有共國，是商代諸侯國之一。因侵犯周

國而受周文王姬昌的討伐，最終被姬昌所滅。共國滅亡後，其子孫後代便以國名為氏，後演變為龔姓。相傳在西周，有王室貴族姬和被分封於共，稱共伯和，其子孫便以此為氏，後演變為龔姓。這兩支龔氏一起成為了河南龔姓的主要來源。

另據資料所載，春秋時，晉獻公的兒子奚齊即位以後，給他的那位在遭誣陷後，以自殺的方式對其父表示忠心的前太子哥哥申生，追加諡號為「恭君」。因古代「恭」與「共」通假，所以申生的子孫便以其諡號為氏，稱共氏，後演變為龔姓。這一支是山西龔姓的主要來源，出自姬姓。

此外還有一支姬姓的龔氏，由翁氏分化而出。周昭王的支庶子孫受封於翁山，其後代便以邑為氏，稱翁氏。直到宋朝初期，福建泉州出了一個叫翁乾度的人，他生有六子，分別姓洪、江、翁、方、龔、汪，第五個兒子的後代均以龔為氏。後來洪氏一支的後人為了避仇，便改了自己的姓氏，在洪字上去水加龍，就成了龔氏。這兩支龔姓都源於翁乾度，可以算作一支，是福建龔姓主要來源。

遷徙分佈

魏晉南北朝時，龔姓主要繁衍於今江西、四川、湖南等省。

唐宋時期，龔姓南方一脈旺於北方。龔姓主要集中於安徽、江蘇、江西、湖南、福建、河北六省。其次分佈於廣東、山東、浙江、河南等省，在全國形成了以東部安徽、江蘇，北面河北，南方江西、湖南、福建為中心的三大塊龔姓聚集區。

明朝時期，龔姓主要集中於江蘇、江西、浙江、福建四省。其次龔姓分佈於湖北、四川、湖南三省。宋、元、明期間，其人口主要由北方向東南遷移，在江蘇、江西、浙江、福建一帶重新形成了龔姓聚集地。如今，龔姓主要分佈在四川、湖北、江西、山東、江蘇、浙江、湖南等省。

龔姓名人堂

賢臣楷模：龔遂

龔遂，字少卿，生卒年不詳，西漢山陽南平陽（今山東鄒城）人。曾官至昌邑王劉賀郎中令，通曉經術，為人忠厚，性格剛毅，臨難不苟。

龔遂曾多次當面指責昌邑王的過失，舉國君臣都害怕他。漢昭帝去世後，昌邑王被擁立為君，史稱漢廢帝。劉賀登基後貪圖享樂，不理朝政，龔遂與中尉王陽多次勸諫無果，最終被廢黜。劉賀的許多舊臣都被判犯有輔佐不力之罪，盡被誅殺，

只有龔遂與王陽因勸諫有功，免於一死。漢宣帝即位後，渤海和附近各郡常年饑荒，農民紛起反抗，經人舉薦，當時已經七十多歲的龔遂被任命為渤海太守。上任後，他成功地安撫了百姓。他還開倉借糧，造福百姓，使其治下百姓安居樂業。後因其治地有功，被升任為水衡都尉，最終死於任上，可謂是鞠躬盡瘁，賢臣楷模。

時代的先驅：龔自珍

龔自珍，字璱人，號定盦，一名鞏祚。浙江仁和（今杭州）人，清末文學家、思想家。曾任內閣中書、宗人府主事和禮部主事等。

龔自珍自幼勤奮好學，十三歲時便已有佳作《知覺辨》、《懷人館詞》三卷、《紅禪詞》二卷等。鴉片戰爭時期，龔自珍對政治現實的認識日益深刻，提出不少改革建議。

他主張革除弊政，抵制外國侵略，還曾全力支持林則徐禁煙，並寫出許多著名評論、詩篇和散文，如《西域置行省議》、《捕蜮》、《病梅館記》、《能令公少年行》、《詠史》等。

他的詩文主張「更法」、「改圖」，揭露封建統治者的腐朽，充滿了愛國熱情，被近代民主人士柳亞子譽為「三百年來第一

流」。有《定盦文集》等，今輯為《龔自珍全集》。著名詩作有《己亥雜詩》，這是龔自珍在己亥年，即道光十九年創作的一組自敘詩，共三百一十五首。一八四一年中秋節前夕，龔自珍在江蘇雲陽書院暴斃，終年五十一歲。

血脈共性

　　龔姓是一個古老姓氏，雖然古老卻不古板，可以說是一個緊跟時代潮流、眼光獨到、憂國憂民、敢於直諫的姓氏群體。龔姓名人龔遂的身上便有這種特質，北宋的龔鼎臣亦是如此，晚清的龔自珍更是如此。由此可見龔姓族人的體內蘊藏著無限能量，只要有合適的機會就會爆發。

皇恩浩蕩，漢有「車丞相」──車

姓氏溯源

　　車姓在中國不算大姓，人數不是很多，但同樣有著悠久的歷史以及諸多源流。其中一個比較有趣的源流是起源於西漢媯姓。根據史書所載，西漢丞相千秋（本姓田）因年老獲皇帝特許，可以乘小車出入宮殿，時人稱呼他為車丞相，之後，在他的後代子孫中就有一部分人因此以車作為自己的姓氏。

另據典籍《荀子‧解蔽》中的註釋：奚正作車。奚仲，是夏王朝時期大禹的臣子，因創造了車，為大禹治水做出了巨大貢獻，特被賜封車正之官。這一支車氏屬於以官職稱謂為氏。後世的西周、秦等朝代也均有類似官職。

當然還有不少少數民族因漢化而改姓車，如史籍《魏書‧官氏志》中所載的，南北朝時期鮮卑拓跋部中的車非氏等，由於民族大融合而改姓車。在清朝中葉以後，蒙古族帖良古惕氏多冠漢姓為車氏、鐵氏。又根據史籍記載，朝鮮族車氏，源出朝鮮半島新羅國大臣柳車達。其子分衍為柳氏、車氏兩支，同族異姓。新羅國在滅亡後，有族人遷居平陽（今黑龍江雞東），後有滿族引用為姓氏。在清朝中葉以後，朝鮮族、滿族有族人冠漢姓為車。這些都屬於漢化改姓的情況。

還有一種源流是源自古代中亞東部，西域諸國之一的車師。車師的國都交河城（今新疆吐魯番市西交河古城遺址），亡國後車師遺民中便有人以國名為氏，稱車氏。

遷徙分佈

車姓起源今陝西咸陽，以及今新疆吐魯番西北的古車師國。東漢時期，車姓子孫遷徙到北方的河南、河北、山西、山東、

甘肅等地，其中部分車姓子孫遷徙至安徽、湖南等地散居。魏晉南北朝時期，部分子孫南遷至江蘇，並在今陝西西安、山東曲阜、安徽壽縣、湖南安鄉等地形成大族。北魏時期鮮卑入主中原，在少數民族漢化過程中，作為鮮卑大姓的車非氏改漢姓為車，與繁衍於當地的車姓相融合，此時的車姓在河南地區最為昌盛。歷隋唐兩代及五代十國，車姓逐漸遷徙至湖北、四川、浙江、江西等地。如今，車姓在福建、廣東等地也均有分佈。

車姓名人堂

西漢車丞相：車千秋

車千秋，西漢人，本姓田，為戰國時田齊後裔，擔任護衛漢高祖陵寢的郎官。恰巧碰到衛太子劉據（衛子夫所生的兒子）受江充讒害而亡。過了很久，車千秋上書漢武帝為太子申冤，武帝感悟，並封其為大鴻臚。不久，車千秋就接替劉屈氂擔任了丞相，封富民侯。車千秋為人敦厚，富有智謀，在丞相的官位上很稱職，成就優於他前後的幾位。

漢昭帝年幼時，不能處理政事，朝政大權由霍光獨攬。車千秋謹遵先帝遺囑，主管外事。因此在朝堂上兩人配合得十分愉快，使漢昭帝在位期間國家少事，百姓逐漸富裕充實。他死

後謚號為定侯。車千秋年邁時，皇上優待他，他朝見時可以乘坐小車進入宮殿，因此稱「車丞相」。

血脈共性

車姓一脈的族人身上始終散發著一種忠厚謙和的氣息，其得姓始祖漢丞相車千秋便是如此，他的子孫後代也延續了這一性格特徵。此外，在車姓一脈的後人中，文壇才子層出不窮，歷朝官吏中均不乏車姓族人，足可見得車姓族人身上有著集文壇大家與官場老手於一體的氣質。

宋國有王謚號穆公──穆

姓氏溯源

穆姓也是一個多源流的姓氏，其中一支源於子姓，屬於以先祖謚號為姓，另一支則由少數民族姓氏漢化改姓而來。

「穆」在古代有賢良、和氣的意思，因此常被用於帝王、諸侯逝後的謚號。按周禮規定的宗廟制度，父居左為「昭」，子居右為「穆」，系由子傳，因此「穆」還具有「血脈世系延傳」之意。春秋時期，宋國國君宋宣公子力去世後，傳位於他的弟弟子和。子和執政九年，臨死時，遺詔傳位給其兄（宋宣公）

的兒子與夷，並將自己的兒子送出宋國，讓他到鄭國去做事。子和逝世後，與夷繼位，即宋殤公。因為子和在位時，十分賢良和氣，所以宋殤公便給叔叔子和加封諡號「穆」，史稱宋穆公。在宋穆公的後代子孫中，便有人以其諡號為氏，稱穆氏，世代相傳至今。當然也有以先祖的名字為氏的，稱和氏。宋穆公一支穆氏與和氏、戴氏實為同宗，史稱穆氏正宗，其族人大多尊奉宋穆公為得姓始祖。

據史籍記載，有不少少數民族族人因漢化而改姓為穆。

遷徙分佈

穆姓源於春秋時期，到漢高祖時期，穆姓已從中原遷至華東地區，也有不少穆姓後裔在中原地區繁衍下來。北魏時期，穆姓族人主要分佈在今河南省。北魏之後，又有族人遷居江蘇。唐代以後，河內的這一支穆姓有的已遷移到外地。到了宋朝之後，穆姓的遷徙範圍更加廣泛，主要分佈在北京、天津、河北、山西、山東、內蒙古、湖南、雲南、廣東、四川等地，海外也有穆姓族人分佈。

穆姓名人堂

盜賊出身的開國大將：穆崇

穆崇，北魏道武帝時期的開國大將。穆崇的先祖曾效力神元帝拓跋力微、桓帝拓跋猗迤，及穆帝拓跋猗盧。

穆崇年輕時以盜竊為生，北魏道武帝拓跋珪在獨孤部居住時，穆崇與他的關係十分親近。後來，有個叫劉顯的人想加害拓跋珪，這件事被梁眷知道後，便秘密派遣穆崇通知拓跋珪並定下保命計策。穆崇完成任務後與拓跋珪一起來到賀蘭部，此時劉顯已經懷疑梁眷洩密，將他囚禁。穆崇依計行事，使劉顯相信梁眷沒有洩密。後來，穆崇外甥於桓在謀反時，曾與穆崇密謀，希望裡應外合，擒下拓跋珪。穆崇當夜把這件事告訴了拓跋珪。最終，拓跋珪誅殺於桓等人。

太和年間，北魏孝文帝追錄功臣，以穆崇配饗。其後世子孫歷代為官，又經常與皇族通婚，至此，穆氏家族成為北魏有名的士族之一。

為官有節，為父為典：穆寧

穆寧，懷州河內人，以文章學識著稱，曾撰寫《洪範外傳》十篇獻給皇上，唐玄宗賜帛，又先後授偃師縣令、安陽縣令。穆寧為人清廉剛正，重交情，尤能堅守志節。安祿山造反時，穆寧倡議起兵平反。後來，史思明派使者勸誘他，他立即斬了

來使。他與顏真卿一同抗擊叛軍時，顏真卿在被迫棄郡後，十分後悔沒有完全採納他的意見。此外穆寧特別善於教導孩子，家教十分嚴格。常常訓誡幾個兒子說：「我聽說君子侍奉雙親，以承順父母的心意最為重要，這只是正直之道而已。謹慎而不做諂諛之事，這才是我的志向。」穆寧為官甚有節操，為父當為楷模。

血脈共性

穆姓最早是由春秋時期的宋穆公的諡號而來，「穆」在古代有賢良、和氣之意，宋穆公本人也的確如此，所以才會得諡號「穆」。穆姓族人完全繼承了其先祖的賢良、和氣。現實生活中，平易近人，容易相處，處世也有自己的原則和操守。

少數民族入中國，民族姓氏皆漢化──呼

姓氏溯源

呼姓雖說同樣是一個多源流的姓氏，但是其主要成因只有一種，即由少數民族的姓氏漢化而來。

史籍中均有記載，呼姓出自古代匈奴四族，呼衍部的呼衍氏。從東漢末期到魏晉南北朝，再到唐宋朝時期，呼衍部逐漸

遷入中原，後隨漢族習慣，改為漢字複姓呼延，逐漸融入漢族。後來，有一部分呼延氏族人因避禍，逃到陝西地區（一說逃往北國投親避難），簡化為單姓呼，世代相傳至今。

在《漢書》中，除有匈奴部族的記載外，還提到呼延為古代鮮卑姓氏之一，按唐朝學者顏師古的註釋，他們即今天所稱的呼延氏。後來鮮卑呼延氏的一部分族人簡化姓氏，改為單姓呼。

據史籍《清朝通志·氏族略·滿洲八旗姓》記載，呼延姓還有兩支，其一源於滿族，出自女真呼倫覺羅部族，屬於以部落名稱漢化為氏，如：呼倫覺羅氏、瑚呼氏均改為單姓呼。另一支源於達斡爾族達呼哩部族，同屬於以部落名稱漢化為氏。

蒙古族呼吉雅氏、呼克蘇勒氏、呼勒都氏、呼和紹布氏等，在漢化過程中，大部分族人都改為單姓呼。

遷徙分佈

呼姓起源於中原以北地區，在漢朝初期，有部分族人遷徙至中原地區（以河南為核心延伸至黃河中下游的廣大地區）。後來的呼延複姓族人經過遷徙，多繁衍在山西，其中有一支遷到陝西後改姓單字呼。元朝初期融於回族，回族中的呼姓主要

分佈在寧夏回族自治區。今山西、山東、湖南、黑龍江、遼寧、陝西、浙江、四川、廣東、河南、甘肅、寧夏回族自治區、新疆維吾爾自治區、內蒙古自治區等地，均有呼姓族人分佈。

呼姓名人堂

呼延揚名第一人：呼延謨

呼延謨，匈奴人，前趙著名將領，是最早出現在史冊中的呼延氏族人。曾任前趙國鎮東將軍、太子太保。

前趙光初八年，後趙王石勒的大將石生正在攻打河南一帶的東晉軍隊，東晉守軍屢戰屢敗，又沒有援軍，無奈之下，只好向前趙求援。前趙王劉曜覺得這是進入關東一帶的絕好機會，便派遣剛剛打了勝仗的劉岳和鎮東將軍呼延謨各率一支軍隊，兵分兩路前去救援。後趙軍猝不及防，前趙軍初戰告捷。

在後來的戰鬥中，因為劉岳的軍隊戰鬥力不如後趙石虎的軍隊精銳，打了敗仗，還中箭受傷，之後又被石虎大軍反包圍。前來救援的呼延謨遭到石虎的伏擊，最終戰死沙場。兵敗戰死並不能說明呼延謨不強大，否則他也不會受封鎮東將軍了，至於戰敗身死，也只能說，整體實力使然，憑他自己無力回天。

北宋名將：呼延壽廷

呼延壽廷，河東人，後週末、北宋初期著名將領。

在民間流傳的戲曲、評書中有著大量的關於「呼家將」的故事傳說，而呼延壽廷便是其中的關鍵人物。在各種版本的演繹中其名字也各有不同，如：呼延琮、呼延鳳、呼延廷等，說的都是呼延壽廷的故事。

其中最富傳奇色彩的故事就要屬《下河東》了。

說的是後周君主柴榮病逝後，趙匡胤取代後周建立大宋。當時北漢劉均造反，趙匡胤御駕親征，掛歐陽芳為帥，呼延壽廷為先鋒。沒料到歐陽芳私通北漢，暗約敵軍共劫宋營。幸虧呼延壽廷與其妹及時趕到，打敗敵軍，趙匡胤才免遭被俘。但呼延壽廷卻遭歐陽芳反誣叛亂被殺，趙匡胤也因此被困河東。之後，呼延壽廷的兒子呼延贊掛帥出征，打敗亂軍活禽歐陽芳，救出了趙匡胤。趙匡胤悔恨不已，就在軍營中設了靈堂，並頭戴三尺白孝祭奠呼延壽廷，還追奉呼延壽廷為靠山侯。

血脈共性

呼姓源出呼延氏一脈，而呼延氏又源出匈奴、鮮卑、蒙古等遊牧民族，可以看出雖經民族融合及姓氏漢化，但他們的血

脈中依舊流淌著來自北方的真性情。在他們粗狂、豪邁的性格下，也有一種細膩、溫和的特性。

家族兄弟有排行 —— 季

姓氏溯源

古時候人們按「伯仲叔季」的順序來排行，季是指排在最末的。因為古代人們生存條件不好，能存活的孩子不多，而且女孩不列次序，因此最小的男孩被稱為「季子」。春秋時吳王壽夢的季子（公子札），因不願繼承王位而「棄其室而耕」，他的子孫便以先祖的排行順序為氏，稱季氏，一直沿用至今。春秋時的吳國是姬姓國，所以這一支季氏源於姬姓。此外，在春秋時的齊國公族、戰國時的魏國公族中，均有以排行稱姓為季的。

還有一支季姓同樣源於姬姓，出自平定了慶父之亂的魯莊公姬同的小弟弟姬季友，其後代子孫以他的字命氏，稱為季孫氏，後來簡稱季氏。

說到以祖先名字為氏，就不得不說季姓的另一源流，出自上古顓頊的後代季連。在《史記》中記載：顓頊的後裔中有一

個叫陸終的人，他的六兒子季連是芈姓，楚族後人。在季連的子孫中，有以祖先名字稱複姓季連的，經過簡化後改為單姓，稱季姓、連姓。

少數民族漢化過程中，也有改漢姓為季的，如唐朝時期「西趙渠帥」（趙渠，就是古趙燮渠，位置在冀州，管理趙燮渠的官吏就稱作趙渠帥）季氏，其後世子孫皆稱季氏，這一支季氏被認為是今河北季姓的重要一支。

後來蒙古族、土家族、東鄉族等均有族人改漢姓季並世代相傳的。

遷徙分佈

西漢時期，在今湖北、江蘇等地已有季姓族人分佈。東漢到魏晉南北朝期間，季姓昌盛於今河北、山東、安徽一帶。

隋唐以前，北方季姓族人遷徙到江南。兩宋時期，江蘇、浙江成為季姓族人的主要聚居地，而北方季姓族人則處於分散、小規模聚居的狀態。

宋元時期，戰亂使部分季姓族人遷徙至廣東、福建、江西、湖北等地。明朝初期，季姓又有一部分人遷於河南、湖南等地。現如今，季姓族人在中國分佈很廣，江蘇、浙江最多。

季姓名人堂

不喜歡當君主的人：季札

季札，春秋時期吳國君主壽夢的小兒子。吳王壽夢有意傳位於季札，季札卻推薦長兄諸樊繼承王位，自己隱居了。

壽夢死後，諸樊讓季札即位，季札拒絕了，於是諸樊即位，並聲明自己死後讓季札繼位。諸樊死後，壽夢次子餘祭讓季札即位，季札又拒絕了。於是，餘祭讓他治理延陵。餘祭死後季札再次讓位，後由壽夢第三子餘眛繼位。餘眛死前，欲派使者迎季札即位，這次季札雖沒拒絕，但卻逃走了。

一諾千金：季布

季布是楚人，早年間在楚地以仗義、守信聞名，因此當時在楚國人中廣泛流傳著「得黃金百斤，不如得季布一諾」之語。「一諾千金」這個成語就是從他這裡流傳起來的。

霸王項羽崛起時，季布投靠項羽，之後隨項羽南征北戰，數次使劉邦陷入巨大的困境。劉邦在項羽兵敗後，在舉國範圍之內懸賞千兩黃金搜捕季布，並通告若有包庇者，連罪三族。

起初，季布躲藏在濮陽一個姓周的人家，周家以轉讓勞工的名義，將他送到魯國的朱家。朱家知道季布就在這群人中，

於是就全都接收下來安置於自己的農莊中，隨後又去洛陽登門拜訪汝陰侯滕公夏侯嬰，建議夏侯嬰上書劉邦赦免季布。夏侯嬰成功說服了劉邦將季布赦免。之後季布投靠西漢，在漢惠帝時期，官拜中郎將，漢文帝時期官拜河東守。

血脈共性

　　季姓族人毫無疑問地繼承了其先祖謙和、不爭的性格特徵，同時也沒有把守諾、重信這一優良作風拋棄。在歷朝歷代，季姓一族均有名人出現，如宋朝被百姓稱頌的官吏季復，明朝的大孝子季厚禮等等，他們都得益於從祖先那裡繼承而來的優良品質。

夏商周，姓氏也有進化論

　　優勝劣汰，適者生存是自然界的不二法則，這個法則對世界上任何一個民族來說都是一樣的。華夏民族之所以能夠傳承至今，因為它一直在成長、在進化。這種成長進化體現在政治、經濟、文化等諸多方面。

　　華夏民族的姓氏文化，作為制度文化的一種，當然也不會例外。它從最開始用來區分身份與地位的符號進化成為一種多元的文化；從最開始只有少數人才有姓有氏，到後來人人都有自己的姓氏；從分而為二到合二為一，其間經過了幾次巨大的變革，而這幾次巨大變革都和當時的形勢密切相關。

　　「宗法制」與中國姓氏的衍化有著直接的關係。它確立於夏朝，發展於商朝，完備於周朝，是一個非常複雜的制度，其主要精神為「嫡長子繼承制」，這是一種以父系血緣關係親疏為準繩的「遺產（包括統治權力、財富、封地）繼承法」。

　　西周又實行了「分封制」，即「同姓封國」（有血緣關係的封國）和「異姓諸侯」（封少數有功之臣和一些既不能征服又得防止其作亂的部落為諸侯國）。這樣便形成眾多的諸侯國，

因各國國君的爵位有高低之分，所以封國的面積也依據爵位大小而不同。周土朝將封國國君的爵位分為「公、侯、伯、子、男」五級，五級以下還有第六級「附庸」。附庸國的面積更小，附屬於附近較大的封國。這五級爵位的產生，系根據宗法制的嫡、庶關係而定。

中國姓氏與「宗法制」及「分封制」的關係顯而易見，「分封制」使國內分割成眾多大小不一的諸侯國，諸侯又將國內中心以外的地區分封給嫡長子以外的親屬（卿大夫），此類封地稱為「采邑」，同樣這些卿大夫又將部分「采邑」分成無數的祿田。

由於各諸侯國、采邑（邑、關）、祿田（鄉、亭）的地名直接轉變成了「氏」（以國為氏、以邑為氏、以關為氏、以鄉為氏、以亭為氏），於是，在這一歷史時期，發展出了許多從前沒有的姓氏，同時，也形成了中國姓氏制度發展的基礎與趨向。這就是宗法制度對中國姓氏產生的根本影響。

當然中國的姓氏進化在這裡並不是終點，在之後的幾次民族大融合中，外來文化在給華夏傳統文化輸入新的因素、啟發新的生機的同時，也由於異民族姓氏名號的漢譯，而使中華姓

氏呈現出異彩紛呈的景象，為中國姓氏的發展描繪了重要的一筆。

微子啟商丘稱公──宋

姓氏溯源

宋姓，在中國可以算是一個大姓。據史籍記載，商朝後期的商王武丁封其子子宋於宋地（今河北趙縣），即有宋國，時為子姓伯爵侯國。

周武王滅商後，依照分封制的禮法，勝者不可讓前朝的貴族滅亡，因此武王在分封諸侯時，仍封紂王之子武庚於殷。武王死後，武庚叛亂，周公平叛並將其殺死，隨後另封紂王的庶兄微子啟於商丘（今河南商丘），國號宋。到了宋襄公執政時期，宋國已為春秋五霸之一。在戰國中期，宋國開始急速衰落，直至戰國末期被齊國滅國，原宋國君主的後代子孫，多以故國之名為姓氏，稱宋氏，世代相傳至今。這支宋氏，史稱宋氏正宗，且多尊奉微子啟為得姓始祖。

還有一支宋氏興起於春秋時期，出自姬姓，源於鄭國貴族大夫公子姬宋，在他的子孫中，有以先祖的名字為氏的，稱宋

氏，世代相傳至今，屬以祖名為氏。

此外，還有一些少數民族漢化改姓稱宋，如唐末五代時期土家族，再如宋朝時期西夏國黨項族人中，有部分人因漢化改姓為宋，以及明朝時期歸降政府的蒙古族官員被當時的皇帝賜漢姓為宋，當然還有一部分滿族與朝鮮族後裔漢化得姓，稱宋氏，並且一直相傳至今。

遷徙分佈

宋姓一族起源於河南商丘，在秦漢之前主要分佈在江蘇、河南、河北、山東、陝西關中、湖北等地區。魏晉南北朝期間，宋姓除上述地區外，已經播散於山西、甘肅、安徽、江西、浙江等地。到了唐宋時期，宋姓擴展到四川、廣西、湖南、廣東、福建等地，尤其興盛於陝西地區。

明朝時期，宋姓在全國的分佈主要集中於山東、江西、浙江、山西、江蘇、河北等地，其人口主要由北方向東、東南、南方遷移，全國重新形成了山東、河北，江西、浙江、江蘇宋姓人口聚集地區。如今，宋姓在全國分佈已經十分廣泛，主要集中於山東、河南、河北、黑龍江、遼寧、四川、湖北、江蘇、吉林、湖南、安徽等地。

宋姓名人堂

古代四大美男子之一：宋玉

若要形容一個男子的相貌俊美，通常會說「美如宋玉，貌比潘安」。宋玉是中國古代四大美男子之一，此人不僅相貌出眾，還是繼屈原之後楚國著名的辭賦家。

宋玉，戰國時楚國人。雖說在文學成就上難與屈原相比，但他卻是屈原的繼承者，甚至傳說宋玉師承於屈原。在他的辭賦作品中，對於物象的描繪十分細膩，寫景與抒情結合得自然貼切，在楚辭與漢賦之間，起著承先啟後的作用。

相傳他的著作有《九辯》、《招魂》、《風賦》、《登徒子好色賦》、《高唐賦》等。不過這些作品，真偽相雜，存在爭議。

義軍首領與法醫鼻祖：宋江、宋慈

提起宋姓名人，大部分人都會想起《水滸傳》中的「及時雨」宋江。在書中宋江以一個義薄雲天，又想為朝廷效力的形象出現在世人眼中。在歷史上的確有一個宋江，他是北宋宣和年間農民起義軍首領，結局與小說中一樣，都是投降了宋朝。

一部叫作《洗冤錄》的電視劇，讓大家熟悉了裡面的主人

公宋慈。宋慈以高超的驗屍技巧屢建奇功，不僅平反了眾多冤假錯案，還破獲了不少大案要案。歷史上確有宋慈其人，曾任提點刑獄官，著有《洗冤集錄》。這是世界上最早的內容豐富的法醫學專著。到現代，《洗冤集錄》依舊是法醫的必讀之書。迄今為止，此書先已先後被譯成英、法、朝、日、荷、德、俄等文字，其影響非常深遠。

血脈共性

　　宋姓是中國的一個大姓，在歷朝歷代中，宋姓名人隨處可見，他們無論在文學的道路上還是在科學探索的道路上都是先驅者，在政治、軍事以及商業上也都有不俗的表現。由此可見，宋姓族人就是多面手，文成武就，商政可行。

周公旦曲阜封侯 —— 魯

姓氏溯源

　　魯姓源於上古八大姓之一的姬姓，據《通志·氏族略》、《姓氏考略》及《元和姓纂》等史籍記載，西周初期，周公旦的兒子伯禽受封於魯國（今屬山東）。伯禽到了魯國以後，又征伐了其封地周圍的徐夷、淮夷兩地，使魯國一度成為當時的

大國。春秋以後逐漸衰落，終被戰國末期的楚考烈王滅掉。其子孫後代被迫遷居下邑（國都以外的所屬城邑），並以故國之名為氏，稱魯氏並相傳至今。

此外，據史料記載，魯姓的另一個重要起源，來自東晉時期北方的烏桓，也作烏丸，與鮮卑同為東胡部落聯盟的組成部分，隋、唐以後，被融合於其他各族之中，逐漸消失。在東漢光武帝時期，烏桓形成了許多漢化的姓氏，如魯、郝、審、桓、烏、王等，這也是河北、山西、陝西魯姓的主要來源之一。

清朝中葉以後，蒙古族、滿族、彝族、白族、苗族、土家族、布依族、朝鮮族等均有人改漢姓為魯的，世代相傳至今。

還有一支魯姓源於回族，出自宋、元朝時期，他們從西域來到中國定居，也屬於漢化改姓。

遷徙分佈

魯姓源於周朝的魯國，其地域包括現在的山東、安徽一帶的部分地區。後因國家破滅，魯姓開始在山東大地緩慢繁衍。東漢時期，魯姓開始向河南新蔡一帶遷衍，並以新蔡為中心，向安徽、江蘇的北部緩慢遷衍。

唐代前期，魯姓得以平穩發展，除繼續繁衍播遷於江南一

帶外，在山東、山西、河北、河南、陝西都得到了發展。宋元之際，居江蘇、江西、安徽、浙江一帶的魯姓為避兵火，南遷入閩粵，西遷入湖廣。明初洪武年間，魯姓被朝廷分遷於山東、河南、江蘇、湖南、天津、北京等地。如今，魯姓在全國均有分佈，尤以山東、安徽兩省分佈人數較多。

魯姓名人堂

東吳重臣：魯肅

魯肅，字子敬，臨淮東城（今安徽定遠東南）人。他出身於豪門士族，自幼喪父，喜好讀書又善於騎射，性格豪爽又仗義疏財，深得周圍人的敬慕。在周瑜身為居巢長時，曾因缺糧向魯肅求助，魯肅毫不猶豫地就送給周瑜一倉三千斛糧食。從此，二人結為好友，共圖大事。之後，魯肅與周瑜一起東渡長江，投奔孫策。二人都深得孫策賞識。

赤壁之後，魯肅被任命為贊軍校尉，成為了孫劉兩家聯合抗曹的推動者之一。周瑜死後，孫權接受周瑜生前建議，命魯肅居奮武校尉職位，然後又根據時勢所需，任命魯肅為漢昌太守，授偏將軍。魯肅在隨孫權攻破皖城後，被授為橫江將軍。

魯肅是東吳繼周瑜之後的重臣之一，病逝時只有四十七

歲，孫權為表哀悼，親自為其主持了葬禮。他和周瑜二人都是人才，且同樣英年早逝，令人大感惋惜。

木匠祖師：魯班

魯班，相傳本姓公輸，名般。因為在當時「般」與「班」通用，且他又是魯國人，所以後世都稱其為魯班。

魯班一生中在機械、建築等方面做出了很大貢獻。他能建造「宮室台榭」、製作舟戰用的「勾強」、攻城用的「雲梯」等。據說他發明了磨、碾、鎖等，還發明了曲尺、墨斗、鑿子、刨子等多種木匠使用的工具。由於他的成就和貢獻都十分突出，所以後世的建築工匠和木匠都把他尊為「祖師」。

據傳說，當年魯班看到鳥在天空自由飛翔，就用竹木製作成可御風而飛的飛鵲。只是一開始的飛行時間較短，但經過不斷地研究和改進，竟能使其在空中長時間飛行。

血脈共性

魯姓一脈族人心思靈巧、縝密，且有大局觀。從其得姓始祖公子伯禽到東漢名臣魯恭，再到三國東吳重臣魯肅，都是如此。魯姓族人在其他方面也站在了先驅者之列，古有神匠魯班、學者魯勝等等，他們就是最有力的代表。

周宣王庶弟姬友於鄭封伯——鄭

姓氏淵源

根據史籍記載，周朝的周宣王即位後，把最小的弟弟姬友封在鄭地，此後他與子孫便在此建立了鄭國，姬友即鄭桓公。後來，鄭桓公的子孫就以國為氏，稱鄭氏。當時的鄭地位於現在的河南省中部、黃河以南地區。現在河南還有一個新鄭，根據考證，新鄭就是因鄭姓而得名的。

關於鄭國的由來及鄭姓的來源還有另一種說法，姬友受封於鄭（今陝西華縣東），後東遷於鄶、東虢兩國間。這成為春秋時期鄭國的基礎，後來其國人便紛紛以故國之名為氏，稱鄭氏。

朝鮮族、裕固族、哈尼族等民族，還有蒙古族寶裡吉特氏、正訥魯特氏，滿族濟禮氏等，在漢化過程中，均有人改漢姓為鄭，這也是鄭姓的來源之一。

遷徙分佈

鄭姓最早發源於今河南省（一說陝西省）。後因國家滅亡，便有族人遷居到山東、安徽等地。秦漢以後，鄭姓主要分佈在今山東、安徽、陝西、山西等地。唐朝時期，河南鄭氏又有部

分族人遷居福建等地。明清之際部分鄭姓族人遷居至海外。如今，中國絕大部分地區及泰國、菲律賓、印度尼西亞、馬來西亞、加拿大、美國等均有鄭姓族人分佈。

鄭姓名人堂

戰國末水利家：鄭國

鄭國是戰國末期的韓國水利家。秦王政元年（一說十年），韓國為阻止秦國兵滅各國，於是派鄭國去秦國遊說秦王政（即後來的秦始皇）興修水利，圖謀以此工程使秦國勞民傷財，藉以阻止或延緩其伐韓。在鄭國的遊說下，秦王採納了他的建議，任命他為工程主管。他的真實意圖在開始施工時被秦國察覺，鄭國便再次以開渠的好處遊說秦王，終使開渠之事順利完成。渠成之後，秦國關中的乾旱平原因得到灌溉變成了良田，糧食大量增產，國力更加強大。在這件事上，韓國也算是「搬起石頭砸了自己的腳」。

鄭國開渠，打開了引水灌溉的先河，在農業方面大大地提高了當時的生產力，改善了人民的生活條件。秦國人民感恩鄭國，便以他的名字命名這條水渠，稱鄭國渠。

難得糊塗：鄭燮

在清朝康乾時期，有一位官員，曾為康熙年間的秀才、雍正年間的舉人、乾隆年間的進士。他本是江蘇興化人，可其一生中大部分時間都客居揚州，以賣畫為生。

他的詩、書、畫均曠世獨立，堪稱一絕，當世將其稱為「三絕」。他最擅長畫蘭、竹，代表畫作為《蘭竹圖》。

這個人就是被譽為「揚州八怪之一」的鄭燮，鄭燮這個名字也許少有人知，說起他的字——克柔就更鮮為人知了，可說起他的號，就無人不曉了，他號板橋。沒錯，這個人就是鄭板橋。

鄭板橋在很小的時候就失去了雙親，後來雖考取功名，卻仕途不順，但多才多藝的他並沒有沉淪，反而成為了一代書畫大師，尤其是他的一句「難得糊塗」，更顯示出了大智慧，當真不愧為一代大家。

血脈共性

鄭姓歷史悠久，在歷朝歷代均不缺乏名人。在鄭姓名人之中，某個行業的專家或者文壇大家佔多數，當然也有鄭成功那種名將，由此可以看出鄭姓族人的血脈中，文人氣質佔據主導

地位。

楚君熊繹受封「子男」——楚

姓氏溯源

據史籍記載，楚氏源於羋姓。據說周朝時，顓頊高陽氏的後裔鬻熊的曾孫熊繹，被周成王封於丹陽，最初國號為荊。

春秋時期，楚文王時楚國遷都至郢。戰國末期白起破郢，楚國又被迫遷都到陳，前二四一年又遷都壽春。此後不久，壽春被秦軍攻破，楚國滅亡。楚國的興衰歷經八百餘年，在此期間楚國的各支皇室成員中，均有以國名為氏的，稱楚氏，一直傳承至今。

楚姓中還有一支源於姬姓，出自春秋時期魯國上大夫姬林楚，屬於以先祖名字為氏。到了唐朝時期又出現一支楚姓，這支楚姓源於當時被武則天貶官的重臣褚遂良之後，其後裔擔心被株連，所以改「褚」的諧音字「楚」為氏，稱楚氏，世代相傳至今。這一支楚姓屬於避難改姓。

另外，在蒙古族、滿族、傈僳族、土家族、白族、苗族、傣族、彝族、回族等少數民族中，均有因民族漢化而改漢姓為

楚的。

遷徙分佈

　　楚姓源於荊楚之地，即今湖北一帶。在當時，楚姓在今山東、山西、河南、陝西等地也有分佈。南北朝至隋唐間，楚姓逐漸遷居到今湖南、四川、重慶、江西、安徽、河北等地。宋朝以後，楚姓因躲避戰亂，逐漸向南遷徙至雲南、廣西、廣東等地。

　　明初，山西楚姓被朝廷分遷於山東、安徽、河南、河北、北京、天津等地。明中葉以後，除甘肅、寧夏等地開始出現楚姓族人之外，越南、緬甸等其他東南亞國家也開始有楚姓族人遷入。清朝時期，有部分楚姓遷居至遼寧等地。如今楚姓在全國各地均有分佈，且以河南等省人數最多。

楚姓名人堂

楚家英才：楚衍、楚智

　　說起楚姓名人，很多人一定聽說過楚留香。楚留香雖然是古龍筆下的三公子之一，但現實中並無其人。古龍先生本名熊耀華，是為熊姓，而楚姓的得姓始祖是楚國的建立者熊繹。若是真有楚留香其人的話，他們倆還應該算是同宗呢！

事實上，歷史上楚姓名人層出不窮，例如宋朝時期的天文學家楚衍。天聖（宋仁宗年號）初年，朝廷準備創造新曆法，眾人推舉楚衍主持此事。他因此官拜靈台郎，與掌曆官宋行古等九人制崇天曆。後陞官為司天監，入隸翰林天文院，並參與編撰了《司辰星漏曆》十二卷。楚衍雖然膝下無子，卻有一個精於算術的女兒。

　　楚智是明朝初期的大將，洪武時期，他先後跟隨馮勝、藍玉出塞有功，官至都指揮。燕王朱棣起兵時，楚智與李景隆領兵拒敵，以勇猛著稱，最後在夾河身隕沙場，是為一代猛將。

血脈共性

　　楚姓源於楚國王室，所以貴族氣質不言而喻。楚姓源於荊楚之地，在文化角度上看，荊楚文化是一個獨立的文化形態，有它本身的內涵和屬性，如在歷史上地位極高的楚辭，就誕生於此。耳濡目染之下，楚姓族人身上的文學氣質和修養也成為了他們的特徵。

唯一確定的周代男爵國——許

姓氏溯源

許姓是神農氏（炎帝）的後裔，源於姜姓。武王滅商後建立了西周。在周成王大規模分封諸侯時，商的舊地也被分封給一些諸侯國，許國正是其中之一。其始祖為文叔，也稱許文叔。在許國滅亡後，其子孫後代便以國名為氏，稱許氏，史稱許姓正宗。

　　還有一種說法稱，許姓早在炎帝時期便已存在，且源於姬姓。相傳堯帝在位時，許由是當時的大賢人，堯有意傳位於他，許由不願，逃至箕山。許由死後葬於箕山，後人多以他為許氏始祖。

　　在春秋時期，衛文公姬毀之子姬其許，曾擔任衛國大司徒，主管征發徒役，兼管田地耕作與其他勞役。在他的子孫後代中，有以先祖名字為氏的，稱許氏，屬於以先祖的名字為氏。

　　當然，除了上述三支源於姬姓的許氏之外，在許姓中自然少不了少數民族成員。瑤族、黎族、彝族、土家族、阿昌族、蒙古族、回族、朝鮮族等少數民族皆有人因漢化改姓，稱許氏並且世代相傳至今。

遷徙分佈

許氏起源於今河南省，春秋時期遍佈於今河南及安徽北部

一帶。許國被滅掉之後，除部分遷居今湖北、湖南地區外，還有部分北上遷徙至冀州高陽地區。秦漢時期，許姓已遍佈今河南、河北的大部分地區。此後，北方許姓主要分佈於今河南、河北、安徽、陝西、山西等地。唐代以後，許姓開始大舉南遷進入江蘇、浙江、湖北、福建、廣東等地。宋末元初，許氏有一支遷居廣東。明代以後，許氏又移居海外。

許姓名人堂

故劍情深，南園遺愛：許平君

許平君是漢宣帝劉詢的髮妻。劉詢成為皇帝後，出身平民的許平君也隨他一起進宮，被封為許婕妤。當時霍光想讓自己的女兒霍成君當皇后，但劉詢卻下了一道「尋找故劍」的詔書。朝臣們揣測聖意後，便聯合奏請立許平君為后。

許平君是幸福的皇后，沒有被當了皇帝的丈夫拋棄。但不幸的是，最後卻被霍光的夫人霍顯買通的女醫淳於衍毒害致死。史書當然不會記載劉詢的悲痛，只有杜陵的南園深埋了這位風華短暫的皇后，與一位帝王的沉痛思念。這段故事就是有名的「南園遺愛，故劍情深」。

三國名士：許攸、許劭

許攸，字子遠，南陽人，本為袁紹帳下的謀士，官渡之戰時投降曹操。正是因為他的加入，才使曹操在官渡之戰中有了以少勝多的可能。後來許攸隨曹操平定冀州，因自恃有功而屢出狂言，終惹得曹操大怒，將其斬殺。

另一人叫許劭，字子將，今河南平輿北人，東漢末年著名的人物評論家，人稱「月旦評」。許劭曾評曹操為「治世之能臣，亂世之奸雄」。後人說曹操是「亂世奸雄」，便是語出於此。

血脈共性

許姓雖源流較多，但大多數源於姬姓，屬同宗。許姓族人無論在哪個位置上，做事永遠都能發揮出本身的巨大能力和潛力。許姓族人有著重感情的性格特點，但是也存在著一點點狂傲的個性。

第二章
春秋戰國，大秦興衰

從春秋戰國開始，一直到秦朝統一中國之前的這段時間，可謂紛繁亂世，戰火不斷。也正是在這樣的歷史背景下，才會出現數不勝數的霸主和賢臣。在這一時期，軍事、政治、經濟等方面都發生了極大的變化，在社會變革中，有識之士紛紛宣傳自己的治國主張，因此在當時相繼誕生各種學派，統稱為諸子百家，形成了百家爭鳴的歷史局面。

秦滅六國之後，建立了中國第一個大統一的國家，但這樣一個強大的國家，在不足百年的時間內就滅亡了，秦國的興衰過程中，同樣湧現了一批超凡的人物。這些站在時代頂峰的人，都是哪些姓氏家族的傳人呢？

春秋時期，各路諸侯名士之姓

在中國五千年歷史長河中，有一段時期極為重要，本為亂世但文化發展卻空前繁榮，又因儒家聖人撰寫史書而得名，這段時期就是春秋時期。

據傳孔子修訂了《春秋》一書。這部書記錄了從魯隱公元年（公元前七二二年）至魯哀公十四年（公元前四八一年）間的歷史。但春秋這一時代名的得名則是因魯國編年史《春秋》。為了方便起見現代的學者一般將周平王元年（公元前七七零年）東周立國開始，一直到周敬王四十四年（公元前四七六年）為止，稱為「春秋時期」或者「春秋時代」。

據考，春秋初年的大小諸侯國見諸經傳的，約有一百七十餘個，然其會盟、征伐等事跡彰彰可考的，不外乎齊、晉、楚、魯、宋、秦、衛、燕、蔡、陳、曹、鄭、吳、越等數十個諸侯國而已。

自周平王遷都以後，一部分諸侯國經過長期的休養生息後發展起來，逐漸強盛，而周王室的力量卻逐步勢衰，漸漸地喪失了控制各個諸侯國的能力。對於這些強大的諸侯國來說，周

王室便不再有任何威懾力。因此他們也不再對周王室唯命是從，有的諸侯國蠶食周的土地，也有的諸侯國私自去攻伐其他的諸侯國。此時周王的地位下降得已然十分嚴重，只不過保留著天下共主的虛名罷了。

逢此亂世，在如此之多的諸侯國裡，有哪幾個站在了時代的前沿，成為了當時的領軍者？在這些諸侯國之中，其代表人物或王室貴族都姓什麼呢？

春秋五霸齊大夫之姓——鮑

姓氏淵源

據記載：鮑姓源自姒姓，出自春秋時期，夏禹裔孫杞國公子敬叔，被賜封於齊國鮑邑，此後他的兒子牙便以鮑為氏，即鮑叔牙，這屬於以邑（國）名為氏。由此可見，鮑叔牙乃是鮑姓的得姓始祖。在鮑叔牙的後代子孫裡，大多以其先祖的封邑之名為姓氏，世代相傳，史稱其為鮑氏正宗。

在南北朝民族大融合時期，北魏代北地區的少數民族俟力伐氏（一說為俟力氏）跟隨北魏孝文帝南下，後在洛陽定居，與漢族融合，改姓為鮑。此外，代北的少數民族「鮑俎氏」也

有改姓鮑的。滿族的瓜爾佳氏、保佳氏等後人均有改姓鮑的；蒙古族的孛兒只斤氏的後裔中也有人改姓鮑。

遷徙分佈

鮑姓本身是一個多民族、多源流的姓氏，在先秦時期鮮為人知，當時主要分佈在山東地區。據統計，到了宋朝時期，鮑姓一族大部分聚居在今安徽省一帶。宋朝以後，主要分佈在今浙江、山東、青海、江蘇四地，同時在今湖北、安徽、河北、河南、青海東部、甘肅西部、內蒙古西部和東北部、黑龍江西北和東部等地均有分佈，且浙江為鮑姓第一大省。

鮑姓名人堂

春秋賢臣：鮑叔牙

鮑叔牙，春秋時曾任齊國大夫，其人以知人善交著稱，與管仲交好。在齊公子小白與公子糾之間的爭鬥中各為其主，最後公子小白勝利，效命公子糾的管仲淪為階下囚。鮑叔牙知道管仲很有才能，便向齊桓公極力舉薦他為宰相。這一段故事被譽為「管鮑之交」或「鮑子遺風」。

鮑叔牙認為人生快事有二：「一為食盾魚，二為飲玲瓏（杞子）。」至於盾魚和玲瓏，指的其實就是一種魚和一種茶。盾

魚因為他愛吃被稱為「鮑魚」，玲瓏的名字也被後世稱為「鮑叔芽」。管仲為了報答鮑叔牙的恩情，便專門為他建造了被後世稱為「天一園畫廊」的玲瓏園，使其一生都能享用他最喜歡的茶。

耿直膽大的諫臣：鮑宣

鮑宣，字子都，西漢渤海高城（今河北鹽山東南）人，出身農家，性格耿直，官拜諫大夫。

有一次丞相孔光帶著隨從出視轅陵，那些隨從非但不行旁道，還驅車在中央馳道（皇帝專用車道）亂跑。這種行為在當時是違法的，這正好被鮑宣撞見。他立即命手下拘捕孔光的隨從，並將車馬充公。孔光見鮑宣這樣做，認為他太不給面子了，因此對其心存怨恨，並千方百計排擠鮑宣。

當時的哀帝又很寵信孔光，便不分青紅皂白，直接派人到司隸府抓人問罪，可鮑宣性格過於耿直，始終認為自己不過是秉公執法罷了，於是閉門拒命。結果皇帝大怒，便加以「大不敬」的罪名，將其逮捕下獄，定為死罪。後雖免一死，卻也被改罰髡鉗，流放到上黨長子。

如此一個耿直且膽大的諫臣，他的光芒相比後世的魏徵也

毫不遜色，可惜的是，他碰上的君主不是唐太宗，而是漢哀帝。

血脈共性

鮑姓一脈自其得姓始祖鮑叔牙開始，世代皆有名人，其中不乏詩人文士、官員將領。東漢有太守鮑昱，北宋有學者鮑慎由，清代有藏書家鮑廷博等，都是鮑家歷代文人的代表人物；在軍營中也不乏鮑姓一族的子弟，東漢騎都尉鮑信、清朝湘軍將領鮑超等，都是軍隊中的佼佼者。鮑姓一族的血脈裡具有軍人與學者的雙重氣質，正是由於這兩種氣質的結合，才使得鮑氏一脈在一代代的傳承中人才輩出。

春秋五霸晉國正卿之姓——魏

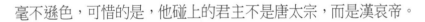

姓氏溯源

魏姓源出姬姓，為周文王的後裔畢萬之後，屬於以邑為氏或者以國名為氏。根據相關史料所述，周文王的第十五個兒子畢公高受封於畢，並在此建立了畢國。在畢國被西戎攻滅後，其孫畢萬投奔到晉國，成為晉國大夫。此後，畢萬因功受封，食邑在魏，其子孫便以邑為氏，稱為魏氏。畢萬的後代魏斯建立魏國，在公元前二二五年魏國為秦所滅，此後亡國的魏國王

族，便以國名為氏，形成了魏姓中最為重要的一支，史上稱其為魏姓正宗。

此外，還有一部分人是由外姓改姓為魏的，如《史記》中記載：戰國秦昭襄王時有國相、穰侯、昭襄王母宣太后異父弟魏冉，本楚人，羋姓，後改姓魏。即是說魏姓中有一支出自羋姓，是顓頊的後代，後改姓為魏。

遷徙分佈

魏姓最早出現在今河南省北部及山西省南部一帶。起初其族人主要在山西、山東、河南境內發展繁衍，也有部分族人居於今湖南、湖北境內。先秦時期魏姓有部分族人遷徙至今陝西一帶。在西漢時期，又有部分族人遷徙至江蘇、浙江、甘肅、寧夏等地。到了三國、兩晉、南北朝時期，魏姓一脈大舉遷至四川、江西、福建等地。在盛唐時期，魏姓繁盛，部分族人再次大舉遷居漳州，安家福建，後又遷至廣東等地。唐末至宋末期間，魏姓人已遍佈江南地區。

魏姓名人堂

毀車為行：魏舒

魏舒是春秋時期的晉國正卿，政治家、軍事改革家。他不

但是魏氏第五代領袖，還是戰國時期魏國國君的先祖，史稱魏獻子。公元前五四一年，晉國車兵與白狄的步兵在太原開戰。

因戰場地形狹險，晉軍的車兵對於白狄步兵毫無反擊之力，於是他便向中行吳提出將戰車方陣改為步兵方陣的建議。中行吳果斷採納了他的建議，結果大敗白狄軍，取得了最終的勝利。這便是魏舒「毀車為行」的戰術，因此這種步兵方陣被稱為「魏舒方陣」。「魏舒方陣」是春秋軍事史上的一件大事，這對於中國古代戰爭中由車戰向步戰的轉變有著劃時代的意義。

魏舒敢於大膽設想並且改變已有的常規作戰方式，合理取捨，制訂戰術，最終取得了勝利，無疑顯示出了他卓越的軍事才能，因此說他是一代軍事巨匠也毫不為過。

被誣造反的名將：魏延

魏延，字文長，三國義陽（今河南信陽市西北）人，三國時期蜀漢著名將領，官拜督漢中鎮遠將軍，領漢中太守，蜀漢建立後升為鎮北將軍，隨諸葛亮北伐時，任征西大將軍。他曾向諸葛亮提出「子午谷奇謀」的想法，即率五千精兵由子午谷迅速抵達長安城下，並一舉將其拿下，然後由諸葛亮率領主力

大軍由斜谷趕到長安做支援。諸葛亮卻認為此計風險甚大且難以成事，便未予採用。

歷史是沒有假設的，姑且不論若採用此計結果如何，諸葛亮的這個行為，著實給了魏延一個日後「謀反」（《三國演義》中的謀反原因其實是羅貫中捏造的，事實上魏延謀反真正的原因應該是內訌）的理由。

在諸葛亮死後，魏延不甘受長史楊儀的制約，更不能容忍兵權落到他的手中以致放棄北伐，因此與其產生了矛盾。他在退軍途中違背諸葛亮遺令，率軍燒絕棧道、攻擊楊儀，卻因部屬不服而敗逃，最後被斬殺，且遭受「夷三族」的悲慘後果。

就這樣，這位軍事才能尤勝姜維的奇才就此隕落，一代名將竟以這種方式離場，令人感到惋惜。

血脈共性

魏姓在歷史上也曾輝煌一時，春秋時魏家地位便已十分顯赫，其代表人物有晉國大夫魏武子、戰國四公子之一的魏無忌（信陵君）等，他們之後的魏姓族人依然有不少在朝中封侯拜相，西漢大臣魏相、三國蜀漢大將軍魏延、大唐一代政治家魏徵、南宋名將魏勝等等，都是魏家傑出的代表人物，各朝各代

中的魏家文臣武將，總能流露出一種領導者沉穩幹練的氣質。

春秋五霸越國大謀略家之姓——文

姓氏溯源

文姓中有兩支源於姬姓，史籍中記載，周武王滅商後，建立了周朝。隨後他便追諡其父西伯侯姬昌為周文王。在姬昌的後代子孫中，就出現了一部分以其諡號「文」為姓的人，並世代相傳至今。

西周初年建立的衛國，至春秋時期的衛獻公時，國內有個很有聲望的將軍叫孫文子（姬姓，孫氏，諡號「文」，因此史書多稱其為孫文子）。孫文子的子孫後代中有一部分人以先祖的字為氏，稱文氏，並沿用至今。

文姓源流還有一支，同樣是以先祖諡號為氏，即戰國時孟嘗君田文的後裔。孟嘗君本是齊國貴族出身，在田甲叛亂時，逃到魏國，並擔任相國，死後諡號文。其後人中便有以「文」為氏的。

在古老的姜姓中也分出了一支文姓氏族，相傳為炎帝後裔姜文叔之後。西周初期，文叔建立了許國，為姜姓諸侯國，後

為楚所滅（一說滅於魏）。之後除有部分人以故國之名「許」為氏外，還有以其開國君主文叔之字為氏，稱文氏的。

當然，文姓這個大家族也少不了少數民族的身影，如今土家族、布依族、黎族、壯族、回族等少數民族中，均有因漢化改姓而稱文氏的。

遷徙分佈

文姓源於今陝西、河南、山西境內。在春秋戰國時期，文姓族人遷於今江淮一帶。西漢時期，有安徽文姓遷入四川。東漢至三國時，文姓主要分佈於今山東、山西、河南等地。魏晉南北朝時期，北方文姓躲避戰亂，大舉南遷。唐宋時期，文姓人員主要分佈於今山西、河南、四川、江西、江蘇等地。明朝時期，山西文姓作為洪洞大槐樹遷民姓氏之一，被分遷於周邊各省及安徽等地。清朝以後，文姓已遍佈全國。今日文姓族人分佈以廣東、江西、廣西、湖南和四川為主。

文姓名人堂

鳥盡弓藏的謀士：文種

文種（也作文仲），字會、少禽（一作子禽），春秋末期著名的謀略家，初為楚人，後於越國定居。他是越王勾踐的重

要謀臣之一，在越王勾踐兵敗於吳時，文種奉命去吳議和。吳王夫差不聽伍子胥之諫同意議和，但有個條件，就是讓勾踐夫婦與大夫范蠡到吳國充當人質。

這樣，文種就不得不留在國內主持國政。勾踐歸國後，文種為勾踐提出破吳七術：「一曰捐貨幣以悅其君臣；二曰貴糴粟囊，以虛其積聚；三曰遺美女，以惑其心志；四曰遺之巧工良材，使作宮室以罄其財；五曰遺之諛臣以亂其謀；六曰彊其諫臣使自殺以弱其輔；七曰積財練兵，以承其弊。」

勾踐滅吳後，范蠡隱退，並留書勸文種逃跑。文種卻自覺功高，不聽勸告，終為越王不容，受賜名劍屬鏤，隨後他便用此劍自殺。

江南四大才子之一：文徵明

提起文姓的名人，除了文種以外，很多人一定會想到前些年影視劇中出鏡率很高的四大才子之一的文徵明。歷史上確實有這麼一位才子，他原名文壁，字徵明，是明代中期著名的書畫家、文學家，號「衡山居士」，世稱「文衡山」。

他曾官至翰林院待詔，私諡貞獻先生。文徵明詩書畫無一不精，被稱為「四絕」的全才，同時他也是「吳門派」創始人

之一。他與唐寅、祝允明、徐禎卿並稱「吳中四才子」。文徵明的畫作，既能水墨也能青綠，能工筆也能寫意。其筆下的花卉、蘭竹、人物等無一不精。其留存於現世的畫作有《千巖競秀》、《湘君夫人圖》、《失竹》、《蘭竹》、《梨花白燕圖》、《水亭詩思圖》等。

血脈共性

文姓是一個古老的家族，從歷史上各時期的文姓名人身上可知，其族人大多性情安靜，且十分理智。其族人溫厚中帶有華麗氣質，具有不屈不撓的精神。其性格雖好爭辯卻處世果敢，多為強雄氣派，但有些貪戀權勢。總體來說文姓族人即便不入朝為官，在其他領域也能發揮出自己的才能。

春秋五霸楚王之姓——熊

姓氏淵源

熊姓是中國最古老的姓氏之一。據《世本》、《古今姓氏書辯證》及《元和姓纂》等史籍記載，熊姓源出芈姓，始於黃帝的七世孫季連的後裔鬻熊。在周文王封其老師鬻熊為護國侯之後，鬻熊的曾孫熊繹就以先祖的字為氏，稱熊氏。西周成王

時，熊繹受封於荊楚，建立楚國。楚國傳至春秋時，為春秋五霸之一，後為秦國所滅。亡國後，國人中便有人以熊為氏，稱熊氏，並尊鬻熊為得姓始祖。

另據記載，黃帝生於壽丘，長在姬水，住在軒轅之丘，之後建都於有熊，所以黃帝又被稱為有熊氏。在黃帝的後裔中有一部分人以此地名為氏，稱熊氏，這一支熊氏是黃帝有熊氏的後裔。由於鬻熊是顓頊後裔，而顓頊是黃帝之子昌意的後裔，所以這兩支也可算作是同源。

此外，在中國少數民族的漢化過程中，有一部分人便改稱漢姓熊氏，如苗族仡熊氏，普米族本牙氏，傈傈族以熊為原始圖騰的氏族，四川和甘肅地區白馬人當納氏、熱惹氏、啞咕氏等均改漢姓為熊。如今的布依族、彝族、滿族、蒙古族、瑤族、阿昌族、壯族、土家族等均有族人因漢化而改姓熊。

遷徙分佈

熊姓起源於周朝時期的楚國，即今湖北、湖南、江西等地。秦漢之際，有少數族人散居於河南、河北、山東等地。魏晉南北朝時，熊姓已遷入中國江南地區。唐宋年間，熊姓後人陸續遷徙到江浙地區。

宋末明初，江浙一帶的熊姓為避戰亂遷至福建，之後又有部分族人由福建遷入廣東，而山西地區的熊姓族人則被朝廷分遷至河南、山東、河北、江蘇、安徽、陝西、北京、天津等地。明代以後，熊姓子孫陸續向廣西、貴州、雲南、四川、海南各處遷徙。到清朝時期，熊姓已散居全國各地，閩粵地區的熊姓有人遷居海外。如今，熊姓分佈以湖北、江西、四川、湖南等省為主。

熊姓名人堂

明朝軍事巨擘：熊廷弼

熊廷弼，字飛白，號芝岡，湖廣承宣佈政使司武昌府江夏縣（今屬湖北省武漢市江夏區）人。熊廷弼少時家境貧寒，放牛讀書，刻苦強記。萬曆二十五年，考中鄉試第一名，次年中進士，授保定推官，又因其才能被擢為監察御史。

萬曆三十六年，熊廷弼受命巡按遼東。萬曆四十七年，遼東經略楊鎬兵敗薩爾滸。明朝以兵部右侍郎熊廷弼經略遼東，上任伊始便招集流亡，整肅軍令，造戰車，治火器，浚壕繕城，扭轉了遼東的局勢。但好景不長，泰昌元年，熊廷弼又遭人彈劾被革職。天啟元年，努爾哈赤攻破遼陽，明朝再次任用熊廷

弼經略遼東。但廣寧巡撫王化貞與其不和，兵敗潰退，廣寧失守。淪為囚犯的他又不幸陷入黨爭，後為閹黨所害，天啟五年被殺，並傳首九邊。

清朝乾隆皇帝曾評價「明之曉諭軍事者，熊延弼乃巨擘也。

熊姓小說家：熊耀華、熊大木

提起熊姓的名人，一定會提到著名的武俠小說家古龍大師。古龍本名熊耀華，他的小說創造性地將詩歌、戲劇、推理等元素帶入傳統武俠，又將自己獨特的人生哲學融入其中，一句「人在江湖，身不由己」流傳之廣，幾乎成為中國人最常見的口頭禪之一，甚至對當代中國人的價值觀產生了影響。

其實早在明朝，也有一位著名的小說家、出版家，他叫熊大木，是今福建省南平市建陽區人，編有《全漢志傳》、《唐書志傳》、《宋傳》、《宋傳續集》等小說。他的詠史詩更是別具一格，頗有新意。

血脈共性

熊姓一族多為楚國皇室的後裔，在歷史上先後湧現出不少出色的人物。在熊姓的發展中，大多數名人都是軍政界的重要人物，可見其族人多精明能幹，殺伐果斷，富有拚搏精神，而

且極其富有想像力。

春秋五霸吳國大夫之姓──伍

姓氏溯源

《姓氏考略》中記載，伍姓源於羋姓，出自遠古黃帝的臣子伍胥，屬於以先祖名字為氏。在《元和姓纂》中所記載的伍姓始祖，是楚莊王手下的臣子伍參。伍參的後世子孫以其先祖名字為姓氏。

還有一支人數較多的伍姓，出自元明時期的回族。據記載，回族伍氏的始祖是伍儒。伍儒原是西域撒馬兒罕（今烏茲別克斯坦撒馬兒罕）人，他精通天文曆法，於元朝末期進入中原，入欽天監刻漏科。其後人連續五世都為此官，並在中原開枝散葉，伍儒便是這一支伍姓的始祖。

此外還有一支源於姬姓的伍氏，出自西周時期官位小司徒，屬於以官職稱謂為氏。

司徒主要是輔佐君主操持行政事務的官職，春秋時期的各諸侯國中大多設有這個職位。小司徒共五名，人們常合稱為「伍徒」，所以在他們的後世子孫中，便有人以先祖的官職稱謂為

氏，稱伍氏。

在中國古代軍隊編制中設有伍長一職，一伍共有五人，由伍長統一管理。在伍長的子孫後代中就有人以官職稱謂為氏，稱伍氏，這支伍氏也屬於以官職稱謂為氏。

蒙古族的烏扎喇氏、台本氏，滿族的烏蘇哩氏，錫伯族的伍都氏等等，均有因民族漢化而冠以漢姓後，稱伍氏的族人，並一直沿用至今，這也是伍氏的一支重要源流。

遷徙分佈

伍姓起源於上古時期，黃帝有臣子伍胥。經過民俗學家對伍氏族譜的仔細研究後，得出結論：儘管伍胥生於湖北，但伍氏家族最早且最重要的發源地是湖南常德，同時在湘西地區苗族中也有伍姓分佈，如今伍姓在廣東、湖南、湖北分佈最廣。

伍姓名人堂

被讒言禍害一生的將軍：伍子胥

伍子胥，名員，字子胥，他是春秋末期的吳國大夫，本是楚國人。因遭人讒言陷害，他的一家老小均被楚平王下令殺害。伍子胥隻身逃往吳國，在路上生了一場病，盤纏用盡，一路上以乞討過活。

伍子胥逃到吳國後，成為了吳王闔閭重臣。後來，伍子胥協同孫武領兵攻入楚都，那時楚平王已經去世，但伍子胥為報父兄之仇，便掘開楚平王的墳墓，鞭屍三百。此後，吳國在伍子胥等賢臣的輔佐下，西破強楚，北敗徐、魯、齊，終成一霸。在吳王夫差打敗越王勾踐之後，伍子胥多次勸諫吳王夫差殺了勾踐，但其意見卻沒有被採納。最終夫差聽信讒言，令其自殺。

血脈共性

伍姓是一個古老而龐大的姓氏族群，伍姓族人大多剛正不阿，且足智多謀，堪當大任。性格過於執著，對於認定的事情不會輕易改變，而且很容易放下身段，所以無論做什麼事情都很容易成功。但對於性格執著這一點，過度就是一種缺點了。

戰國時期，群雄之姓

　　戰國時期是中國古代重要的歷史時期之一。其具體時間有兩種說法，一說是公元前四七五年至公元前二二一年，也有說法認為其具體時間應該是公元前四零三年至公元前二二一年，即從韓趙魏三家分晉開始算起，直到秦始皇統一天下為止。它是華夏歷史上持續時間最久且分裂對抗最嚴重的歷史時期之一，由於這一時期各諸侯國混戰不休，故稱為戰國。戰國這個說法早在當時就有人使用，並非後人歸結而來。

　　戰國初期，中原地區有十多個諸侯國，經過長期混戰之後，有七個大國脫穎而出，分別為秦、楚、韓、趙、魏、齊、燕，被稱為戰國七雄。同時，由於周圍的少數民族飛速發展，戰國時邊境諸侯國與其他各族間相互攻伐，並修建了長城。

　　戰國時期，出現了諸子百家的風潮，這是中國思想、學術發展的黃金時期，史稱「百家爭鳴」。在這一時期，無論是經濟、政治還是科技方面的發展，都使中國向新時期邁進了重要的一步。

　　科技上，這個時期由於冶煉技術的進步，鐵器作為生產工

具出現，牛成為了耕地的主要勞動力。各國之間的商業貿易與手工業都得到了飛速發展。

那麼在這一時期都出現了哪些主導時勢的英雄人物？

戰國公子春申君之姓——黃

姓氏溯源

黃姓起源可追溯到舜帝時代，相傳，那時東夷族的首領叫伯益，因其幫助大禹治水有功，被帝舜賜姓嬴。據傳說，伯益的後裔有十四支，稱嬴姓十四氏，其中就有黃氏。

在《通志·氏族略》、《元和姓纂》等史料中，黃姓為陸終的後裔。陸終的後人建立了黃國，在春秋時期為楚國所滅。亡國後的黃國子孫中，便有人以國名為氏，稱黃氏。說到黃國，史上不止一個。據《古今姓氏書辯證》記載，還有一個黃國是春秋時期由台駘的後人所建立的國家，後來為晉國所滅。這個黃國公族的子孫便以國為氏，稱為黃氏。台駘是上古時期少皞的後裔，世代為水官之長，顓頊時受封於汾川，後世尊其為汾水之神，故而這支黃姓屬於少皞之後。

在黃姓當中，還有因為一些原因改姓為黃的，如在上古時

期，黃與王同音，所以有的王姓便改為黃姓，陸、巫、吳、金等姓氏族人也有因其他原因改姓為黃的。

少數民族的漢化、融合為黃姓大家族注入了新的血液，元末回族的蒲氏因避仇改姓為黃，後來滿族的伊喇氏、西林覺羅氏等也因戰亂而改姓為黃。

遷徙分佈

少皞為東夷族首領時，東夷族中的黃夷與少皞領導的鳳夷互通婚姻。黃夷起源地在今內蒙古東部的西拉木倫河流域，後來他們與少皞的許多子孫，一起跟隨顓頊向東南遷徙進入山東半島及中原地區。這是源於少皞這一支黃姓氏族的遷徙情況。

上古黃國在今河南一代，被楚國滅亡後，大批黃姓族人遷居湖北。戰國時期部分黃姓族人遷至江蘇。漢代以後，黃姓分別向北遷至河南固始、南陽等地，向南遷至江西、湖南、四川等地。黃姓大批人居於福建是始於晉代。宋元時期黃姓在廣東地區發展成為大姓。明末清初又有部分黃姓遷至海外地區。

黃姓名人堂

戰國四公子之春申君：黃歇

楚國黃歇是誰，說起來大家也許會覺得很陌生，可他卻是

個不折不扣的名人。黃歇就是戰國四公子之一的春申君，他是戰國時期楚國大臣，也是著名的政治家。黃歇年輕時曾四處拜師遊學，見識廣博，素有詭辯之才，深得楚頃襄王賞識。

在秦國大舉出兵攻打楚國時，他奉命出使秦國求和，最終與秦國達成了盟約，可他卻與太子熊完作為人質留在秦國十年。回國後不久，楚頃襄王去世，熊完即位，為楚考烈王。黃歇也被楚考烈王任命為令尹，封為春申君，並被賜淮北地十二縣作為封地。之後他奉命援趙滅魯，此戰得勝後，黃歇的威望大增，使楚國重新興盛強大。

不幸的是，春申君在進入王宮的棘門時，被李園的伏兵斬下了頭顱，就此身隕。

習武德為先：黃飛鴻

提起黃姓的名人，最為熟悉的莫過於影視劇中的廣東佛山黃飛鴻。黃飛鴻原名黃錫祥，字達雲，佛山人。一八五九年隨父在佛山、廣州一帶賣武，得「少年英雄」之名。

在影視作品中他的「佛山無影腳」罕逢敵手，且醫術過人，歷史上的黃飛鴻也的確是一位濟世為懷、救死扶傷的醫生，是嶺南武術界的宗師級人物。他縱橫江湖數十年，崇尚武德，推

崇「習武德為先」，憑著過人的勇氣、智慧和絕技，追隨著名愛國將領劉永福，在抗日保台戰爭中屢建奇功。

在廣州的一次武裝暴亂中，黃飛鴻所經營的寶芝林被付之一炬。這對黃飛鴻來說無疑是一個沉重的打擊，終於憂鬱成疾，不治去世，葬於白雲山麓，享年七十七歲。

血脈共性

在中國的歷史上，黃姓名人中的大多數，都在政治上較有成就，如戰國時期的春申君黃歇，北宋政治家黃中庸等等，這說明黃姓族人頭腦十分聰明，政治眼光十分卓越。

戰國公子孟嘗君之姓 —— 田

姓氏淵源

田姓起源可追溯至西周時期，其中一種源流來自官職稱謂，以此為姓的田姓又分為兩支，其中一支源於西周初期所設田僕一職。在周朝，君王所走的道路與士卿大夫和平民百姓所走的道路不同，是一種專門用木板鋪設的「田路」。田僕，就是負責建造和管理「田路」的官吏。在田僕的後裔中，便有人以先祖的官職稱謂為氏，稱田僕氏，後簡化為田氏。

另一支出自西周初期設置的專門管理田土和生產的官員：田正。它在當時的地位相當於如今的農業部部長，在東周時期這個官職被稱為大司田。因此在田正、田畯、稷、田官、大司田等類似官吏的後裔中，便有人以先祖的官職稱謂為氏，稱田正氏、田畯氏、田稷氏、田官氏等，後皆簡化為田氏。

　　在各支田姓中還有三支是以居邑名稱為氏的。它們中的兩支源於西周時期的許田和桑田，在此二地居住的人中，便有以許、桑、田為氏的。許田，是在各諸侯國君和百官前來進行祭祀、朝拜周王之時住宿和舉行重大典禮的地方；桑田則是當時虢國境內，一個以盛產桑蠶和絲紡織業發達而著稱的地方。第三支出於春秋時期，當時晉景公遷都新田，在那之後，居住於此的居民中便有以田為氏的。

　　古時的匈奴，現在的蒙古族、滿族與白族中，均因漢化有改姓漢姓田的族人。

遷徙分佈

　　田姓發源於今山東省。春秋戰國時期，田姓開始向西、北之地遷徙。田姓在漢初時期遷至今陝西、河北、天津一帶。魏晉南北朝至隋唐這段時期內，田姓先後遷居河北、河南、安徽、

山西、山東等地。明清之時，田姓已經遍及中國各地。現如今，田姓分佈在河南、四川、山東、河北等省的人數最多。

田姓名人堂

戰國四公子之一孟嘗君：田文

　　田文是戰國時期齊國的宗室大臣，他的父親田嬰是齊威王的小兒子，出身於齊國貴族。田嬰有四十多個兒子，起初田文既不被人重視也沒有什麼名望，但後來卻成為了齊國舉足輕重的人物，他就是戰國四公子之一的孟嘗君。

　　孟嘗君在薛邑時，不分貴賤地招攬了數千門客。因為優厚的待遇，所以門客們都覺得孟嘗君與自己親近。後來孟嘗君來到秦國，秦昭王先讓他擔任相國，後又免了他的職，還把他囚禁起來，想殺掉他。最終孟嘗君在他的門客的幫助下，終於平安逃出秦國。

　　孟嘗君回到齊國後，齊王讓他做了齊國相國，執掌國政。齊滅掉了宋國後，齊王對孟嘗君起了殺心，孟嘗君得到這個消息後便逃到魏國，成為了魏昭王的相國。後與燕、趙等國合縱攻齊。之後孟嘗君便在諸侯國之間保持中立。他去世後，幾個兒子在爭奪爵位的繼承權時，被齊、魏兩國聯合滅掉了薛邑，

至此孟嘗君絕後。

齊國大將軍：田忌

　　說到田姓的名人，人們最熟悉的莫過於那位賽馬的大將軍田忌了。田忌是戰國初期齊國著名的將領，屬於田齊的宗族，他曾指揮了桂陵之戰和馬陵之戰。

　　桂陵之戰時，魏國軍隊正在圍攻趙國的邯鄲，趙國向齊國求救，齊威王便任命田忌為主將，孫臏為軍師，率軍八萬前去救趙。終以「圍魏救趙」之計在桂陵大敗魏軍。「田忌賽馬」也是在這一時期發生的。

　　在馬陵之戰中，魏國大將軍龐涓率兵攻韓，韓國向齊國求救。齊威王與大臣謀議後決定採納孫臏的意見，暗中答應救韓。之後田忌與孫臏故技重演，來個「圍魏救韓」。在龐涓回軍迎擊齊國軍隊的時候，田忌採納了孫臏的「退兵減灶」策略大敗魏軍，還擒獲了魏太子申，龐涓也因此備感羞憤而自殺。同年，田忌遭到齊國丞相的陷害，在無力澄清的情況下逃亡楚國。

血脈共性

　　田姓家族是一個古老而多源流的家族，這個家族中的人通常平易近人，且總是能夠虛心接受他人的意見，所以田姓族人

身上最顯眼的特質就是謙虛與隨和。

趙國大將軍之姓——廉

姓氏溯源

廉姓的起源最早可追溯到上古時代，在史籍中記載，黃帝有個孫子叫顓頊，顓頊有個孫子叫大廉，在大廉的子孫後代中，便有人以其先祖的名字為氏，稱廉氏。

同樣以先祖名字為氏的廉姓源流，還有兩支，一支出自於商紂王手下的兩元大將蜚廉與惡來的後裔。蜚廉是惡來的父親，以長跑著稱，惡來以神力著稱，二人皆在武王滅商時被殺。另一支則出自於春秋時期楚國軍隊的副帥斗廉。斗廉其人堅毅果敢，驍勇善戰，深受國人尊敬，他的後人中就有人用他的名字——「廉」作為姓氏。

當然在廉姓這個大家族中也少不了少數民族成員，例如元朝時期的布魯海牙（今屬維吾爾族人）官拜肅政廉訪使（簡稱廉使），之後便以官職稱謂為氏，稱廉氏，其後人一直沿用至今。滿族、土家族、朝鮮族等民族，均有人在漢化改姓之後，稱廉氏的。

遷徙分佈

廉姓在春秋戰國時期，主要分佈於今河南、河北等地。在同時期也有廉姓族人遷居至安徽、山西、陝西等地。西漢時南遷至今江蘇，魏晉南北朝時有族人遷至浙江、江西、湖北、湖南以及其他江南地區。

唐代以後，廉姓逐漸遷徙至四川、重慶、福建、廣東、甘肅、寧夏、北京、天津等地。在清康乾時期廉姓族人遷至東北三省。如今的廉姓在天津、河北、黑龍江、河南、遼寧、海南、山西、陝西、江蘇、雲南、湖北、吉林、江西等地均有分佈，且以河南為主，人數較多。此外，在韓國也有少量廉姓人分佈。

廉姓名人堂

負荊請罪的大將軍：廉頗

廉頗，戰國末期山西太原人，趙國上卿，與趙國的李牧，秦國的白起、王翦並稱「戰國四大名將」。趙惠文王初期，秦國為了擴張實力，曾多次攻伐趙國，廉頗受命領兵抵抗，多次挫敗秦軍的進攻，最終迫使秦軍改變軍事策略，與趙國交好。凱旋回國後，便拜為上卿。之後就發生了著名的「負荊請罪」事件。

趙孝成王時期廉頗在長平之戰中雖處於絕對劣勢，卻仍然堅守三年，始終讓秦軍無機可乘。最終趙孝成王中了秦國的反間計，讓趙括代替了廉頗的職位，以致折損大量兵力。在此之後，廉頗重新執掌兵權，大破燕國，以少勝多，逼迫燕王割讓了五座城池求和。

　　戰後，趙王封廉頗為信平君，任代理相國。雖說廉頗戰功顯赫，卻還是因有人向趙王進讒言而被免職，終在無奈之下先後投奔了魏國和楚國，最後在楚國鬱鬱而終。

重情義尊孝道的典範：廉范

　　廉范，字叔度，東漢時期京北杜陵（今陝西西安東南）人，他為人有德行，重情義，尊孝道。漢明帝永平初年，被隴西太守鄧融舉薦到郡裡擔任功曹史。

　　後來鄧融獲罪入獄，於是廉范就托病請辭，鄧融誤會並因此對他怨恨極深。實際上廉范來到洛陽，改名換姓後當了一名獄卒，之後一直在鄧融身邊盡心服侍，以報其知遇之恩。

　　鄧融看身邊的獄卒長得像廉范，就向他求證，卻得到否認。鄧融刑滿出獄後，生活拮据，還得了病，廉范便繼續在他身邊服侍。鄧融去世，廉范親自為其辦理後事，之後才離去，自始

至終都沒對鄧融表明自己的身份。

薛漢因楚王謀反事件被殺，廉范的老師被牽扯到其中，無人敢去探視，只有廉范冒死為他收屍。皇帝對此大怒，要治他的罪，而廉范以師生之情感動了皇帝，終被赦免。從此廉范名聲大噪，最終官拜蜀郡太守，勤政愛民，深受百姓敬仰。

血脈共性

廉姓族人身上最顯眼的特質就是為人正直、尊孝道、重情義。在他們眼裡，認為對的事就應執著地堅持下去，認為錯的事就明確指出，自己犯了錯就果斷承認錯誤並加以改正，這就是廉姓族人的優點所在。但要注意執著的程度，過度執著就成缺點了。

戰國時期縱橫家之姓──蘇

姓氏溯源

蘇姓是一個古老的姓氏，相傳蘇氏出自上古帝王顓頊高陽氏。據史籍記載，顓頊的曾孫吳回在帝嚳時曾擔任火正（管理火種的官吏）。

夏朝時，吳回有個叫樊的孫子被封於昆吾，之後他的後代

中便有人以封地名稱為氏的，稱昆吾氏。在昆吾氏的子孫中，又有人被封於蘇，因此昆吾氏的後代中就有以此封地名為氏的，稱蘇氏。

另外，在商朝時期有個諸侯國名叫蘇國，後被滅，在蘇國的後人中，有人以故國之名為氏，稱蘇氏。

在少數民族中，有不少部落氏族因漢化改姓而稱蘇氏的。《漢書》中就記載了西漢時期，遼東的烏桓人有改漢姓為蘇的。北魏孝文帝時期的鮮卑人、明朝時期達斡爾族人等均有改漢姓為蘇的。現如今的白族、苗族、侗族、黎族、土家族、彝族、傣族、瑤族等少數民族中，均有蘇姓族人分佈。

遷徙分佈

蘇姓源於河南，在春秋時期遷居湖南、湖北一帶。漢武帝時期，已有蘇姓族人遷徙至今陝西、四川、山東等地。隋唐時期又有族人遷徙至今福建等地。到了宋朝時期，蘇姓逃難至廣東、廣西、雲南一帶，也有部分族人逃到越南、老撾、泰國。如今，蘇姓在全國分佈十分廣泛，以廣東省人數最多。

蘇姓名人堂

戰國縱橫家：蘇秦

蘇秦，字季子，戰國時期東周洛陽（今河南洛陽市東）人，是一位著名的縱橫家。縱橫家中主張向西合力抗秦的一派稱為合縱，與合縱政策針鋒相對的一派稱為連橫。

蘇秦就是合縱一派的代表人物。相傳蘇秦是鬼谷子的學生，但他學成出山後竟一事無成，家裡人都看不起他。於是他開始閉關苦讀，其間每逢睏倦之時，便拿出錐子刺自己一下，這就是「懸樑刺股」中「刺股」的來歷。

出關後他開始遊歷燕、趙、韓、魏、齊、楚六國，並以分析當時的政治、軍事形勢來分別勸說六個國家的國君聯合起來對抗秦國，最終懷揣六國相印，一舉促成了六國聯合抗秦一事。

由於六國之間互相猜忌、矛盾重重，以致六國聯盟被秦國輕而易舉地擊潰。在那之後蘇秦作為間諜來到齊國，但以此幫助燕國對付齊國的事被齊國察覺，最終事敗，被處以車裂之刑。

北宋名家：蘇軾

北宋時期有一位著名的文學家，他是「唐宋八大家」之一，也是豪放派詞人的代表人物。他的詞流傳至今，還被譜曲以流行歌曲的形式為人們廣泛傳唱，這首歌曲的名字叫《明月幾時有》。這首詞的原作者就是大名鼎鼎的蘇軾。

蘇軾，字子瞻，號東坡居士，後世也稱其為蘇東坡，後追諡號文忠。說起來蘇軾一家，其父子三人（父蘇洵，長子蘇軾，次子蘇轍）均是當時的大文豪，其中以蘇軾成就最高。他的作品崇尚自然，擺脫束縛，具有獨特的創造性、強大的表現力以及可觀的藝術價值，豪邁中帶有妙理，狂放卻如行雲流水。著有《東坡樂府》詞集，現存於世的詩詞有《前赤壁賦》、《水調歌頭·丙辰中秋》等三千九百餘首。

血脈共性

蘇姓族人身上最突出的特點就是善於言辭，能夠隨機應變，對不同的人說不同的話。這種特點在一部分蘇姓族人身上表現極為明顯，因此蘇姓家族在官場中出現了眾多名人。但這種特點在另一部分蘇姓族人的身上卻發生了變化，變成了一種文學上的天賦，這就是為什麼蘇姓族人在歷史上出現過眾多文豪的原因。

魏國大將軍之姓——龐

姓氏溯源

龐姓最早可追溯到上古黃帝時期，據史籍記載，黃帝的後

代顓頊有八個兒子，他們號稱「八凱」，並且分別形成了八個以高陽氏為中心的氏族部落。其中一個氏族部落的首領叫龐降，在龐降的子孫後代中有人以其先祖名字為氏，稱龐氏。

據史籍記載，還有一支龐姓源於周朝時期，由姬姓分化而來。西周建立後，著名政治家畢公高被封於畢，主管押解犯人。為官期間為不少含冤入獄的人平反，因此名聲大噪。之後又與周公旦等人共同輔佐新王，使周朝日益強盛，他也被譽為「周初四聖」之一。畢公高的庶子中有一人被賜封於龐鄉，至此他的後裔中便有人以封邑名稱為氏，稱龐氏，並相傳至今。

龐姓家族中的另外幾支則源於少數民族，西漢時期，活動於青海湖周圍的西羌人中有冠以漢姓的，稱龐氏。

滿族的龐佳氏、尼瑪哈氏也都有人因姓氏漢化而稱龐氏的。此外，其他少數民族如今土家族、瑤族、壯族、蒙古族等，均有人因政府推行的羈縻政策及改土歸流，改為漢姓龐的。

遷徙分佈

東漢時，龐姓人已分佈於今河南、河北、山西、陝西、山東、湖北、四川、甘肅、重慶、遼寧等地。隋唐時期，龐姓遷徙至江蘇、安徽、浙江等地。明朝時，山西龐姓遷於河南、江蘇、

湖北、山東、河北等地。四川地區的龐姓遷徙至雲貴高原一帶。清乾隆年間，山東龐姓有部分遷居東北、華東、華南等地區。如今，龐姓在全國分佈十分廣泛，且以山東、廣西人數最多。

龐姓名人堂

魏國盛衰的主宰：龐涓

龐涓是戰國時期的魏國人，少年時期師從鬼谷子，與孫臏、蘇秦、張儀等人為同窗好友。有一年魏惠王昭告天下要廣納賢才，此時學業未成的龐涓得到了這個消息，便決定應召回國，建功立業。臨走前還許諾孫臏，日後有機會便向魏王舉薦他。龐涓到魏國後便當上了將軍。後來魏國大軍在龐涓的帶領下北破邯鄲，西困定陽，龐涓因功官拜大將軍。之後他戰必勝，攻必克，打得秦、楚兩國不敢與之交戰，韓、衛、燕三國君主更是紛紛向魏國朝賀，甚至差一點將趙國南面的領土收入囊中。龐涓能力出眾，但他的人品不佳，孫臏學成出山，來到魏國投奔龐涓。龐涓卻嫉妒孫臏的才能，還貪圖孫臏所學，用計陷害孫臏，使孫臏被處以臏刑。惡有惡報，在馬陵之戰時，龐涓中了孫臏的「增兵減灶」之計，以致遭到齊軍的伏擊，最終兵敗自殺。

「鳳雛」與「奸相」：龐統、龐籍

說起龐姓名人，被提及最多的莫過於東漢末年的「鳳雛」龐統了。龐統大才，曾在劉備與劉璋決裂時獻上三條計策，以解劉備之難。龐統領兵攻打雒城時，不幸中箭身死，他死後，所葬之處被命名為落鳳坡，後他又被追賜為關內侯，謚曰「靖侯」。

此外龐姓還有不少名人，如大名鼎鼎的宋朝龐太師。在現如今的影視作品中，龐太師多以大反派的形象出現在世人眼前。事實則不然，歷史上並沒有龐太師其人，但有其原型，即北宋宰相龐籍。龐籍為人剛正不阿，正氣凜然，曾為宋仁宗親政立下汗馬功勞。此外他還是狄青、司馬光等人的授業恩師，與韓琦、范仲淹等人也是知交好友，是宋朝的一代名臣。

血脈共性

龐姓族人多能力出眾，在歷史上能人輩出。他們的性格兩極化比較嚴重，一部分性格寬厚、為人正直；另一部分卻心胸狹小、剛愎自用。

諸子百家，先秦名士大家之姓

　　先秦時期指的是秦朝建立之前，大約是指從遠古起至公元前二二一年秦始皇統一全國為止的歷史階段。這段時間經歷了夏朝、商朝、西周，以及春秋戰國等歷史階段。在這段時期裡，中國的祖先創造了諸如以甲骨文、青銅器等為代表具有標誌性歷史意義的燦爛文明。

　　在政治文化方面的發展，屬春秋戰國時期最為繁盛。學在西周以前由官府壟斷，直到東周以後才逐漸民間化。這個時期王權沒落、諸侯爭霸，各諸侯國的人口急劇增加，土地分配開始出現困難。於是，各個諸侯國為了自己的生存與爭霸，開始以各種方式招攬人才。在此背景下，不僅社會發生了劇變，人們的思想也隨之發生變化。

　　其中一部分有思想的人針對現實的社會、人生等問題，提出了各種解決辦法以及順應時勢的思想理論。在這一時期出現了很多著名的思想家，他們的學說、思想標新立異，又相互影響。

　　這段時期正是「諸子百家（百家爭鳴）」的時代，在各

個流派中最具代表性的人物都是哪些姓氏族人的後代或者始祖呢？

儒家鼻祖聖人之姓──孔

姓氏溯源

相傳孔姓為伏羲氏大臣共工氏之後，據典籍記載，孔姓可追溯到商湯時期，相傳商族的成湯滅掉夏桀後建立商朝，他的後裔中有一支，以商族之姓「子」和成湯的字「乙」組合造字為氏，稱孔氏。

在一些史籍中記載，春秋時期出現了三支孔氏。其一出自衛國大夫姬孔悝，其二出自陳國大夫孔寧，其三則出自鄭穆公姬蘭的後人姬孔張，在他們的後代子孫中，分別有子孫以三人的名字為氏者，稱孔氏，並相傳至今。

在中國少數民族漢化的過程中，孔姓也融入了許多少數民族成員。元朝時期蒙古宮固如德部，滿族崆果囉氏、孔尼喇氏、叩岱氏等，均有人改姓為孔。現今土家族、苗族、回族等少數民族中，都有因為羈縻政策及改土歸流，而冠漢姓稱孔氏的人。

遷徙分佈

西漢時期，孔姓大部分人由山東遷到河南、河北、浙江、江西等地。唐朝中期以後入廣東，並有族人分佈於南海、番禺、順德、高要、惠州等地。

兩宋時期，孔姓曾有過一次大規模的南遷。自元朝之後，孔姓族人遍佈世界各地。現如今，除中國境內，韓國、日本、新加坡、英國、瑞士、加拿大、澳大利亞等國均有孔姓族人分佈，但孔姓仍以國內山東、江蘇、吉林三省人數最多。

孔姓名人堂

儒家聖人：孔丘

孔子，名丘，字仲尼，春秋時期魯國人。據考證，孔子是宋國大司馬孔父嘉的子孫，所以他是宋國貴族的後裔。據說孔子是由當時已經六十多歲的叔梁紇與還不到二十歲的徵在（顏徵）所生。

孔子自小勤奮好學，立志仕途，所以他十分關注天下大事，也經常思考如何治理國家，發表一些自己的意見，在士族中也算小有名氣。孔子在五十歲時被魯定公任命為司寇。後因故離開魯國，開始周遊列國。在周遊途中，他將大部分精力用在教

育事業上，成為了私學的先驅者。在他三千多名弟子中，最為出名的七十二人被稱為「七十二賢士」。

孔子提出的儒家學派的核心思想是「仁」，他反對苛政和任意刑殺，主張勤政愛民，為政以德。孔子去世後，他的弟子及其再傳弟子通過記錄孔子的談話以及孔子與門人的問答，編撰成了《論語》一書。此書集中體現了孔子的政治主張、倫理思想、道德觀念及教育原則等。

四歲能讓梨：孔融

「孔融讓梨」的故事家喻戶曉，說起孔姓名人，就不能不提孔融。孔融，字文舉，東漢末期文學家，孔子二十代孫，是「建安七子」中輩分最高的一位。孔融在漢獻帝時期受董卓記恨，被董卓派到黃巾軍最為猖獗的北海擔任北海相，負責剿滅黃巾軍。當時戰局的形勢極其不佳，孔融雖勤於政事，治理有方，但北海最終還是被亂軍所破，不得已逃往山東。

漢獻帝遷都許昌之後，孔融曾被封為太中大夫，但他卻恃才傲物，言行又往往有悖於傳統，並多次質疑曹操的決定，最終被曹操找到借口，以「招合徒眾」、「欲圖不軌」、「謗訕朝廷」、「不遵超儀」等重罪斬殺，株連全家。孔融的作品也

因此大多流失，後世雖然整理出《孔北海集》，但內容殘缺不全。

血脈共性

孔姓一族自古便多出賢明之人，從先秦聖賢孔子，到「建安七子」的首腦人物孔融，無不是學識淵博之人。正因如此，孔姓族人的身上總有一種傲氣，當然，在他們身上也有一些儒家的學者風範和氣質。

儒家學派，孔孟之道——孟

姓氏淵源

孟姓是中國最為古老的姓氏之一，其淵源可追溯到商。在上古時期，人們對後代尊卑的排位就已經有了嫡出與庶出的觀念。從出土的殷商時期的甲骨文和典籍《禮・緯》中，就已經有了關於「子孟次別於子之伯」的記載。

「伯」是正妻所生的第一子，即嫡支長子；孟是庶妻或妾室所生的第一子，即庶支長子。嫡支長子的地位優於庶支長子，且有繼承權。因此，「孟」是古時候子女嫡庶次序的排列稱謂，在庶支的子孫後代中，便有以此為氏者，稱孟氏。

春秋時期的孟氏還有兩支，其一源於衛國君王子縶的孫子姬驅，姬驅以其祖父的字公孟為氏，稱公孟氏，後簡化為單字，稱孟氏。其二為魯國公族慶父的後裔孟軻（即孟子），孟軻即為這一支孟姓的得姓始祖。衛國是由周武王的少弟康叔所建立的，魯國是由周公旦的長子伯禽所建立的，周武王與周公旦都是周文王的兒子，所以這兩支孟氏實屬同宗。

　　在民族整合的歷史過程中，孟姓吸納了許多少數民族成員，如蒙古族的墨爾奇特氏、墨爾濟吉特氏、岳羅沁氏等；滿族的穆顏氏、蒙果資氏、孟克伊呼氏等；鄂倫春族的瑪拉庫爾氏、瑪拉依爾氏等，都有人融入孟姓這個大家族之中。現在其他少數民族中，如土家族、布依族等，均有因姓氏漢化而姓孟的。

遷徙分佈

　　孟姓起源於今山東東南部和河南北部兩個地區，並很快融合在一起。漢代時期孟姓在河南、河北及山東等地最為繁盛，此時有部分族人遷居陝西、浙江、湖北、四川、雲南等地。魏晉南北朝時，河南一帶的孟姓族人大舉南遷至今湖北、江西、山東、江蘇、浙江一帶。唐宋以後，孟姓已廣泛分佈於今河南、

河北、山東、山西、陝西、湖南、湖北、浙江、江蘇等地，明朝以後孟姓族人在全國各地均有分佈。

孟姓名人堂

孔子的接班人：孟軻

孟子出身於一個沒落的貴族家庭，他自幼喪父，由母親撫養長大。他的母親為了讓他能有一個良好的成長、學習環境，曾三次搬家，這就是著名的「孟母三遷」。

孟子曾拜孔子之孫孔汲的學生曾參（孔子有一名學生也叫曾參，即曾子）為師，學成後便以「士」的身份周遊列國，並推行自己的政治主張。他繼承了孔子的思想，並將其發展成為「仁政」學說，這也是他的政治思想的核心。他還把政治和倫理相結合，強調搞好政治的根本在於道德修養。他認為：天下之本在國，國之本在家，家之本在身。《大學》中提出的「修身齊家治國平天下」就是由此而來的。

此外他還有許多經典的言論，如「民為貴，社稷次之，君為輕」等。但孟子周遊列國的結果卻沒能達成他的政治目標，於是退而求其次，開始了講學生涯，和學生一起編撰出了流傳千古的《孟子》一書，對後世文化有著巨大的影響，後人將其

與孔子合稱為「孔孟」，並尊其為亞聖。

無緣仕途的詩人：孟浩然

提起孟姓的名人，除了最為著名的亞聖孟子之外，還有人們十分熟悉的唐代詩人孟浩然。盡人皆知的《春曉》一詩，就是他的代表作。他的詩絕大部分為五言短篇，多為描寫山水田園、隱居生活以及羈旅行役的抒情之作。其詩字裡行間灑脫自在，無拘無束，他也是山水田園派詩人的代表之一，與同派詩人王維並稱「王孟」。

孟浩然一生坎坷，他出身於富足的書香之家，早年隱居鹿門山下苦讀詩書。後辭家遠行，以求仕途，雖才高八斗，卻不曾如願。他在求官與歸隱的矛盾中徘徊，直到有一次碰了釘子，才徹底放棄求官之心，但他仍然與許多達官貴人往來，如張九齡等。同時他還與王維、李白等詩人交往匪淺。孟浩然五十一歲時患疽辭世。

血脈共性

孟姓族人家學淵源毫不亞於孔姓一族，孟姓族人身上的儒家氣質同樣十分濃郁，同時孟姓族人身上還具有一種仁愛的氣場，有親和力，容易成為一個小圈子的中心。

道家學派代表之姓——莊

姓氏溯源

莊姓的起源可追溯到春秋時期，分為兩支。據史籍記載，楚王知人善任，重用賢臣孫叔敖改革內政，興修水利，加強戰備，終於使楚國迅速強大起來，他死後諡號為莊，即楚莊王。在他的子孫後代中便有人以其諡號為氏，稱莊氏。另據史籍《姓氏考略》、《資治通鑒音注》等記載，春秋初期，宋國君主宋戴公，字武莊，深受萬民擁戴，死後受賜諡號為戴。在他的後人中便有人以他的名字為氏，稱武莊氏，後簡化為單字莊氏、武氏，世代相傳至今。

還有一支莊氏，起源於明初洪武年間。鎮海地區的章姓族人為避朱元璋的忌諱，改姓為莊，並相傳至今。

在少數民族中同樣有莊氏族人的存在，文獻中有記載，回族中早有莊姓族人存在。蒙古族烏扎喇氏、阿魯特氏，滿族烏雅氏、他塔喇氏中都有族人改姓為莊。另外在今土家族、壯族、彝族、苗族、裕固族、藏族等少數民族中，因羈縻政策與改土歸流，許多人都改為漢姓莊氏，並世代相傳至今。

遷徙分佈

先秦時代，莊姓已分佈於今山東、湖北、浙江、河南、安徽等省，並且此時已有莊姓族人遷徙至四川、貴州、雲南等地，甚至播遷至今江蘇一帶。十六國時期，莊姓子孫分別從今湖北、河南分散至各地，先後遷居今甘肅、山東、江蘇地區。唐宋時莊姓族人播遷入閩。

明朝時，山西莊姓被政府分遷於甘肅、湖北、湖南、河南、北京等地。明清以後，莊姓人渡海遷至新加坡等國家。如今，莊姓在全國分佈較廣，且以廣東、江蘇、浙江等省人數最多。

莊姓名人堂

詩化哲學，莊周夢蝶：莊周

莊子，名周，戰國時期宋國人，著名的哲學家，是中國道家學派代表人物之一。他一生窮苦，雖說做過漆園吏這種小官，但不久之後就歸隱了。後來，楚威王想任他為相，卻被他拒絕了。他的仕途雖不顯赫，但在思想、哲學以及文學方面成就非凡，著作有《莊子》。

莊子是老子哲學思想的繼承者和發展者，是先秦時期莊子學派的創始人。他的思想包含著樸素辯證法因素，主體思想是

「天道無為」，認為一切事物都在變化，屬於主觀唯心主義的哲學範疇。政治上贊同老子的「無為而治」，主張摒棄一切社會制度和文化知識。他還嚮往一種「天地與我並生，萬物與我為一」的境界，追求順應自然且絕對自由的生活。

忠孝一門：莊用賓

莊用賓，字君采，號方塘，晉江青陽人，明嘉靖時期官拜刑部員外郎，浙江按察司僉事，為人剛正不阿。

那時朝政腐敗，考場營私舞弊的風氣盛行。在一次科舉考試中，原主考官突然病逝，莊用賓自告出任主考官，並忠於職責，不受賄賂，以才華取人，選拔寒門學子袁文煒為榜首。可能正是因這樣的性格，不討上級喜歡，所以他的仕途甚為坎坷，最終被罷職。

嘉靖四十一年時，倭寇作亂，在此背景下莊用賓、莊用晦兄弟二人招募鄉兵，平倭寇救萬民，捍衛國家領土，後得萬曆皇帝御賜榮匾：「一門忠孝」、「忠孝一門」、「萬古綱常」，成為閩南百姓的驕傲。

血脈共性

莊姓族人身上具有一種超脫自然的氣質，他們追求自由，

喜歡隨心所欲的生活。若是認準了要做某事，就會盡心盡責，傾盡全力以達成目標。

兵家學派領軍人之姓——孫

姓氏溯源

　　孫姓是一個古老多源流的姓氏，最早可追溯到殷商末期。商朝末期紂王淫虐無度，殺了多次直諫的王叔比干，比干被殺後其子孫紛紛避難改姓王孫氏（意為王族子孫），後有部分族人簡化為單姓孫。

　　在春秋時期又出現了三支孫氏，其一為楚國楚莊王的令尹孫叔敖，他為官清廉，卓有政績，堪稱一代名相。某些後人為了紀念他，便以他的字（孫叔敖，名敖，字孫叔）中的「孫」為姓氏。其二為衛國武公之子惠孫之後，屬於以先祖名字為氏。其三為齊國景公賜攻打莒國有大功的將軍田書姓孫，此後田書的子孫就以此為氏，稱孫氏，這屬於帝王賜姓。

　　在古今少數民族中也有不少孫氏族人，其中有些孫氏是少數民族融入漢族之中，有些是各族中人自行改姓。唐朝時期的契丹人漢化姓氏就為孫氏；明朝初年的胡人複姓（如公孫、叔

孫，長孫，土孫、王孫等）簡化為孫氏；清朝滿洲八旗孫佳氏部族改為孫氏。現今苗族、阿昌族、哈尼族、土家族、黎族、傣族等少數民族中，均有孫姓人，因羈縻政策及改土歸流，這些少數民族紛紛改漢姓，其中就有稱孫氏的，並相傳至今。

遷徙分佈

孫姓起源於河南、山東一帶，春秋時期有部分族人遷至今浙江富陽一帶。秦漢以後，孫姓族人以山東為中心，西遷至山西，南遷至湖北及浙江南部等地區。

到了唐宋時期，孫姓已遍佈於全國各地。孫姓族人在當今中國大陸的分佈主要集中於山東、河南、黑龍江、河北、江蘇、遼寧、吉林、安徽等省，其他各省也均有分佈。

孫姓名人堂

影響至今的兵法大家：孫武

孫武，字長卿，後人尊稱其為孫子、孫武子。孫武的祖先是周朝時期陳國建立者媯滿。後來陳國內亂，孫武的直系祖先舉家逃到齊國，投奔齊桓公，因此孫武是生於齊國的陳國貴族。孫武的祖上孫書在齊國時，因戰功顯赫被賜封地，所以他也算是齊國的貴族。

齊國在齊景公時期發生了「四姓之亂」，於是孫武便從齊國移居到吳國。孫武出身軍旅世家，齊國新舊勢力的爭鬥，使他接觸並學習到了比較廣泛的軍事理論知識。

　　他在到達吳國後，便開始潛心研究兵法，最終著成了《孫子兵法》一書。吳王闔閭在他的輔佐下，使吳國成為當時的強國。《孫子兵法》這部曠古著作被置於《武經七書》之首，成為著名的「兵學聖典」。

孫姓名人簿

　　說起孫姓的名人，可以說不勝枚舉，兵家聖人孫武、孫臏無人不知。東漢末年有孫堅、孫策、孫權父子三人，孫堅是三國中吳國的奠基人，他的長子孫策有小霸王之稱，次子孫權，則是吳國的建立者，建國後，追諡孫堅為武烈皇帝。

　　唐朝時期的著名醫學家孫思邈，著有《千金要方》、《千金翼方》，成就非凡，造福百世。到了近代更是出了一個偉人，這就是孫中山先生。他是中國近代民主主義革命先的驅者，是三民主義學說的倡導者。

血脈共性

　　孫姓家族是一個十分龐大的家族，其族人大多十分理智，

做事清晰有條理。另外，孫姓的族人大多數都很睿智，聰明這個詞會伴隨他們一生。

以「術」著稱法家代表之姓——申

姓氏溯源

據《元和姓纂》、《姓氏考略》、《史記》等史料記載，申姓是商朝末期，孤竹國君之子伯夷、叔齊的後裔。在周宣王時期，其一部分族人被封於謝地，並建立了申國，春秋初為楚國所滅。亡國後，申國後人中有人就以國名為氏，稱申氏。

還有一種說法，申姓的另一支是炎帝的後裔。西周初期，炎帝的後人呂氏被迫放棄呂地，遷居申地。因當時的申地在長江下游的申江平原上，即申江兩岸地區。此後，呂氏族人在此建立了申國，稱為「申呂」，後為楚國所滅。亡國後便有族人以故國之名為氏，稱申呂氏，後簡化為單姓申氏、呂氏等。

朝鮮族、蒙古族、傈僳族、彝族、滿族、土家族、白族、侗族、裕固族等少數民族，在漢化過程中，均有族人改漢姓稱申氏，一直相傳至今。

遷徙分佈

申姓起源今河南南陽一帶,春秋時期,申姓分佈於今山東、山西、陝西、湖北、河北、江蘇等地。兩漢時期,部分申姓族人遷至廣西、四川等地。隋唐之際,申姓有兩支分別由湖北與丹陽遷至今湖南、江西一帶。兩宋時期,申姓又有部分族人遷入今湖南、浙江、江西、四川等地。

明朝時期,部分申姓族人遷至今河南、雲南、貴州、廣西、天津、北京等地。清朝以後,申姓族人開始進入福建、廣東一帶,並有部分族人遷至東南亞及歐美等地。現如今,申姓分佈在全國各地,但以河南、山東兩省人數最多。

申姓名人堂

使韓國國治兵強的法家代表:申不害

申不害,也稱申子,戰國時期著名的思想家,也是三晉時期法家中以「術」著稱的代表人物。申不害本是鄭國的一個小吏,後來鄭國被韓國所滅,他便又成為了韓國的一個小吏。

韓昭侯時期,魏國出兵攻打韓國,韓國無力抵抗。危急關頭,申不害分析了魏惠王的性格,認為魏惠王容易驕傲自大,便建議韓昭侯去見魏惠王並示敵以弱。韓昭侯採納並實行了他

的建議，結果魏惠王果然撤兵，並與韓國交好。申不害也因此得到了韓昭侯的賞識，最終憑藉著自己的智慧和才幹，成為了韓國的相國。

申不害主張以法治國，實行進一步改革，且提出了一整套「術」治方略。他著有《申子》，現已失傳，現在所能看到的只是各種文獻中所引用的零章斷句，比較完整的只有《群書治要》輯錄的《大體》一篇。

血脈共性

申姓族人多以忠孝傳家，且思維清晰明瞭，善於學習與總結。但申姓族人的性格中也有一些不穩定因素，有時候會「聰明反被聰明誤」，這一點需要注意。

最強的鑄劍大師之姓──莫

姓氏溯源

據《姓氏考略》等記載，莫姓最早起源於上古顓頊所建的鄚陽城，為上古顓頊之後。在顓頊的子孫中，有人以其居邑名稱為氏，稱鄚氏，後去「阝」為「莫」，稱莫氏，相傳至今。

同出於顓頊的莫姓還有一支，源於西周時期建立的荊國，

後改稱楚國，國君為羋姓（羋姓出自顓頊，為祝融八姓之一）。春秋時期，楚國有一個叫莫敖（也稱莫嚻）的官職稱謂。據史籍《淮南子‧修務訓》記載，莫敖原為楚國的最高行政官職，主管楚國一切軍政事務，與後來的令尹地位相同。故而，在其後世子孫中，便有人以其先祖的官職稱謂為氏，稱莫氏，並相傳至今。因為顓頊是黃帝的孫子，稱高陽氏，所以莫姓實際上也是黃帝之後。

據史籍《通志‧氏族略》記載，上古時期的虞舜之祖為幕。後來，其族人中有一部分為避戰亂而去掉了幕字中的「巾」，取其諧音字「莫」為氏，世代相傳至今。

此外，南北朝時期的匈奴賀蘭部的首領稱謂中，有一個叫「莫何弗」，為古匈奴語「副酋」之意。在「莫何弗」的子孫中，便有部分族人以其先祖的稱謂為氏，稱莫何弗氏，後漢化改姓為莫氏，並逐漸融合於漢族之中，相傳至今。

同樣屬於民族漢化改姓稱莫氏的，還有建立西夏王朝的黨項、南北朝時期鮮卑拓跋部、金時期的庫莫奚部族、遼時期的契丹乃蠻部等部分族人，以及後來的滿族莽果氏、莫勒特氏等等。

遷徙分佈

莫姓起源於今河北省任丘與古時的楚國兩地。魏晉南北朝時，一些少數民族改為莫姓，使北方莫姓家族日益龐大起來。

到了隋唐時期，莫姓在今河南、河北、山西、甘肅、山東、湖北、湖南、江蘇、浙江、四川、廣東等省均有分佈。唐朝以後，莫姓在江南各地愈加繁盛，而北方的莫姓卻由於戰亂而越發人丁稀薄。也正是這一時期，莫姓的部分族人開始遷入福建。

宋朝以後，莫姓族人逐漸更多地播遷於今浙江、江蘇、廣東、廣西、河北、河南、湖北等地。莫姓族人遠渡海外，則是在清中葉之後。現如今，莫姓在全國分佈已十分廣泛，且以廣西、四川、廣東等省也分佈人數居多。

莫姓名人堂

以身鑄劍的女人：莫邪

說到莫姓，最著名的莫過於傳說中的鑄劍大師干將的妻子莫邪了。

相傳干將、莫邪與春秋末期到戰國初期越國鑄劍大師歐冶子齊名，他們夫妻奉命給楚王鑄劍，花了三年時間，最終鑄造出了一雌一雄兩把寶劍。楚王因鑄劍時間過長髮怒，想要殺掉

干將。干將預料到此事，便只獻出一把劍，將雄劍留給其子，用以替自己報仇。楚王果真把干將殺了。干將、莫邪的兒子最終向暴君報了仇。

關於莫邪還有一段傳說，相傳干將、莫邪二人為吳王鑄劍時，烈火灼燒精鐵三月不熔。若干將為吳王鑄劍失敗，必被處斬，於是莫邪便趁干將熟睡之際，跳入爐中以身鑄劍，不久後果然成功地鑄造出了兩把絕世好劍。這兩把劍便是著名的幹將、莫邪寶劍。

血脈共性

莫姓族人有著強烈的集體榮譽感，他們可以為了集體的利益而自我犧牲。莫姓族人大多數外柔內剛，且極為聰明、性格開朗、頭腦靈活，富有組織才能。

大秦興衰，貴胄之姓

秦國曾是一個弱小的國家，但在歷代秦王的帶領下，穩步發展，披荊斬棘，逐步走向強盛，最終進入強國之列。直到秦王政時期，秦國在嬴政的帶領下吞滅六國，建立了中國歷史上的第一個統一的王朝，將中國推向了大一統時代，開創了中央集權的封建君主專制制度的新格局。秦始皇成為中國歷史上第一位皇帝。

秦國的霸業並不是歷代君主的個人功勞，秦國自秦孝公時期起用商鞅實行變法強國，到始皇帝嬴政建立秦朝的這段時間裡，多少賢臣名將輔佐在秦國君主的身邊，為秦國的強盛嘔心瀝血。那些使秦國成功問鼎九州的賢臣名將，都是哪些姓氏的族人呢？

大秦軍神之姓——白

姓氏溯源

根據史料所載，白姓的由來可追溯至遠古時期。相傳炎帝手下有一名善於治水的大臣叫白阜，他為疏通水道做出了卓越

的貢獻。其子孫便以白為氏，稱白氏。

另據《元和姓纂》、《新唐書·宰相世系表》等史料記載，白姓起源於春秋時期的秦國大夫白乙丙。在白乙丙的後人中，有人就以其先祖的名字作為氏，稱白氏。白乙丙是孟明視的兒子，孟明視是百里奚的兒子，百里奚是周太王五世孫虞仲的後人，所以這一支白氏出自姬姓。

還有一支白姓屬於以封邑名為氏，據《元和姓纂》、《尚龍錄》等史籍記載，顓頊的後裔陸終的後人建立了楚國。楚平王時期，太子建遭讒言陷害，輾轉投入鄭國，之後太子建又與晉人密謀襲擊鄭國，後因事敗死於鄭國。他的兒子熊勝因此逃到吳國，待到楚惠王即位後被召回國，受封於白邑，稱為白公勝。熊勝（白公勝）的後人便以他得到的封地的名字為氏，稱白氏。由於楚國貴族以羋為姓，所以這一支白氏出自羋姓。

據《姓氏考略》所載，唐置白州，國人以地為氏，稱為白姓。

在少數民族中，有一些部族因漢化而改漢姓，如回族易卜拉欣及其後裔，突厥族人白元光及其後裔，裕固族的斯娜氏、阿克達塔爾氏，佤族，東鄉族，苗族等，都有族人改為白姓。

遷徙分佈

白姓起源於今陝西、河南一帶。秦朝時期，部分白姓族人遷居山西太原一帶。魏晉南北朝時期，又有族人遷至湖北、河南等地。隋唐時，白姓族人主要分佈在今陝西、河南等省。宋元時期，雖有白姓族人大舉南遷，但仍以北方為主要分佈地。明朝時，部分白姓族人被朝廷分遷於山東、河北、河南、陝西、北京、天津等地。清朝時，部分族人遷入福建、廣東等地。現如今，白姓族人在四川、山西、陝西、河南等省分佈最多。

白姓名人堂

號稱「人屠」的大將軍：白起

白起是戰國時期秦國將領，他是中國歷史上繼孫武與吳起之後，又一位傑出的軍事家。他與同為秦國將領的王翦，趙國將領廉頗、李牧並稱為戰國四大名將，有「人屠」之稱，且為戰國四大名將之首。

白起在秦昭襄王時被任用為將，以深通韜略著稱。白起初為左庶長，並領兵攻打攻韓國與魏國，攻陷五座城池，斬敵軍二十四萬，因功晉升。次年，白起領兵攻陷楚國的都城郢，受封為武安君。接著他又率軍救韓，大破趙魏聯軍，破敵軍十三

萬，與趙國將領賈偃交戰，溺殺趙兵兩萬。之後，白起引兵攻韓國陘城，攻陷五城，斬敵五萬。在不久後的長平之戰中，白起又率兵斬趙兵五萬，坑殺趙兵四十萬。引用唐代詩人曹松《己亥歲感事》中的一句話就是：「憑君莫話封侯事，一將功成萬骨枯。」

香山居士：白居易

說起白姓名人，最讓人熟悉的非唐代著名詩人白居易（字樂天，號香山居士，今山西太原市西南人）莫屬。他是中唐時期新樂府運動的主要倡導者之一，官至刑部尚書。

白居易主張「達則兼濟天下，窮則獨善其身」，他是現實主義傳統的繼承者。他的詩作選題廣泛，形式多樣，且多以白話為主，通俗易懂，被後人尊為「詩魔」。相傳白居易為了使他的作品可以達到普通百姓都能聽懂的程度，曾專門找來平民百姓幫助他修改作品，力求通俗易懂。現如今，他留於世的作品有《白氏長慶集》，最為成功的作品有《長恨歌》、《賣炭翁》、《琵琶行》等。

血脈共性

白姓族人最大的一個特點就是性格沉穩，足智多謀且善於

交際。另外，白姓族人的身上還有一種勇於打破常規，「行他人不能為之事」的特質。他們集明智、果敢、堅毅於一身。

秦滅六國最大功臣之姓──王

姓氏淵源

無論古今王姓都是一個不折不扣的大姓，其淵源最早可追溯到殷商時期。據《通志‧氏族略》記載，商紂王的叔父比干多次上書勸諫紂王，卻被剖心而死，他死後葬於國都朝歌附近，其子孫世代為他守陵，並改王為氏，意在以此紀念其先祖。

據《新唐書‧宰相世系表》中記載，周朝的王族本為姬姓，但姬姓的嫡支王族以及被分封諸侯國的庶支王族中，不斷有人因失勢或亡國而脫離原來的家族，如被廢黜的周太子晉一支、即位後被推翻的周平王太孫姬赤一支等等。他們終究源出王族，因此就有人以王為姓。

另外，在《通志‧氏族略》中還記載了一支王姓，為齊王田和的後裔。田和是上古帝王虞舜的後裔，所以這一支王姓出自於姚姓。相傳齊國滅亡後，齊國的貴族中便有人改姓為王，以紀念自己本為王族。

在少數民族中也有王姓族人，但他們多是由於少數民族漢化改姓或者被賜姓為王的。兩漢時的匈奴人、西羌鉗耳氏，南北朝時候的高句麗拓王氏、東胡烏桓人，隋唐時西域月氏人，唐代回紇（唐貞元四年之前作「回鶻」）阿布思氏、契丹人，宋朝時期女真人中的完顏氏、夾谷氏，西夏黨項人，元朝的皇室族人等，都有族人改姓為王。

遷徙分佈

王姓在秦漢時期主要分佈於今山西、陝西、山東、甘肅、河南等地。隋唐時期，王姓各支除了向內地遷徙外，還南遷至福建地區，並建立了閩國。北宋以後，今河南省一帶的王姓族人中有不少遷居浙江、江蘇一帶。明代時，山西的王姓族人被朝廷分遷於江蘇、浙江、甘肅、山東、河南、河北等地。現如今，王姓族人遍佈中國各地，但北方地區的人數多於南方地區。

王姓名人堂

破燕滅楚的大將軍：王翦

王翦是戰國時期秦國著名將領，與同為秦國將領的白起，以及趙國的廉頗、李牧並稱戰國四大名將。他出身於一個極普通的武將世家。儘管家世並不顯赫，但是王翦幼年時期還是有

很多機會可以接觸到各種兵器，以及兵法戰計等軍事知識。可是，雖然王翦天賦異稟、勤學苦練，卻始終沒有領兵作戰的機會。直到白起坑殺了四十萬趙兵之後，趙國舉國上下團結一致，發兵報仇，機會才到來。

秦國軍隊被趙國、魏國、韓國聯軍打得落荒而逃，損失慘重。就在秦王因找不到合適的將領帶兵出征的時候，王翦自薦，並不負所托。秦軍在他的帶領下不僅成功退敵，還攻破了趙國的都城邯鄲，一舉滅掉了趙國。在那之後，王翦又領兵破燕滅楚，為秦始皇滅六國立下汗馬功勞。王翦一生征戰無數，可他卻智而不暴、勇而多謀，在當時殺戮無度的亂世之中能做到如此，難能可貴。

王姓名人簿

王姓家族是一個極其龐大的家族，在政治、經濟、軍事、文化等方面，都出現過不少傑出的人才。比如，東晉書聖王羲之、初唐四傑之一的王勃、有「詩佛」之稱且為畫派南宗之祖的王維、著名的四大美人之一的王昭君等等，不勝枚舉。總之王姓這個龐大的家族從不缺少名人，更不缺少榮耀，是一個名副其實的大家族。

血脈共性

王姓家族世系極為龐大，其血脈特徵也比較多樣化。如一部分人性格溫和，在文學藝術方面有獨特的天賦。一部分人頭腦精明，嗅覺敏銳，總能抓住稍縱即逝的機會，並加以利用。無論是哪種性格，他們都有一個共同的特點，就是王姓族人在自己所處的領域中，總能夠以自身的實力嶄露頭角。

大秦右丞相之姓──馮

姓氏溯源

馮姓的歷史極為久遠，據史籍記載，馮姓最早可追溯至東周時期。周文王的第十五個兒子畢公高的後代受封於魏地。畢公高的子孫又採食於馮城。因此，生活在馮城的這一支畢公高的子孫就以居邑為氏，稱馮氏。

另在史籍《世本‧氏姓篇》中也有關於馮姓的記載。書中說，馮姓起源於春秋時期，是鄭國大夫馮簡子之後。馮簡子博學多才，能斷大事，因而受到各諸侯國的禮遇，還被國君賜封地於馮邑。在他的後人中，便有以此封邑為氏者，稱馮氏。

少數民族因漢化改漢姓後稱馮氏，是馮姓的另一來源，南

北朝時期的鮮卑拓跋部，明朝初期蒙古巴爾虎部嘎拉珠氏族，以後的蒙古族、滿族、鄂溫克族等都有人改漢姓為馮。

遷徙分佈

馮姓起源於河南省滎陽一帶，先秦時期，馮姓已有族人遷至今山西、河北、山東一帶。兩漢之後，部分馮姓遷至今四川、湖北等地。東晉末期，在今河北省一帶的馮姓族人中，有一部分徙居今遼寧。漢唐時期，馮姓一族已廣泛分佈於今河南、河北、山西、陝西及福建等地。唐末以後，馮姓又有族人遷至上杭、漳州、武平等地，其中上杭馮姓有的又南遷至廣東。如今，馮姓在國內分佈十分廣泛，主要分佈於廣東、河南、河北、江蘇、山東和雲南等地。

馮姓名人堂

將相不受辱的右丞相：馮去疾

馮去疾是秦始皇當政時期的右丞相。那時，李斯擔任左丞相，當以左為尊，所以右丞相相當於副丞相，在名義上李斯的地位要尊於馮去疾。始皇三十七年，秦始皇帶李斯、胡亥、趙高一起出巡，命馮去疾留守。不料始皇於沙丘暴斃，趙高與左丞相李斯發動「沙丘之變」，篡改詔書，廢太子扶蘇，改立胡

亥為新帝，是為秦二世。趙高是胡亥的老師，所以極受重用，之後他讓秦二世在宮裡享樂，自己得以獨攬朝政。

馮去疾和馮劫等人一起向秦二世諫言，意圖讓秦二世減少賦稅並停止修宮殿。結果，秦二世大怒，把他們幾個人抓了起來。馮去疾和馮劫商量後，二人決定一同自殺。而李斯最後也被趙高折磨得認了罪，被腰斬於東市。

北燕國君：馮跋

馮跋，字文起，小字乞直伐，長樂信都（今河北冀州）人，十六國時期北燕國君。後燕王高雲（即慕容雲）時期曾官拜使持節侍中、都督中外諸軍事、征北大將軍，封武邑公。後來，高雲在叛亂中被殺。馮跋因平定事變而威望大增，此後便被眾將推為天王，改元太平，成為北燕國君。他在位二十二年，死後諡號文成，廟號太祖。

血脈共性

馮姓族人寬厚大度，很容易原諒別人的過失，但對自己的要求卻很嚴格，換句話說就是嚴以律己，寬以待人。此外馮姓族通常會有話直說，給人一種剛毅、耿直、有氣節的感覺。

農民起義領袖之姓——陳

姓氏溯源

陳姓是一個源流較為簡單且古老的姓氏，據《通志‧氏族略》記載，周武王建立周朝以後，封舜的後人媯滿於陳地。媯滿在他的封地建立了陳國。因此，在媯滿的後人中，就有人以國名為氏，稱陳氏。

在隋朝時期，有一個甚得隋文帝楊堅寵信的胡人將軍，名叫白永貴。他曾官至柱國，領蘭、利二州總管，封北郡陳公。之後，他便以封號作為自己的氏，稱陳氏。他的子孫後代便同樣以陳為氏（姓），開枝散葉，相傳至今。

在少數民族漢化過程中，少數民族也為陳姓增添了許多成員。北魏鮮卑侯莫陳氏、女真完顏氏、蒙古族部分投降明朝的貴族等，都有改姓陳的人。

在滿族、哈尼族、侗族、土家族、布依族、瑤族、京族、羌族、苗族、壯族、黎族、彝族、朝鮮族、白族、高山族、畬族等少數民族中，都有人以漢姓陳為姓氏的。

遷徙分佈

陳姓起源於今河南省一帶。東漢時，陳姓進入今江西省一

帶，南宋時期入廣東地區，北宋以後遷入福建、河南、浙江、湖北、廣西、江蘇、福建、山東、上海、天津等地。現如今，陳姓已經遍佈全國大江南北，但主要分佈於中國南方地區。

陳姓名人堂

反秦義軍的先驅：陳勝

陳勝，字涉，陽城（今河南登封東南）人。秦朝暴政時期，年輕的他靠給別人當雇工為生。那時的他備受壓迫，心裡又不甘為人所奴役。有一天，他對一起耕田的雇工說：「苟富貴，勿相忘。」可惜大家都覺得他好笑，對他的話不以為然，於是陳勝歎息道：「燕雀安知鴻鵠之志哉！」不久後，朝廷徵兵戍守漁陽，陳勝應徵入伍，並被任命為帶隊的屯長。

入伍後，在去往漁陽的路上被風雨所阻，不能夠按期抵達漁陽。按照秦國的法律，戍守邊關的士兵行軍遲到就要被處死。於是，他便與同為屯長的吳廣密謀造反。二人一拍即合，於是一同揭竿起義，這就是史上著名的陳勝、吳廣起義。之後二人經歷多方征伐，建立了中國歷史上第一個農民革命政權，旗號「張楚」，後被秦將章邯所敗，遭莊賈刺殺而死。

雖然陳勝、吳廣起義以失敗告終，卻激起了全民反秦的熱

潮，如劉邦、項羽等各方反秦勢力爭相響應，最終導致了秦朝的滅亡。

漢王：陳友諒

元末時期與明太祖朱元璋爭霸天下的漢王陳友諒，絕對是陳姓族人中大名鼎鼎的人物。陳友諒曾任縣吏，但他常鬱鬱不得志，於是便還鄉以打魚為生。他首先在黃蓬起義，之後又率部加入了紅巾軍。加入紅巾軍後，他初為簿書掾，後因功升任元帥。不久後他將紅巾軍領袖徐壽輝殺害，奪得大權，稱帝，一舉成為當時最強的勢力之一。

陳友諒領兵作戰不拘一格，隨心所欲，往往使敵人無法預測其下一步的軍事行動，在與朱元璋的決戰中屢出「奇招」，卻終在「鄱陽湖之戰」中，頭中冷箭而死。

血脈共性

陳姓家族是一個極為龐大的家族，陳姓族人大多數都是胸懷大志，力爭出人頭地，他們也確實為志向而始終努力，但往往會在關鍵的時刻出現差錯。這一點從側面說明了陳姓族人在性格上存在不穩定因素，但這個不穩定因素還是可以被克服的，在行動之前多加注意可避免。

第三章
楚漢相爭，又添新貴

　　秦朝暴政，天下百姓苦不堪言，想要反秦者十有八九。在反秦的各路人馬中，屬劉、項兩家最為強大，天下必為其二人之一所得。最終，劉邦戰勝項羽而得天下，建立了漢朝。先不提西漢浮沉、東漢興亡，也不提外戚干政、宦官專權，光說在漢朝時期的外族之禍，就要說很長時間了。漢朝在初期，屢被匈奴等侵擾，卻因建國不久，無力出擊，只能被動防守。當然，漢朝也有實力爆發的時候，否則也不會有「敢犯強漢者，雖遠必誅」這句話了。在這一時期，都有哪些姓氏家族的後人，站在了時代的前沿呢？

楚漢爭霸，賢臣名將之姓

自秦王嬴政去世以後，胡亥在李斯與趙高的「幫助」下，先後殺死了自己的兄弟姐妹多人，並在逼死扶蘇之後當上秦朝的二世皇帝，稱秦二世。胡亥即位後不思進取，國家實權被趙高掌握，秦朝也就此開始了殘暴的統治。

在秦朝暴政之下，終於激起了陳勝、吳廣起義，之後天下群雄紛紛響應，六國舊貴族展開復國運動，共伐暴秦。

項羽的爺爺項燕和父親項超都是楚國大將。自陳勝、吳廣起義後，項羽便跟隨他的叔父項梁起事。巨鹿之戰勝利之後，項羽自恃功勞最大，取得了諸侯上將軍地位，統率諸侯之兵，實力雄厚。與此同時，劉邦率另一路楚軍所率義軍轉戰於河南，招降納叛，屢破秦軍，先行入關接受秦王子嬰的投降。項羽自以為已得天下，便尊楚懷王為楚義帝（後又遣人襲殺之），建都彭城，自立為西楚霸王，國號西楚。

隨後項羽親率四十萬大軍進入函谷關，屯兵於新豐鴻門，與屯兵霸上、擁兵十萬的劉邦對峙。史上著名的鴻門宴就發生在此時此地，楚漢爭霸的序幕就此拉開。

在這個爭霸的年代，主宰了歷史的人物都是哪些姓氏家族的人呢？

西楚崛起霸王之姓 ── 項

姓氏溯源

古老的項姓與其他的姓氏相比，源流比較單一。相傳周朝初期，有一個古項國，是西周王朝的同姓（同為姬姓）諸侯國，封地在今河南項城一帶。古項國在春秋時期被齊桓公所滅。因此，古項國的子孫便以國名為氏，稱項氏，並世代相傳至今。

遷徙分佈

項姓興於河南，現如今項姓族人遍佈全國，但以湖南、浙江、湖北、貴州等省分佈人數最多。

項姓名人堂

西楚霸王：項羽

項羽，名籍，字羽，秦下相（今江蘇宿遷市西南）人。項羽是秦始皇統一中國之前楚國將領項燕的孫子。秦滅六國時，項燕兵敗身死，項羽與弟弟項莊隨叔父項梁流亡到吳（今江蘇蘇州）。項羽體格強健，有舉鼎之力，年輕時志向便極為遠大。

在陳勝、吳廣起義之時，項羽與他的叔父在吳中刺殺秦會稽郡守殷通，舉兵響應。起義後，項羽在巨鹿之戰大破秦軍主力，一舉成為反秦勢力中最強大的一支。

秦朝滅亡後稱西楚霸王，並大封天下諸侯。此後便上演了「鴻門宴」，持續四年的楚漢爭霸的序幕就此拉開。雖然在彭城之戰中項羽大敗劉邦，可惜最終卻兵敗垓下，在烏江邊自刎。歷史上最為勇猛的著名武將之一項羽就此隕落。

雖然楚漢相爭中，項羽的結局是兵敗自刎，但後人對他的氣概卻有著極高的讚譽，宋代女詞人李清照就曾作詩：「生當作人傑，死亦為鬼雄。至今思項羽，不肯過江東。」

血脈共性

項姓家族是一個源流比較單一的家族，所以項姓族人的性格特徵也較為明顯。項姓族人勇於面對現實，無論在什麼情況下都不會退縮，且做什麼事都很認真，同時具有很強的領導才能。

西楚霸王亞父之姓——范

姓氏溯源

在中國的眾多姓氏中，范姓的來源最為清晰，源流相對單一。據《古今姓氏書辯證》、《元和姓纂》等史籍記載，范姓為堯帝裔孫劉累之後。周宣王時期，劉累的後裔被封為士師。其後裔士會，擔任晉國中軍元帥，執掌國政，後採食於邑范，諡號武，人稱范武子。其子孫便以范為氏。

此外還有一些范姓分支由少數民族漢化改姓而來，如晉朝末期林邑王範文的後裔，林邑王範文為西南夷人。還有滿族、鄂溫克族、京族、彝族、阿昌族、土家族、蒙古族、回族等少數民族，均有因民族漢化而冠漢姓范的人。

遷徙分佈

先秦時期，范姓主要分佈於山西、河南和湖北地區。秦漢時，范姓已經分佈到河北、山東、江蘇等長江以北地區，隨後進入江南地區。宋朝時期，范姓主要分佈於四川、河北、河南、江蘇、山東、山西、湖北、江西、陝西等地。從明末開始，福建、廣東一帶的范姓陸續有人移居海外。現如今，范姓遍佈中國的大江南北，其中以河南、安徽、山東、河北、江蘇、四川、遼寧、黑龍江、山西等地分佈人數最多。

范姓名人堂

鬱鬱而終的西楚第一軍師：范增

范增是秦末著名政治家，居鄛（今安徽桐城南）人，也是項羽的主要謀士，被尊為「亞父」。秦朝末年，劉邦先入函谷關，想據守關中稱王。此時，項羽率軍破關而入，與劉邦在鴻門相會，開始了歷史上著名的「楚漢之爭」。

鴻門宴上，好用奇計的范增，與項羽定計，想要殺掉劉邦。席間，范增屢次暗示項羽動手，可項羽卻不忍下殺手。范增見項羽如此，非常著急，連忙找來項羽的堂弟項莊，讓他到宴會上以舞劍助樂為名，伺機刺殺劉邦。

由於項伯和樊噲出手阻攔救護，劉邦得以脫身逃走，保全性命。「鴻門宴」上暗殺劉邦失敗後，范增大怒，明斥項莊暗罵項羽：「豎子不足與謀，奪項王天下者，必沛公也。」後來，劉邦用謀臣陳平設下的離間計，使范增被項羽免了職，不久後鬱鬱而終。范增死後，項羽兵敗垓下，自刎於烏江。

得了天下的劉邦在總結項羽失敗的教訓時說：「項羽有一范增而不能用，此其所以為我擒也。」想來敵人的評價才是最真實的，可見范增的能力足以讓劉邦等人忌憚。

商聖：范蠡

范蠡，字少伯，漢族，春秋時期楚國宛（今河南南陽市）人。他出身貧寒，卻是一個天文地理、軍事政治無一不精的全能型人才。

范蠡縱然有經天緯地之才，但在當時貴冑專權、政治無序的楚國，卻不為世人所識。於是他轉而投奔了越國，並幫助勾踐興越國、滅吳國，一雪會稽之恥。此外，他還是一個精明且成功的商人。在他的一生中，三次經商成為巨富，又三散家財，自號陶朱公。民眾皆尊陶朱公為財神，後人尊稱他為「商聖」。

血脈共性

范姓族人大多精明能幹，對自己要做的事情總是事先就計劃好，力求做到一切瞭然於胸，盡在掌握之中。這樣的性格固然很好，但不要過度執著於計劃，因為計劃往往沒有變化快。

西漢高祖姓——劉

姓氏溯源

劉姓是中國歷史上登基為帝人數最多的一個姓氏。在中國古代有「劉天下，李半邊」的說法。同樣，在中國北方也有「張

王李趙遍地劉」的俗語。

劉姓的來源，可追溯到上古堯帝時期。相傳，堯帝曾將他的第九個兒子（一說為長子）監明封於劉地，其後人就以封地為氏，稱劉氏。堯帝是遠古祁姓部落陶唐氏的領袖，所以這一支劉氏源自祁姓，且根據《左傳》、《史記》等史籍記載，漢高祖劉邦就是這一支劉氏的後裔。

還有一支劉姓源於姬姓，出自周朝。相傳周定王將劉邑作為封地封給了他的弟弟姬季子。此後，姬季子在此建立了姬姓的劉子國，稱劉康公，其後人便以國名為氏，稱劉氏。

此外還有一些劉姓是由帝王賜姓而來，如漢初項羽的叔父項伯等人被漢高祖賜姓劉、三國蜀將劉封（原姓寇，為劉備義子）被賜劉姓等。

當然，在劉姓這個大家族中依舊少不了少數民族的身影。五胡十六國末期的匈奴獨孤部、唐德宗時的沙陀人、遼代的契丹、魏晉時的烏桓、後來的蒙古族、傣族、景頗族、滿族等少數民族中，均有人因漢化而稱劉姓。

遷徙分佈

劉姓最早分佈在今河北省唐縣，後遷徙至今江蘇豐、沛之

地。漢朝時期，劉姓被分封於全國各地，並形成了全國第一大姓氏。魏晉南北朝時期，劉姓大舉南遷至河南、浙江一帶。同時，原來居住在中原地區的劉姓紛紛向江浙閩等地遷徙。隋唐時期，劉姓支脈已遍佈大江南北。自明朝末期開始，福建、廣東劉姓陸續有人移居海外。現如今，劉姓依然是全國人數最多的姓氏之一，且全國各地均有分佈。

劉姓名人堂

草根皇帝：劉邦

　　說起中國古代的帝王，有兩位是名副其實的草根皇帝，即漢高祖劉邦和明太祖朱元璋。劉邦，字季，沛縣（今屬江蘇）人。劉邦年少時性格豪爽，為人豁達，可他既不喜歡讀書，也不喜農事，經常被他的父親訓斥為「無賴」。

　　秦國佔領了沛縣後，他便在沛縣的泗水擔任亭長。由於他和縣府的官吏們混得很熟，所以在當地小有名氣。就是在這一時期，他結識了蕭何、樊噲、任敖、盧綰、周勃、灌嬰、夏侯嬰、周苛和周昌等知交好友。有一次，劉邦看見秦始皇出巡，大歎「大丈夫當如是。」也正是在這時候，他遇到了一生中對他幫助最大的女人呂雉。在秦朝末年，各方勢力紛紛響應陳勝、吳

廣的號召，起義反秦。劉邦也趁此機會，斬白蛇起義，並在他那些好朋友的幫助下，獲得了最終的勝利，建立了西漢王朝。

大明開國功臣：劉基

劉基，字伯溫，浙江青田南田武陽村（今屬文成）人，明初大臣。劉基自幼聰慧過人，相傳他十二歲時就考中秀才，被同鄉譽為「神童」。之後，他繼續求學，被老師譽為奇才。在元朝末期，農民武裝起義四起，劉基被朱元璋請至應天（今江蘇南京）擔任謀臣。他針對時勢，向朱元璋提出了避免兩線作戰、各個擊破等建議，終輔佐朱元璋集中兵力先後滅陳友諒、張士誠等勢力，建立了明朝，為明朝開國元勳之一。

血脈共性

劉姓家族是一個十分龐大的家族，在這個家族中出現的帝王是所有姓氏家族中最多的。從這一點可以看出來，劉姓族人身上有一種天生的凝聚力、向心力。同時劉姓族人大多數喜歡交朋友，並且一旦認可了這個人，就會全意全意地對待這個朋友。這絕不是缺點，但卻可能是弱點，建議在生活中盡量謹慎交友，不要過度相信別人。

西漢兵王之姓 —— 韓

姓氏溯源

韓姓的根源可追溯到上古黃帝時代,是黃帝的傳承。據記載,黃帝娶了西陵氏嫘祖,生了青陽和昌意,昌意又生了顓頊。另據《山海經》記載:昌意被貶謫到若水,生子韓流;韓流娶淖子族阿女,生了顓頊。顓頊為五帝之一。韓流既是人名,也是其所在氏族的名稱。因此在從昌意一族中分化出來的韓流氏族的後裔中,便有人以韓為氏。

《左傳》中記載,周朝在分封諸侯國時,有一個韓國,但在春秋時期被晉國所滅。亡國後,韓國中便有部分人以故國之名為氏,稱韓氏。

另外,在北魏時期,鮮卑姓氏中的大汗氏,因孝文帝推行的漢化改革,而改漢姓為韓。

在其他眾多少數民族中,也有因漢化而冠漢姓稱韓氏的,如鄂溫克族、柯爾克孜族、鄂倫春族、朝鮮族、回族、羌族、彝族、滿族、保安族、土家族、苗族、壯族、白族、黎族等。

遷徙分佈

韓姓起源於山西和陝西一帶,商末周初韓姓開始進入河

南、河北一帶。從兩漢至南北朝時期，韓姓部分族人開始向東北、山東、江蘇、浙江、甘肅、四川等地區遷徙。唐朝後期，韓姓開始進入廣東和福建兩地。在明朝以後，韓姓在山東、江蘇、遼寧三省分佈人數最多。現如今，韓姓族人已遍佈中國各地，其中山東、河北分佈人數最多。

韓姓名人堂

成也蕭何敗也蕭何：韓信

韓信，淮陰（今江蘇省淮安市淮陰區）人，西漢初的著名軍事家。他與蕭何、張良並列為漢初三傑。

韓信平民出身，又沒有謀生之道，曾受漂母接濟度日，又遭鄉間無賴欺負，受到「胯下之辱」。陳勝、吳廣起義後，他成為了項羽的部下，曾多次向其獻計，卻沒被採納。他自覺無出頭之日，於是在劉邦進入漢中郡、蜀郡等地時，逃離楚營，投奔漢王劉邦。

初到漢營時也並未受到重用，於是便決定另尋明主。蕭何月下追韓信便由此而來。此後，劉邦採納蕭何對韓信的舉薦，封韓信為大將。韓信也不負所托，在劉邦進入關中時指揮軍隊「暗度陳倉」，突襲章邯，終於使漢軍大勝。楚漢之爭時，參

加井陘之戰、淮水之戰和垓下之戰等著名戰役，輔佐劉邦滅楚興漢，先後被封為齊王、楚王，後又被貶為淮陰侯。可惜最終被蕭何設計擒獲，呂後在長樂宮將其殺死。

被人妒忌的法家才子：韓非

說起中國歷史上的韓姓名人，很多人會想到春秋戰國時期的著名法家代表人物韓非。韓非是韓國貴族，曾與李斯一同拜在荀子門下。韓非文才出眾，李斯自嘆不如。同時，韓非對《老子》一書也很有研究，曾著《解老》、《喻老》等篇。《韓非子》一書問世並流傳到秦國時，被秦王政看到，於是秦王政邀其出使秦國。韓非來到秦國後，秦王政十分欣賞他，準備重用他。後因李斯與姚賈等人讒言陷害，使韓非入獄。最終韓非自殺於獄中。

血脈共性

韓姓族人頭腦靈活，行事果斷，不喜歡拖泥帶水。有時候喜歡否定別人的一些意見，好耍小聰明，但不可否認，大多數的情況下，韓姓族人給出的意見還是很可靠的。韓姓族人中有一部分人性格比較衝動，做事不計後果，這一點需要注意。

西漢第一智囊之姓——張

姓氏溯源

張姓是中國最龐大的姓氏之一，張姓人數多，在所有姓氏裡位於鼎甲之列。

根據史籍記載，張姓的起源可追溯到上古黃帝時代。黃帝之子揮（一說揮為黃帝之孫），發明並掌管製作弓矢，其後人便以此為氏，稱張氏。又據《通志‧氏族略》所載，春秋時期晉國有個大夫解張，字張侯，他的子孫後代便以其先祖的字為氏，稱張氏。

另外，三國時期，雲南的南蠻酋長龍佑那被蜀漢丞相諸葛亮賜姓張，其子孫後代便以張為氏。同一時期，曹操為了削弱南匈奴的實力，將南匈奴分為五個部族，並且在每個部族中的貴族裡面選出一個領袖，被選出者多被賜姓為張。

此外在烏桓、女真、羯、鮮卑、匈奴、契丹等族中均有改為張姓的。

在其他少數民族中，如阿昌族、納西族、傈僳族、瑤族、壯族、黎族、高山族中也均有因漢化改稱張氏的。

遷徙分佈

關於張姓的發源地有三種說法：一是河北清河，二是河南濮陽，三是山西太原。在趙、韓、魏三家分晉後，張姓也隨之遍佈於三個諸侯國之中，即今華北、中原廣大地區。晉代時期，中原張姓有部分族人遷徙至福建，唐高宗總章年間入廣東等地。清朝開始以後，福建、廣東一帶的張姓族人又有一部分陸續移居海外。現如今在全國各地甚至世界各地均有張姓族人分佈。

張姓名人堂

運籌帷幄，決勝千里：張良

說起漢朝的開國功臣，就不得不提到那位「運籌帷幄，決勝千里」的蓋世謀臣張良了。張良，字子房，相傳為城父（今河南襄城西南）人，「漢初三傑」之一，中國歷史上著名的政治家和軍事家。

秦滅六國之前，他的先輩在韓國擔任過五代宰相，所以他也屬於官宦子弟。秦滅韓後，張良便積極投身於反秦事業中。他刺殺秦始皇失敗後便隱姓埋名，其間遇黃石公，得《太公兵法》，深明韜略，足智多謀。在秦末農民起義時投奔劉邦。劉邦之所以能夠先於項羽取得咸陽，就是因為採納了張良的計策。

其後，劉邦與項羽在鴻門對峙時，張良更是用計緩解了當時緊張的局勢。之後，他又與韓信等人一起用「暗度陳倉」「下邑奇謀」「虛撫梁王韓彭」等計，終輔佐劉邦建立了漢朝。

醫聖：張仲景

要說起東漢末年的神醫，大多數人都會想起著名的神醫華佗。但很少有人會注意到，東漢年末年還有兩位神醫，他們與華佗並稱「建安三神醫」。這兩位神醫便是董奉和張仲景。

張仲景著有傳世醫學巨著《傷寒（雜）病論》，這本書確立了中醫臨床辨證論治原則，這也是中醫的靈魂。他在方劑學方面，做出了卓越的貢獻，不僅創造了很多劑型，還在書中記載了大量的有效方劑。《傷寒（雜）病論》是中國第一部從理論到實踐、確立「辨證論治」原則的醫學專著，是中國醫學史上影響最大的著作之一，是後世學者研習中醫必備的經典著作，受到歷代醫學家的推崇，張仲景也被後人尊為「醫聖」。

血脈共性

張姓是一個龐大的家族，最早的一支張姓源於黃帝的後裔揮，相傳是揮發明了弓箭，足以見得，張姓族人自其始祖開始就有這種酷愛鑽研、喜歡發明的特點。張姓族人頭腦靈活清晰，

思維縝密細緻，無論在哪個行業總會嶄露頭角。

大漢起落，外戚之姓

所謂外戚，指的就是皇帝的親戚，準確地說，應該是皇帝的母親及妻妾一方的親戚，後人也稱其為「外家」或者「戚畹」。外戚在皇帝年幼的時候，經常干預朝政，這一點在歷朝歷代的皇室中多有體現，而漢朝是外戚干政最為嚴重的一個朝代之一。

漢朝外戚干政這一現象，早在西漢建國初期便已經存在，當年淮陰侯韓信被判謀反，身死長樂宮這件事中便有呂后的身影。漢惠帝劉盈是西漢的第二個皇帝，他是呂后的兒子，十六歲就登基為帝。他在位僅僅七年，可在這七年中，朝政大權卻是由呂后掌控的。也就是說這一時期，西漢的實際掌權人不是皇帝而是太后。

此後，西漢又出現了漢景帝的母族竇氏一族、漢宣帝的岳父霍氏一族等等，他們均是把持朝政的外戚。到了西漢末年，漢元帝皇后王政君的外甥王莽，不僅是干涉朝政，甚至篡位建立了新朝。在東漢時期，外戚與宦官更是輪流把持朝政，天下看起來還是大漢的天下，可實際上早已經淪為外戚的天下了。

在眾多外戚中有那麼幾股勢力特別強大，他們都是哪個姓

氏家族的呢？

西漢第一外戚──呂

姓氏溯源

呂姓的來源可追溯到上古舜帝時期。相傳，炎帝的後裔伯夷，是掌管禮儀的秩宗（官員），也是顓頊的老師。舜帝時期，他幫助舜治理部落聯盟，很有政績。

後來伯夷又盡心輔弼大禹，成為了大禹的心腹。為了嘉獎伯夷，舜帝在晚年賜伯夷呂氏，並封他為呂侯。此後，在伯夷的子孫後代中，便有人以此為氏，稱呂氏。這屬於帝王賜姓。

此外，還有一支呂姓出自古時的東呂國，屬於以國名為氏。東呂國位於今河南新蔡一帶，後為宋國所滅，其公族便多以故國之名為氏，稱呂氏。

另據史籍記載，在春秋時期，晉國公子重耳即位後，封魏武子的兒子魏錡在呂、廚兩地。呂錡的子孫後代就以此封地為氏，稱呂氏。

在少數民族漢化的過程中，許多人都改姓呂。如南北朝時的鮮卑複姓叱呂氏等均因漢化而改姓呂。如今的黎族、仫佬族、

土族、蒙古族、土家族、朝鮮族等少數民族中，均有族人因政府推行羈縻政策及改土歸流而改漢姓為呂的。

遷徙分佈

呂姓發源於今河南省南陽西一帶，西周至春秋戰國時期，呂姓主要分佈於今陝西、河南、山東、安徽等地。秦漢時期，呂姓在今河南、山西、山東等地成為望族，同時有部分族人遷至浙江、江蘇、湖北、雲南、四川一帶。清朝以後，呂姓開始進入海外地區。現如今，呂姓已遍佈世界各地。其在國內分佈以安徽、河南、山西、山東、浙江、福建分佈人數最多。

呂姓名人堂

見證高祖成事的女人：呂雉

呂雉，字娥姁，俗稱呂后，今山東單縣人。她雖不是皇帝，卻被司馬遷列入記錄皇帝政事的「本紀」之中，有《史記·呂太后本紀》篇。這也是《史記》中的唯一一篇單獨為女性所做的傳記。呂雉十八歲時隨父親遷居沛縣，不久後，便嫁給了大她十五歲的劉邦，當時劉邦還只是一個亭長。

成婚後呂雉數年下田勞作、持家，並為劉邦生下一兒一女。秦末農民起義爆發時，劉邦成為一方大勢力，最後與項羽爭奪

天下。劉邦在一次戰敗給項羽後，呂雉母子及劉邦的父母皆被俘，在西楚做了數年人質，並且過著顛沛流離的生活。

之後，劉邦奪得天下，建立了漢朝，呂雉被立為皇后。劉邦死後，其子劉盈即位，稱漢惠帝，她因此被尊為皇太后。七年後，漢惠帝駕崩，她連立兩任少年皇帝（即西漢前少帝、西漢後少帝），被尊為太皇太后。在這前後的十五年間，由於三位皇帝均十分年幼，所以呂后才是實際意義上的掌權人。

三國第一猛將：呂布

說起呂姓的名人，除了漢高祖的皇后呂雉以外，最著名的就要數束漢末期有「飛將」之稱的第一猛將呂布了，「人中呂布，馬中赤兔」是世人對他的評價，即使三國時期名將輩出，呂布也是其中的佼佼者。

呂布，字奉先，五原九原（今內蒙古包頭西）人。呂布初為丁原部下，後殺丁原投董卓，之後又殺董卓投袁術。投袁術之後因對其心生不滿，又轉投袁紹。最後他與袁紹也產生了矛盾，兵敗後投奔了劉備。後來，在劉備與袁術相爭之時佔據了徐州。戰敗的劉備不得已之下又投奔了呂布。至此，呂布在亂世之中佔據一席之地，稱徐州牧。

最終，呂布在曹操攻伐下邳之時，兵敗身死。呂布身亡後被梟首，隨後送至許昌厚葬。陳壽在《三國誌》中評價呂布說：「呂布有虎之勇，而無英奇之略，輕狡反覆，唯利是視。自古及今，未有若此不夷滅也。」

血脈共性

呂姓族人在歷史上出現過不少大名鼎鼎的人物，秦朝的呂不韋、西漢的呂后（呂雉）、三國的呂布等等，都是當時舉足輕重的人物。在性格上他們都爭強好勝，有極強的控制欲，想要把一切事物都控制在自己手中。控制欲強不一定是件壞事，只是要控制好度。

東漢外戚——馬

姓氏溯源

馬姓的來源可追溯到西周時期。相傳在西周時期，朝廷設有馬質、馬校人、趣馬等職位。馬質主管馬的徵收，並負責檢驗馬的質量；馬校人主要負責掌管君王、王族的馬；趣馬則是負責鑒別馬優劣的官吏。

在春秋戰國時期，也有一些與馬有關的官職，如專門負責

給馬治病的官吏巫馬；專職飼養、訓練馬，並負責教導軍士、官吏如何駕馭馬的馬廄人等等。在這些官吏的後人中，便有人以其先祖的官職稱謂作為自己的姓氏，稱馬氏。

還有一支馬姓屬於以居邑名為氏，源自戰國時趙國大將趙奢。趙奢因功受封於馬服，並受賜封號「馬服君」，趙奢的子孫後代便以「馬服」為姓，後又改為單姓「馬」。

另外據記載，回族中的馬姓大多為元代禮部尚書月乃和的後裔，他的祖父曾任金代的馬步指揮使，所以他便以其祖父的官職稱謂為姓氏，稱馬氏，並為自己取名馬祖常。他這一支馬姓，也是中國馬姓的一個重要組成部分。

遷徙分佈

漢族馬姓起源於春秋戰國時期的今河北一帶，戰國末期遷入陝西關中。兩漢至南北朝時期，馬姓主要分佈於今河南、河北、山東、湖北、四川、甘肅、江蘇、浙江等省。唐朝末年，河南馬姓族人有部分入福建。唐末時期，馬姓族人在今湖南、廣西、廣東、貴州等地發展繁衍，且已經分佈於各地。馬姓開始移居東南亞、歐美等地則始於清代。當今，馬姓在中國北方地區分佈人數最多。

馬姓名人堂

東漢開國大將軍：馬援

馬援，字文淵，扶風郡茂陵（今陝西興平東北）人，東漢著名的軍事家。漢武帝時，馬援的曾祖父馬通雖受封重合侯，卻因為其兄馬何羅謀反被殺，此後家境漸落。馬援在郡中擔任督郵時，曾因私放一個重罪犯而逃亡北地郡。此後，馬援便開始了他的遊牧生活。王莽末年投奔到涼州的隗囂旗下。

後來，隗囂叛漢，馬援便上書至洛陽，陳述消滅隗囂的計策。劉秀採納了他的建議，並順利擊潰了隗囂，他也因此受到劉秀的重用。後來他又率軍平定西羌之亂，因功先後受封虎賁中郎將、伏波將軍，封新息侯，世稱「馬伏波」。

在馬援六十三歲那年，領兵遠征武陵五溪蠻，病死軍中。在漢明帝時，因馬援之女馬氏被封為皇后，屬於外戚，所以馬援沒有被列在雲台二十八將之內。

被忽略的人才：馬鈞

馬鈞，字德衡，魏扶風（今陝西興平東南）人，是中國古代科技史上最負盛名的機械發明家之一。在民用方面，他設計發明了一種能夠使水逆流而上的機械設備，這在古代農業灌溉

方面是一項重大創舉。

　　在軍用方面，他再次發明了失傳已久的指南車。他曾說可以製造出一種連續發射五十支箭矢的弩，其性能要優於諸葛亮所造的連弩。可惜的是，因為當時魏國的掌權者既不重視科技發明，也不支持他的科學實驗，使得他不能夠完全發揮出自己的才能，以至默默無聞，如今很少有人瞭解他的功績。

血脈共性

　　馬姓族人雖然是野心家，但其內心還是十分隨和的。馬姓先祖大部分都是與馬打交道的行家，所以在他們的性格中必然有如駿馬一樣的特徵，狂野中不失溫和，奔放中不失高雅。

東漢外戚──鄧

姓氏溯源

　　鄧姓是一個古老且多源流的中國姓氏，其來源可追溯至夏朝。據史籍記載，夏王朝的第四代君王仲康，將其子孫封於鄧，稱鄧君，並建立了鄧國。在鄧君的後代中，有人以國名為氏，稱鄧氏，相傳至今。

　　另據史籍記載，商王武丁將其叔父曼季封於曼城，後來又

將其改封於鄧國，稱鄧侯。鄧國為楚文王所滅，其後人中有人以國名為氏，稱鄧氏，相傳至今。

還有一支鄧姓，出自五代十國時期。據記載，南唐後主李煜封其弟李從鎰為鄧王。在宋太祖趙匡胤率領大軍消滅南唐政權以後，南唐宗室中只有李從鎰之子李天和倖免。為了避難，李天和便以其父親的封號為氏，稱鄧氏，相傳至今。

此外，少數民族漢化也是鄧姓的來源之一。蒙古族的珠爾奇氏（亦稱朱爾奇氏）、珠勒沁氏，滿族德敦氏、棟阿氏、董佳氏等，都有人改姓鄧。另外，在壯族、哈尼族、土家族等少數民族中也均有鄧姓人員，他們是因為羈縻政策與改土歸流而發展起來的。

遷徙分佈

鄧姓起源於今河南省境內，東晉時大舉南遷。兩漢之前，鄧姓族人便已遷徙至福建、廣東等地。漢朝時期，鄧姓族人有部分遷至湖南、湖北、山西、甘肅等地。東晉時，中原鄧姓大舉遷至江西、江蘇、四川等地。明末遷入海外。現如今，鄧姓族人在江西、湖南、河南三省分佈人數最多。

鄧姓名人堂

雲台二十八將之首：鄧禹

鄧禹，字仲華，東漢初南陽新野（今屬河南）人，東漢中興名將，「雲台二十八將」之首，他也是東漢和帝皇后鄧綏的祖父。鄧禹十三歲時就能朗誦《詩經》，後來去長安學習時，結識了同在長安學習的劉秀，並與劉秀交往甚密。

王莽末年農民戰爭爆發，劉秀奉命平定河北，鄧禹聽聞此消息後，立刻趕赴河北追隨劉秀。鄧禹才識過人，少有知人之明，為劉秀舉薦了不少有用的人才，並且提出了「延攬英雄，務悅民心，立高祖之業，救萬民之命」的方略，劉秀認為他十分有能力。此後他領兵東征西戰，協助漢光武帝建立東漢，「既定河北，復平關中」，成為了光武帝建立帝業中最親密、最得力的功臣，被稱為「元功之首」。

民族英雄：鄧世昌

鄧世昌，字正卿。廣東番禺（今廣州）人。清末海軍傑出愛國將領，民族英雄。少年時期的鄧世昌，目睹清政府的腐敗，以及外國侵略者對中國土地、財富的任意瓜分掠奪，逐漸萌發了反侵略的愛國思想。於是，經常與父親漂泊在海上的他，決

定加入海軍。

後來，他在沈葆楨管理的馬尾船政學堂中學習相關知識，學成後被調入北洋水師，先後擔任振威、鎮南、揚威、致遠各艦管帶。一八九四年，中日甲午戰爭爆發，九月十七日，鄧世昌在黃海海戰中指揮致遠艦奮勇作戰，但致遠艦在日艦圍攻下受重創，無力再戰。鄧世昌與全艦官兵寧死不屈，全力開動致遠艦撞向日軍主力戰艦吉野號，決意與敵同歸於盡。但不幸被一發魚雷擊中沉沒，鄧世昌與艦上軍兵二百餘人壯烈犧牲。鄧世昌以身殉國，一代愛國將領就此殞命。

血脈共性

鄧姓族人為人忠義，愛國心極強。每當國家利益被觸犯的時候，他們一定在最先站出來表達憤慨的那一群人之中。同樣，他們對自己的家庭也是如此，護家便是鄧姓族人的最大優點。

東漢外戚——梁

姓氏溯源

梁姓來自五帝之一顓頊的後裔。據記載，東周初期，顓頊後裔中的秦仲父子因討伐西戎有功，周平王便將他的次子封於

夏陽梁山，並建立了梁國。春秋時期，為秦國所滅，梁國後人便以故國之名為氏，稱梁氏。又據史籍記載，同在東周初期，周平王封其子姬唐於南梁，其後人便以封地之名為氏，稱梁氏。

春秋時期晉國有解梁城、高梁、曲梁等地。居住於此的晉國人中便有以居邑名為氏的，稱梁氏。

還有兩支梁姓，屬於帝王賜姓。其中一支源於十六國時期後秦的匈奴將領梁國兒（原名待考），他被賜姓為梁。另一支源於北宋神宗熙寧年間的一名外國的骨傷外科醫學家，他被朝廷聘為御醫，並受賜漢名樑柱，他的後人便以賜姓梁為氏。

在梁姓的眾多來源中，還有一支屬於以職業稱謂為氏，出自兩周時期。古時候「梁」是指架在河流上的橋或者河堤、圍堰。人們可以利用「梁」來捕魚。因此，兩周時期圍梁以漁的漁民，便以其職業為氏，稱梁氏。

此外，在少數民族中，如北魏時的鮮卑人、元朝時期的蒙古族等，均有族人因民族漢化而改稱漢姓梁的。

遷徙分佈

梁姓起源於陝西和河南兩地，春秋時期便已散佈到山西、河北、山東、江蘇等地。其族人又在晉朝時遷入江南地區及福

建、廣東。唐宋以後，梁姓主要分佈於山東、河南、陝西、廣東、廣西、湖南、江西等地，清初梁姓始入海外。現如今，梁姓已遍佈全國且人數眾多，以廣西、廣東兩省區分佈人數最多。

梁姓名人堂

三朝皇太后：梁妠

梁姓是東漢時期的四大外戚家族之一。梁妠是漢順帝劉保的皇后，稱順烈皇后，善於權術。她的父親是大將軍梁商，她入宮不久便被封為貴人，四年後被冊立為皇后。漢順帝劉保駕崩後，只有兩歲的漢沖帝劉炳即位，梁妠此時以皇太后的身份臨朝。

可惜的是，劉炳只在位五個月便死掉了，於是梁妠與兄長梁冀擁立年僅八歲的劉纘即位，稱漢質帝，梁妠繼續臨朝聽政。實際上，此時外戚梁冀的權欲已極強，只因被漢質帝罵了一句「跋扈將軍」，便將漢質帝毒死。

隨後，梁氏兄妹又擁立漢桓帝劉志即位，並操縱劉志冊立自己的妹妹梁女瑩為皇后。至此，從後宮上下再到朝廷重臣，均為梁家人，梁氏外戚家族徹底掌握了大漢實權。梁太后死後，梁氏外戚集團被漢桓帝劉志密議誅滅。

維新志士：梁啓超

說起梁姓名人，最為人所熟知的莫過於中國近代維新派領袖、學者梁啟超了。

梁啟超，字卓如，號任公，別號飲冰室主人，廣東省新會（今江門市新會區）人，人稱梁新會。青年時期曾隨老師康有為一起倡導變法維新，變法失敗後逃亡日本。辛亥革命成功以後，他曾加入袁世凱政府集團，擔任司法總長。袁世凱稱帝、張勳復辟時，他堅決發動了護國運動。此後他又支持五四運動並倡導新文化運動。梁啟超於一九二九年一月十九日，於北京協和醫院去世，終年五十六歲。

血脈共性

梁姓族人個性鮮明，自主力強。梁姓族人在思考問題的時候通常十分冷靜，總是把事情思考全面之後立即做出行動計劃。因此梁姓族人做事總是有一種井井有條的感覺。

外族入侵，少數民族之姓

　　漢朝自建立以來，便屢遭外族侵擾，其中對漢朝侵擾最嚴重的外族，莫過於匈奴。在中國的歷史上，匈奴以前有北狄。北狄是周朝時期，周人對北方少數民族的稱呼。當時周朝人自稱華夏，並分別稱其四方的族人為東夷、南蠻、西戎、北狄，以此分別。春秋戰國時期，北狄在中國歷史上的意義十分重要。進入戰國時，他們中主要部分已經與華夏融合，也有一部分在胡人（中國古代漢人對除了漢人以外的部族的稱呼）南下時融入其中，成為匈奴的重要來源之一。在周朝以及周朝以前的商朝或者夏朝中，有一些部族在後來的繁衍中，逐漸形成了匈奴的重要組成部分。

　　現代部分學者根據《史記》記載的後半段文字，認為匈奴原是山戎、獫狁（又作嚴狁）、獯鬻等民族。王國維在《鬼方昆夷・嚴狁考》中，把匈奴名稱的演變做了系統概括，認為商朝時的鬼方、混夷、獯鬻，周朝時的獫狁，春秋時的戎、狄，戰國時的胡，都是匈奴的前身。

　　那麼，在這些「外族」中都有哪些名人，他們各屬誰家呢？

北狄部族名稱為姓──狄

姓氏淵源

早在周朝初期，周人自稱華夏，對北方的少數民族就稱為北狄。北狄起源於堯舜時期，黃帝後裔中的媿姓氏族被封為狄氏、翟氏，始有狄族，世居北方之地。狄族的後世子孫中，有人以族名為氏，稱狄氏，世代相傳。

同是在周朝，西周成王封姜孝伯於狄城，並建立了狄國，此地在周都北方，所以也被稱為北狄。其後代子孫中便有族人以國名為氏，稱狄氏，相傳至今，史稱狄氏正宗。

據傳說，商王朝始祖契（火神閼伯）的母親簡狄，是顓頊的後裔有娀氏之女。契的時代是母系氏族社會的末期，其後代子孫中，很早就有以先祖母的名字為部族稱謂者，稱狄氏族，後族人以此為姓氏，稱狄氏。這一支狄氏要遠早於周朝時期形成的狄氏。

遷徙分佈

狄姓起源於中國北方地區，主要分佈在山東、遼寧、吉林和黑龍江等省。商朝時，狄族活動於今甘肅、陝西、寧夏、內蒙古一帶。春秋初，有部分族人遷徙至河北，隨後又渡黃河，

進入河南、山東等地。現如今，全國各地均有狄姓族人分佈，但以陝西、甘肅、內蒙古鄂爾多斯以及河南、河北、山西和山東西部一帶為多。

狄姓名人堂

司法界的廉政大法官：狄仁傑

說起狄姓家族的名人，大家最為熟悉的一定是近年來在影視劇中，頻頻出現的那位神探狄仁傑了。在中國的歷史上，狄仁傑是唐朝的著名宰相。

狄仁傑，字懷英，唐代太原（今山西太原市西南）人，曾擔任唐朝最高司法職務大理丞，掌管刑法。狄仁傑為官剛正廉明，執法清明，以身護法。他為了拯救無辜，敢於拂逆君主之意，始終保持體恤百姓、不畏權勢的本色，居廟堂之上，以民為憂，後人稱之為「唐室砥柱」。他還曾在一年中判決了大量的積壓案件，案件涉及近一萬七千人，但沒有一個人因不服判決而上訴。

狄仁傑以知人善任、舉薦賢能而著稱，先後舉薦了張柬之、桓彥范、敬暉、竇懷貞及姚崇等數十位賢臣，皆為唐朝中興之臣，朝中政風為之一變。狄仁傑死後被葬於洛陽東郊的白馬寺，

謚號文惠。

血脈共性

狄姓一族起源於華夏大地的北方，性格中必然帶著北方人的豪爽與耿直。狄姓族人做事總是秉承著實事求是的原則，而且做任何事情都力求完美。另外狄姓族人在完成短期目標時，極富爆發力。

與漢相融的匈奴後裔之姓——喬

姓氏溯源

喬姓的來源大致可分為兩種，一種是根據史籍記載，喬姓起源於上古黃帝時代，相傳黃帝死後被葬於橋山。此後，黃帝的後裔中便有人留在橋山為其守靈，這些人中便有以山名為氏，稱橋氏的。這支橋氏傳到南北朝的北魏王朝後期時，西魏政權的建立者宇文泰命令逃亡到此的北魏大臣橋勤去掉其姓氏橋的「木」字旁，變成「喬」字，取「喬」之高遠之意。從此橋氏便變成了喬氏，並相傳至今，史稱喬氏正宗。

喬氏的另一種來源與匈奴人有關。喬姓本就是匈奴的大姓，是貴族姓氏。匈奴人與漢民族融合，慢慢與漢民族中的喬

姓不再有分別，混為一體。此外，據《通志‧氏族略》記載，漢朝時期的匈奴民族中，還有許多貴族改漢姓為喬的。

除了匈奴，達斡爾族瓦蘭氏，噶木克氏、喬噶穆特氏，滿族鄂爾格氏、喬佳氏、托謨氏等，均有人因漢化改姓喬氏。雖然源於黃帝後裔的喬氏族群被稱為「喬氏正宗」，但喬姓的發展壯大過程中，少數民族功不可沒。發展至今，少數民族的血液早就融入喬姓的骨髓之中，對喬姓族群產生了深遠的影響。

如今土家族、回族等少數民族中，均有喬姓分佈。

遷徙分佈

喬姓起源於中國的北方地區，晉朝以前主要分佈於今山西、陝西、內蒙古、河北、河南等地。南北朝時期遷入今湖南、四川等省。此後，各地橋姓去「木」為喬姓，喬姓族人已遍佈長江流域及黃河南北，且在河南東部、安徽西北等地區形成望族。

唐宋以後，喬姓有部分族人遷至山東、河南及江浙地區。清朝時期，居於沿海一帶的喬姓族人遷入海外。現如今，喬姓族人分佈以河南、山東、江蘇、河北等省為主。

喬姓名人堂

元代文藝界的大作家：喬吉

說起中國的文學作品，自楚辭漢賦、唐詩宋詞之後還有元曲。喬吉，亦作「喬吉甫」，字夢符，號笙鶴翁，又號惺惺道人，是元代戲曲作家、散曲家。主要創作活動時期在元大德年間至至正初年，其足跡遍歷湖南、浙江、福建、江蘇、安徽等地。

他懷才不遇，一生鄙棄仕途，過著清貧生活。從他的《折桂令‧荊溪即事》中可以看出，他所流露出的對現實的不滿和憤慨。喬吉的生活創作、思想性格，在元曲作家中具有一定的代表性。今知他總共創作了十一種雜劇，其中有《兩世姻緣》、《金錢記》、《揚州夢》三種傳世。今人品論元曲，常把喬吉同關漢卿、馬致遠、白樸、鄭光祖、王實甫並列，號稱「元曲六大家」。

血脈共性

喬姓起源於陝西的橋山，以守靈之地得姓。可以看出，喬姓族人自得姓之前，便已經是以孝著稱的氏族。喬姓一族中還融有匈奴等北方少數民族的血液，因此具有北方人剛正不阿、不隨波逐流的特點。

休屠王子降漢，武帝賜姓——金

姓氏溯源

金姓的歷史極為悠久，且源流眾多。相傳金姓中有一支源於五帝之首的少暤之後。少暤是東夷部落聯盟的首領，東夷即中國古代對東方各族的泛稱。在少暤（一說號金天氏）的後代子孫中，有一支便將他的號「金天氏」簡化為自己的氏，稱金氏。

還有一支金姓，出自西漢時期的匈奴。西漢時期，匈奴休屠王的兒子投降漢室後，被漢武帝賜金姓，曾為馬監，後封秺侯。自此，其後裔便以金為姓氏，相傳至今。

據稱在漢朝時期，西北地區有一個金城郡，即今甘肅省蘭州以西和青海省的一部分。漢朝及漢朝以前的金城居民多為匈奴人和西羌人，因此，在這些原住民中，便有人以其居邑名稱為氏，稱金氏。

此外，還有一支比較重要的金姓來源於五代時期。相傳五代時期吳越的建立者名叫錢鏐。錢鏐名字中的「鏐」與「劉」同音，所以他為了讓他的子民避自己的名諱，便下令，命吳越國中所有劉氏族人皆改為金氏，世代相傳至今。

在此後的朝代中，也有因民族漢化而改漢姓為金的少數民族人。如景頗族的金劈氏、恆滾氏，達斡爾族的索曲氏、德力根氏等，蒙古族的阿勒特氏、阿魯特氏、阿蘇克氏等，滿族的楚庫勒氏、金佳氏、精格哩氏等。

遷徙分佈

金姓在秦漢以後，已經廣泛分佈於西北、東北、中部和南方地區。唐宋時期，金姓族人開始向東南移動，形成現如今以河南、江浙為主要聚集地的分佈格局。

當代金姓族人已遍佈全國各地，且大多分佈於浙江、河南、安徽、江蘇、湖北、遼寧、上海等地，其中浙江省分佈人數最多。

金姓名人堂

維護民族團結的王子：金日磾

金日磾，字翁叔。漢武帝時期，驃騎將軍霍去病大敗匈奴，致使河西的匈奴休屠、昆邪二王及部屬皆降漢，休屠王被殺，年僅十四歲的金日磾及家人淪為官奴。後來，金日磾被漢武帝封為馬監，之後又遷為侍中，深得漢武帝信任。

漢武帝病重時，託霍光與金日磾等共同輔佐太子劉弗陵，並下遺詔封其為秺侯。金日磾的一生都在致力於維護國

家統一與社會安定，他是中國歷史上一位極有遠見卓識的少數民族政治家。他的子孫後代更以忠孝著稱，其家族七世不衰，為鞏固漢朝政權，維護民族團結，做出了重要貢獻。

血脈共性

金姓族人雖源流較多，但其各支族人都有一個顯著特點，就是以忠孝著稱。此外，金姓族人性格細膩，善於團結周圍的人，很容易成為一個團隊的核心。

第四章
魏晉南北朝，英雄年代

　　東漢末年，政局動盪，群雄並起，天下三分又終歸於晉，史稱西晉。隨著八王之亂和「五胡亂華」的相繼發生，西晉滅亡。此後，東晉建立，並與五胡十六國對立。說到東晉，少不了要提到當時的門閥和門閥政治，這是當時政治統治的一大特色。東晉滅亡後，中國又進入了一個大分裂時期，即南北朝時期。有哪些姓氏家族的人，在這個動盪的時代中驚艷一時呢？

天下三分，名士之姓

　　說起天下三分，很多人一定可以猜得到，這一段時期就是史上著名的三國時期。

　　《三國演義》第一回的開篇便有這樣一段話：

　　話說天下大勢，分久必合，合久必分。周末七國分爭，併入於秦；及秦滅之後，楚、漢分爭，又併入於漢；漢朝自高祖斬白蛇而起義，一統天下，後來光武中興，傳至獻帝，遂分為三國⋯⋯

　　這段話很簡明地敘述了自周朝末期到三國初期的歷史。也許是因為受現代影視劇的影響，或者是因為《三國演義》這本小說比較通俗易懂，又有諸多白話版本，所以很多現代人便以為《三國演義》中的情節就是史實。

　　實則不然，《三國演義》只是一本小說而已，如果要真正瞭解三國時期的歷史，就一定要看由西晉陳壽所著的《三國誌》，它才是一本記錄三國時代歷史的斷代史史書。

　　三國時期僅持續六十年，卻出現了眾多英雄人物，他們都是這一時期歷史的締造者與推動者。那麼他們都屬於哪些姓氏

家族呢？

平滅黃巾軍的大將軍之姓——何

姓氏溯源

何姓的來源可追溯至上古堯帝時期，相傳在堯帝時期有一個叫何侯的隱士，他和他的族人一起隱居在蒼梧山中。後來堯帝得知他嚮往長生不老，便賜了一顆仙藥給他，隨後他便成了太極仙侯。

此後，何侯留在凡間的後人中，便有人以其先祖的名字為氏，稱何氏。

另據史籍記載，西周王朝在周成王時期再次分封諸侯，其中周成王的弟弟姬叔虞被封於韓地，並建立了韓國。至此便有了以韓為姓的韓氏族人。

韓國最終被秦王政所滅。後來秦始皇在一次出遊途中遇刺，疑是六國公子所為，便下令在全國範圍內秘密調查居民姓氏，其目的在於斬草除根以絕後患。

有一天，韓王安次子韓瑊被一個人問其姓氏，便指著大河說「此為吾姓」，本意是以水寒喻韓。韓、寒同音，並無隱匿

之意，那人卻以為他指「河」為姓，便信以為真，韓瑊因此躲過一劫。後來他得知那人竟是秦始皇的查訪使，驚駭不已，認為上天庇佑，從此便以何為氏。

此外，在少數民族中有部分族人因漢化而冠漢姓稱何氏的。史籍記載，蒙古族客烈亦惕氏、夏日高勒氏等，錫伯族伊拉哩氏、達斡爾族鄂蘇爾瑚氏、克音氏等，鄂倫春族柯爾特依爾氏等，都有人改姓為何。

遷徙分佈

何姓族人在先秦時期主要分佈於山東、河南、湖南、陝西、甘肅、青海、安徽等地。漢朝至唐朝期間，何姓已分佈於江蘇、江西、湖北、四川、廣東、福建、浙江等地。此後，何姓族人便遍佈全國各地。現如今，何姓在四川、廣東、湖南、河南、貴州、廣西、安徽、湖北等地分佈人數最多。

何姓名人堂

勇破黃巾軍的大將軍：何進

東漢末年，朝廷腐敗，宦官外戚爭鬥不止，邊疆戰事不斷，國勢日趨疲弱，又因全國大旱，顆粒不收而賦稅不減，在這種情況下，起義爆發了。在眾多外戚中，有一個人因他同父異母

的妹妹被漢靈帝立為皇后，得以升遷，被任命為郎中，隨後遷虎賁中郎將，任穎川太守等職。在黃巾起義爆發時被任命為大將軍，他領兵大敗黃巾軍，因功晉封慎侯，這個人就是何進。大破黃巾軍之後，何進的實力大增。漢靈帝駕崩後，蹇碩密謀殺掉何進，立皇子劉協為帝，結果蹇碩事敗，反被何進所殺。此後，何進聽從袁紹的建議，欲謀誅宦官。終因此事洩漏，被張讓等人先下手為強，遭殺身之禍。

無神論思想家：何承天

何姓家族歷史悠久，相傳何姓源於堯帝時期的仙人何侯。但到了南宋時期，卻出現了一位名叫何承天的無神論思想家，曾撰寫《報應問》、《達性論》，就當時被熱議的形神關係問題提出個人見解，宣揚無神論思想。同時他還是一位專門研究天文曆法的天文學家。

何承天五歲喪父，由母親徐氏獨自撫養成人。他自幼聰明好學，通覽經史子集，知識淵博，尤其精通天文和計算，對此造詣頗深。長大後，他曾擔任官街陽內史、御史中丞等官職，還曾上表指出沿用的景初乾象曆法存在疏漏和不當，奏請改曆，稱「元嘉曆」，對後世曆法影響很大。此外何承天在音樂方面

也有傑出的才能，發明了一種接近十二平均律的「新律」，堪稱音樂界的奇才。

血脈共性

何姓族人外表和善，但有時性格上略顯孤傲。對有利於自己的事情比較看重，不利於自己的事情則會頑強抗爭，不輕易認輸。他們思維較感性，以是否與自己投緣為標準來選擇朋友。何姓族人的事業心較強，喜歡有創造性的工作，不喜歡按常規辦事。

諸侯稱帝緣起之姓──袁

姓氏溯源

袁姓在五帝時期便傳承下來兩支。其中一支為黃帝軒轅氏之後，相傳黃帝因發明並製作大車而稱軒轅氏，後起兵打敗了炎帝，定都有熊之墟，之後又將其所居之地命名為轅，稱為袁邑。自此，在此地居住的黃帝後裔中便有人以此為氏，稱袁氏。

另一支為舜帝姚重華之後，據記載，舜帝嫡裔六十九世嫡長孫，西漢大臣姚平為紀念先祖，便將舜帝曾擁有的封地、國名、謚號、官職稱謂等作為他的子孫的姓氏，如陳、潘、文、袁、

虞、姬等。

另據記載，春秋時陳國上卿諸，是舜帝後裔。因為諸的字為伯爰，故他的孫子濤塗，便以其祖父的字為氏，稱爰氏。因古時「爰」字和「袁、轅、榬、溒、援」等字音相同且可通用，所以在其子孫後代中便有人以袁為氏。

袁氏除了上述兩支古老的源流以外，也有少數民族分支的加入。魏晉南北朝時期敕勒袁紇氏族、鮮卑中的拓跋氏族，元朝時期蒙古族土默特部乞袁氏族等，皆因漢化改姓，稱袁氏。另外，在滿族、瑤族、彝族、白族、朝鮮族、藏族等少數民族中，均有因改漢姓為袁的。

遷徙分佈

袁姓起源於河南一帶，秦漢時期袁姓遷徙至江蘇、山西、河北、陝西及江淮一帶。南宋時期已有袁姓族人分佈在福建、廣東、江西等地。唐朝以前袁姓開始大舉南遷，至宋朝時，已成為南方望族之一，主要分佈於浙江、江蘇、江西等地，明清時袁姓已遍佈中國廣大地區，甚至播遷於海外。現如今，袁姓族人已遍佈大江南北，南方袁姓人口超過北方。

袁姓名人堂

第一個稱帝的諸侯：袁術

東漢末年起群雄，烽火連天戰不休。在這種亂世之中，東漢皇室沒落，各路諸侯並起，相互征伐。在這段時間裡，第一個稱帝的諸侯，便是出身於四世三公之家的袁術（字公路）。

袁術年少時就以俠氣聞名，曾任虎賁中郎將。董卓作亂時，與袁紹、曹操等十六路諸侯同時起兵，討伐董卓。之後，他與其從兄（一說從弟）袁紹之間出現嫌隙，並相互對立，之後他敗於袁紹和曹操，率其餘部割據揚州。他在漢獻帝逃往黃河以北時，在壽春稱帝，建號仲家。在他稱帝後不久，就接連遭到孫策、呂布、曹操三方的打擊，最終兵敗，病死。

袁姓名人簿

說起袁姓名人，歷史上袁姓名臣、名將數不勝數，三國時期袁紹、袁術的家族曾輝煌一時，東晉時期有文采出眾的文學家、史學家袁宏等等。到了明神宗萬曆年間，又有著名將領袁崇煥。袁崇煥是明末著名軍事家，取得了寧遠之戰、寧錦之戰、廣渠門之戰的勝利。可惜的是，明崇禎皇帝中了後金的反間計，將袁崇煥以通敵謀叛等罪名磔殺。

在袁姓家族中還有一個比較悲劇的人物，繼三國時期袁術稱帝失敗之後，民國時期又有一位袁姓人稱帝，但同樣以失敗告終。這個人就是辛亥革命勝利後，竊取革命果實，就任中華民國臨時大總統的袁世凱。袁世凱稱帝後，只做了不足一百天的皇帝便死了，史上稱其為「百日皇帝」。

血脈共性

袁姓族人性格上多少有些剛愎自用，往往聽不進不同意見，固執任性，獨斷專行。這也在另一方面說明，袁姓族人極為自信，相信自己的個人能力足以應對一切問題。可在某些需要下決定的時候，略顯優柔寡斷。在這個時候，還是虛心聽取他人的意見比較好。

蜀漢武聖之姓——關

姓氏溯源

關姓的歷史極其悠久，據史籍記載，遠古舜帝時期，有一個叫董叔安的養龍（當時稱馬為「龍」）高手，他的兒子董父，也是一個養龍高手，且專門負責養龍，因此被封為豢龍氏。因為當時「豢」、「關」二字同音且通用，所以後來又寫作關龍氏。

在董父的後裔中，便有人以其先祖的封號為氏，稱豢龍氏或關龍氏，其後又簡化為單姓，稱關氏或者龍氏，並相傳至今。

中國古時設有關津、關人、關孔等職，其中關津主管市場貨物的進出關卡；關人則是專職管理貴族墓地的官吏，且多由墓主家族人充任；關孔則是對專職負責在斧、鉞類兵器的刃部鍛鑲青銅、鋼口，使該類兵器更加鋒利和經久耐用的工匠的稱呼。在他們的後裔中，就有人稱關氏。

另在《古今姓氏書辯證》中記載，春秋時期，晉國大夫嬖五，受封於都城東關，因此史稱其為「東關嬖五」。在他的子孫後代中便有人以其先祖的封邑名稱為姓氏，稱東關氏，後簡化為單姓關氏，世代相傳至今。

此外，如蒙古族的瓜勒給亞氏、那牙勤氏，滿族的卦勒察氏、關佳氏、赫齊拉氏、洪鄂氏，錫伯族的瓜爾佳氏，赫哲族的瑚錫哈哩氏等，均有族人因漢化而改漢姓稱關氏的。

遷徙分佈

關姓起源於山西。春秋時期，關姓族人已分佈在今河南新鄭一帶。兩漢以前，關姓族人已廣佈於黃河中下游。三國時期，關姓族人入蜀。兩晉南北朝時期，關姓族人有部分遷至今江浙

一帶。到了隋唐時期，關姓族人在今甘肅隴西、山東郯城一帶發展成為望族。宋朝末期，關姓族人有部分南遷至廣東、福建等地。明朝時期，又有部分族人被朝廷分遷於今河南、山東、河北、陝西、安徽、北京、天津等地。關姓族人遷至東三省則在清朝中葉以後。現如今，關姓族人在全國分佈較廣，以河南省為主。

關姓名人堂

漢壽亭侯：關羽

關羽，字雲長，今山西臨猗西南人，漢末三國時期名將。東漢末年黃巾起義爆發，關羽便追隨劉備投入到撲滅黃巾軍的隊伍之中。在《三國演義》中，關羽隨劉備加入了合力討伐董卓的戰役中。關羽隨劉備多方輾轉，後來因為劉備敗於曹操而被俘，無奈之下投降曹操。投降後曹操對他以禮相待，並任命其為偏將軍。後來，袁紹攻伐東郡，曹操親率大軍救援並在白馬發生大戰，張遼與關羽為前鋒，在一次交鋒中，關羽策馬衝鋒，斬殺顏良於萬軍之中，梟首而歸，曹操軍隊士氣大振，白馬之圍被解。凱旋後，曹操封其為漢壽亭侯，但關羽卻無心留在曹營，一心想回到劉備身邊，於是上演了流傳千古的「千里

走單騎」。此後，他在劉備帳下，經歷大小戰役無數，名聲日盛。劉備取得荆州之後，他負責鎮守荆州以抗曹操，後因孫劉兩家聯合存有嫌隙，終敗走麥城，兵敗身死。

曲家聖人：關漢卿

有時候，一個人若感覺自己十分冤枉，一定會說：「我簡直比竇娥還要冤啊！」這句話中的竇娥，出自傳統劇目、中國十大悲劇之一的《感天動地竇娥冤》，即《竇娥冤》。這部悲劇的作者，便是元朝時期有「曲家聖人」之稱的戲曲作家關漢卿。

關漢卿生活的時代，政治黑暗腐敗，社會動盪不安，所以他的作品中充滿著濃郁的時代氣息，瀰漫著昂揚的戰鬥精神和強烈的社會現實性。既無情地揭露了官場黑暗，又熱情謳歌了人民的反抗鬥爭。他的散曲以男女戀情題材居多，將曲中角色的離愁別恨刻畫得真切動人，尤其善於刻畫婦女心理。除《竇娥冤》外，《救風塵》、《望江亭》、《拜月亭》、《蝴蝶夢》、《單刀會》、《玉鏡台》等，也都是他的代表作。

血脈共性

關姓族人性格倨傲，之所以倨傲是因為他們大多有一技之長，而他們的才能也的確值得驕傲。古時候有勇武過人的武聖人關羽，到了元代又出現了有「曲家聖人」之稱的關漢卿，都能說明這一點。

東吳大都督之姓——周

姓氏溯源

關於周姓的來源，在史籍中記載，黃帝手下有一員大將，名叫周昌。周昌的子孫後代即為周姓的一支。

周姓除上述一種源流外，大體上說還有兩種。其一為周族後裔，其二為外族改姓。周族，即後稷的子孫後代。後稷出生於稷山，相傳他小時候常把野生的麥子、谷子、大豆、高粱以及各種瓜果的種子採集起來，並種到地裡。待五穀瓜豆成熟後，其果實肥美，要比野生的好得多。後稷長大後不僅在農業上積累了經驗，還用木頭和石塊製造了幾種簡單的農具，並教家鄉一帶的人耕田種地。舜知道了他的功績後，就聘請後稷來做稷官。周族在後稷的帶領下日益強盛，他的後代還建立了周朝。

在周族人的子孫後代中，便有人以其族名或者以周朝之名為氏，稱周氏，並相傳至今。

南北朝時期鮮卑拓跋部的賀魯氏，滿族的周成氏、周延氏、周佳氏等，均因民族漢化而改姓周。

另外，因羈縻政策及改土歸流，許多少數民族都冠漢姓。發展至今，在高山族、瑤族、東鄉族、彝族、布朗族、白族、土家族、保安族、黎族、壯族、羌族等少數民族中，以周為姓氏的大有人在。

遷徙分佈

周姓起源於今陝西渭河平原地區。周朝初期，周姓由陝西向河南進行東遷。戰國至秦漢時期，周姓族人逐漸遷至中國北方的廣大地區，且以河南、陝西為兩大中心。到了魏晉南北朝時期，周姓族人開始大舉南遷。隋唐至宋朝時期，由於連年戰亂，河南、山東一帶的中原周姓大量南遷至福建、浙江、廣東。明清時期，周姓集中分佈於江蘇、浙江、廣東、湖南、湖北、江西、福建等省，此時也有部分周姓族人遷至海外地區。如今，周姓族人在中國分佈已十分廣泛，其中以江蘇、浙江、湖南三省分佈人數最多。

周姓名人堂

江左風流美丈夫：周瑜

周瑜，字公瑾，吳國名將，今安徽廬江西南人。他出身士族，堂祖父周景、堂叔周忠，皆為東漢太尉。其父周異，曾任洛陽令。周瑜與孫策是至交好友。孫堅死後，孫策繼承他父親的遺志，統領部卒並轉戰江東。此時的孫策給周瑜寫了一封信，從此，周瑜便出山輔佐孫策，為孫策平定江東立下汗馬功勞。赤壁之戰時，曹操親帥大軍二十萬，攻伐江東。東吳的謀臣將士十分驚恐，只有周瑜主張抗曹。

最終，東吳與劉備聯合，打響了赤壁之戰。這場戰役的過程與結果自然無須多說，但不得不提的是，赤壁之戰中，周瑜才是真正的主角，諸葛亮只不過是配角罷了。另外，有種說法稱周瑜在這場戰役中被飛箭射中右肋，傷勢十分嚴重，後雖然好轉，但終於還是因為傷勢嚴重及舊傷復發，病死於巴丘。在真實的歷史中，周瑜極可能是一個身材高大、相貌俊美，氣量非凡的美男子，而非《三國演義》中所描寫的那種氣量狹小之人。

棄醫從文的大作家：周樹人

說起周姓名人，就一定要提到中國現代偉大的文學家、思想家、革命家魯迅先生。

　　魯迅，浙江紹興人，原名周樹人，魯迅是他的筆名。

　　魯迅早期留學於日本，並在仙台學習西醫，後棄醫從文。魯迅在《藤野先生》一文中稱，自己在一部關於日俄戰爭的紀錄影片裡，看到中國人圍觀日軍殺害同胞的情節時，深受刺激，認為「救國救民需先救思想」。於是棄醫從文，希望用文學改造中國人的「國民劣根性」。

　　從文後的魯迅，寫出了很多影響極大的作品，有短篇小說集《吶喊》、《彷徨》；雜文集《墳》、《熱風》、《二心集》；散文詩集《野草》；回憶性散文集《朝花夕拾》。一九二一年發表中篇小說《阿Q正傳》，反響極大。同時，魯迅先生對「五四運動」以後的中國文學，也產生了深刻的影響。

血脈共性

　　周姓是一個古老的姓氏，他們每一個人心中都有著自己獨特的信仰，為了自己的信仰他們可以不顧一切地去奮鬥，是事業心極強的一群人。同時，周姓族人在處理人際關係方面也是高手，他們是天生的外交家。

挾天子令諸侯的丞相之姓——曹

姓氏淵源

相傳在大禹治水時，陸終的第五子安，因輔佐大禹治水有功，被賜曹官，負責看押奴隸。在他的子孫後代中，便有人以其先祖的官職稱謂為氏，稱曹氏。

據史籍記載，周武王把自己的弟弟振鐸封於曹邑，為曹伯，建曹國。曹國為宋所滅，因此，振鐸的子孫後代中便有人以曹為氏。這兩支曹氏是黃帝後裔，應屬同宗。

同樣，在曹姓的家族中也少不了少數民族的身影。在今彝族、哈尼族、納西族、回族、錫伯族等少數民族中也有曹姓族人分佈，其大多源於羈縻政策及改土歸流，而改漢姓曹，世代相傳至今。

遷徙分佈

曹姓起源於山東一帶，先秦時，曹姓主要分佈於甘肅、山東和江蘇北部。秦漢時，曹姓已分佈於華東地區和長江以北各省。唐朝時期，曹姓開始南遷，進入福建及兩廣地區。宋朝時期，曹姓主要分佈於河北、河南、安徽、江西、浙江等省。明清時期，曹姓族人主要分佈於山東、江蘇、浙江、江西、安徽、

湖北、湖南、四川、遼寧、吉林、內蒙古、黑龍江等省區，其餘各地也有少量曹姓族人分佈。

曹姓名人堂

一代奸雄：曹操

曹操，字孟德，小字阿瞞，今安徽亳州人。曹操小時候行為放蕩不羈，幾乎沒有人認為他將來會有所作為，就連著名的人物評論家許劭，給曹操做出的「治世之能臣，亂世之奸雄」的評價，據說也是在曹操的威脅下評出的。可事實證明，曹操從舉孝廉開始嶄露頭角，到陳留起兵討伐董卓，再到官渡之戰以少勝多，他並不是浪得虛名。觀其一生，曹操從一小吏一步步走到雄踞中原的霸主，成為曹魏的實際開創者，是站在那個時代的頂峰的。如此看來，當年許劭對曹操的評價十分恰當。

曹劌論戰：曹劌

曹劌絕對算得上知名度很高的曹姓名人之一。據記載，春秋時期，齊國數次攻伐魯國，魯國屢敗，此時隱居於梁甫山的曹劌主動求見魯莊公，為其出謀劃策，以抗齊軍。當時莊公問曹劌：「齊強魯弱，我們能贏嗎？」也正是魯莊公的這一問引出了著名的《曹劌論戰》。當魯國成功擊退了齊國的軍隊之後，

魯莊公問曹劌取勝的原因是什麼。曹劌的回答便是大家所熟悉的：「夫戰，勇氣也。一鼓作氣，再而衰，三而竭。彼竭我盈，故克之。」通過這一戰，可以看出曹劌出眾的軍事才能，是一位出色的軍事家。

血脈共性

曹姓族人做事不拘小節，是徹底的自由主義者，敢於冒險，有掌舵人的潛質。而且，曹姓族人的自制力也是十分強大的，能夠很好地控制自己的思想與行為，理智永遠是他們思考和做事的第一準則。

兩晉沉浮，門閥之姓

　　兩晉上承三國，下啟南北朝。晉朝分為西晉與東晉兩個時期，所以也被稱為兩晉時期。曹魏權臣司馬昭的長子司馬炎逼迫魏元帝曹奐禪讓後，降孫皓，滅東吳，終於結束了六十年的三國時期，並建立了西晉王朝。

　　晉朝時期的門閥，即門第和閥閱的合稱，指世代顯貴之家。門閥制度影響著朝廷對官員的選拔。正是因為門閥制度，才使得國家中重要的官職被少數顯貴之家所壟斷。在這種制度下，一個人的門第，比其才能更能決定其官職高低。直到隋唐之後，朝廷選擇任用官員的標準才逐漸被科舉考試所取代。

　　在晉朝時期，出現了一個關於門閥的新名詞，即「門閥政治」。有現代學者認為，門閥政治是指士族與皇權的共治，是一種在特定條件下出現的皇權政治的狀態。它的存在是暫時的；它來自皇權政治，又逐步回歸於皇權政治。嚴格意義上的門閥政治只存在於江左的東晉時期。

　　晉武帝司馬炎的家族便是士族，所以常維護士族之利益。士族門第越高，官職也就越高。永嘉之亂與五胡亂華後，東晉

司馬氏定鼎金陵，在江南立國時，都是依賴於門閥士族的支持，同時士族也更受朝廷的重視。

那麼，在兩晉時期，有哪些比較著名的門閥士族呢？

曹魏禪位晉武帝——司馬

司馬這個姓氏源流眾多，不僅分支多，而且得姓時間、地點均不相同，每一分支都有各自的得姓始祖。儘管如此，司馬氏各支之間卻有一個共同點，就是都屬於以官職稱謂為氏。

司馬這個官職相傳始於商代，與當時的司徒、司空、司士、司寇並稱五官，掌軍賦、軍政和馬政，一直沿用到春秋戰國時期。到了漢武帝時期又單獨設置了大司馬一職，作為大將軍的加號，後來也作為驃騎大將軍的加號。到了明、清，司馬則成為兵部尚書的別稱。

在周宣王時期，有上古時期掌管天地的重黎的後代程伯休父，官至司馬，執掌本國兵權，後來因為立下大功，所以周宣王允許他以官職為氏，自此之後程伯休父這一支的後人便形成了司馬氏。這支司馬氏與程氏屬同宗同源，族人皆尊奉程伯休父為得姓始祖。在春秋時期，楚國大司馬子反、晉國大司馬韓

厥（諡號獻，史稱韓獻子）、宋國大司馬孔父嘉，他們的後代子孫中，有一部分就以其先祖官職稱謂為氏，稱司馬氏，世代相傳至今。

此外，還有部分司馬氏的族人，是由於一些原因由他姓改姓司馬的。例如東晉的大司馬王導，他的子孫後代中，就有因為避難而使用先祖的官職稱謂為姓氏的。南北朝時期北方的流民首領許穆之、郝惔之率部民投靠仇池國武都王楊難當，並改姓為司馬。當時許穆之改姓名為司馬飛龍，郝惔之改姓名為司馬康之。其二人的後代子孫稱司馬氏，一直傳承至今。

遷徙分佈

先秦時期，司馬氏族人已分佈於衛、程、鄭、晉等地。兩漢時期，其主要分佈在今河南、陝西、四川等地，其中河內郡一直是司馬姓的重要聚集地。如今，司馬姓在複姓中仍為大姓，且分佈較廣，在陝西省的韓城，河南省的偃師、洛陽、溫縣，山西省的涑水，湖南省的湘潭、湘鄉、湘陰，安徽省的宿松，北京，上海，天津，河北，內蒙古自治區，香港特別行政區等地，均有司馬姓族人分佈。

司馬姓名人堂

西晉的締造者：司馬炎

司馬炎，字安世，河內溫縣（今河南溫縣西南）人，晉朝開國君主。他是曹魏權臣司馬昭的長子，曾出任中撫軍等要職。後司馬昭封司馬炎為晉王太子。司馬昭過世後，司馬炎繼承了其父親相國、晉王之位。之後，司馬炎掌握全國軍政大權，經過精心準備，效仿曹丕代漢的故事，逼迫魏元帝曹奐禪讓，即位為帝，定國號晉，改元泰始，封曹奐為陳留王。

司馬炎稱帝後，施行了一系列經濟措施以發展生產，增強國力。最終，在晉滅吳之戰中降孫皓，滅東吳，建立了西晉王朝，這也標誌著三國時期的結束。建國後，司馬炎頒行戶調式，使得太康年間出現一片繁榮的景象，史稱「太康之治」。在位期間，他還大封同姓諸王，本希望以此拱衛中央統治，但後來事與願違，發生了「八王之亂」。

第一史學家：司馬遷

司馬這個姓氏，可謂人才濟濟，若說在學術方面貢獻最大的一位，莫過於以「究天人之際，通古今之變，成一家之言」著成史學巨作《史記》的太史公，司馬遷大人了。他所著的《史

記》是「二十五史」之首，被魯迅譽為「史家之絕唱，無韻之離騷」。

司馬遷，字子長，西漢夏陽（今陝西韓城南）人，西漢時期的史學家、文學家、思想家。司馬遷在遊遍江淮流域和中原地區之後，回到長安官拜郎中。之後，奉漢武帝之命出使巴蜀以南。司馬遷在繼承其父親司馬談太史令的職位後，開始撰寫《史記》。後因替投降匈奴的李陵辯護，獲罪下獄，被判死刑，為留得性命完成《史記》，便忍辱接受宮刑。出獄後司馬遷任職中書令，繼續發憤著書，最終著成了《史記》這部中國第一部紀傳體通史，對後世史學影響深遠。

血脈共性

司馬姓族人身上多有一種沉穩老練的氣質，他們善於隱忍，總是積聚力量，待到必要的時候一鳴驚人。

東晉宰相之姓——謝

姓氏溯源

在史籍中記載，謝姓為炎帝之後。炎帝（一說炎帝即神農氏）是公認的人文始祖之一。炎帝姓姜，由於「以火德王」，

所以稱為炎帝。炎帝的後裔建立了周朝。周宣王繼位後，便在周宣王元年封母舅申伯於謝國，至此在申伯的後世子孫中，便有人以國名為氏，稱謝氏。

另外根據史籍《漢書》記載，謝氏是射氏的一個分支。據稱早在先秦後期，秦國設有軍制司射官一職。於是，便有人以官職稱謂為氏，稱射氏。因為古代的「射」與「謝」二字同音通假，射常被寫成「謝」，於是便有一部分後人以訛字為氏，稱謝氏。

此外，北魏王朝敕勒人中，有直勒氏改漢姓而稱謝氏，這一支謝姓的得姓始祖為北齊政權中任散騎常侍的直勒孝政的兒子謝偃。

蒙古族的伯蘇氏、薩拉氏、謝京氏、錫勒朱德氏、哈日瑪赤氏；滿族的薩察氏、沙拉氏、蘇拉喇氏、錫爾馨氏中均有族人冠漢姓為謝。

遷徙分佈

中國的謝姓起源於河南，周朝時期的謝國為申國的附庸國，申國被楚國滅國後，一部分謝姓族人被楚國遷至淮河上、中游及今湖北武當山東南的荊山一帶。

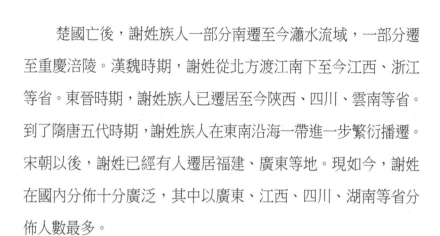

　　楚國亡後，謝姓族人一部分南遷至今灝水流域，一部分遷至重慶涪陵。漢魏時期，謝姓從北方渡江南下至今江西、浙江等省。東晉時期，謝姓族人已遷居至今陝西、四川、雲南等省。到了隋唐五代時期，謝姓族人在東南沿海一帶進一步繁衍播遷。宋朝以後，謝姓已經有人遷居福建、廣東等地。現如今，謝姓在國內分佈十分廣泛，其中以廣東、江西、四川、湖南等省分佈人數最多。

謝姓名人堂

淝水之戰，以少勝多：謝安

　　謝安，字安石，東晉陳郡陽夏（今河南太康）人，位至宰相，著名政治家。謝安出身於名門世家。他年輕時無意仕途，每天只與王羲之、孫綽、李充等名士一起談論詩文、遊賞山水。謝萬是謝安的弟弟，在謝安的哥哥謝奕去世後，被任命為西中郎將，監司、豫、冀、並四州諸軍事，兼任豫州刺史。

　　雖然身居高位，但謝萬難當大任，最終因兵敗而被廢為庶人。謝氏一家至此即將沒落。就在此時，謝安應徵西大將軍桓溫之邀，擔任其帳下的司馬。謝安一直竭力輔政，後來還破了桓溫篡位的陰謀。桓溫死後，謝安被任命為尚書僕射兼吏部尚

書，與尚書令王彪之一起執掌朝政，謝家也脫離了沒落的危機，穩穩立足於東晉門閥之列。

東晉孝武帝司馬曜親政後，謝安升中書監、錄尚書事，總攬朝政。此時，苻堅已經統一了北方，前秦與東晉的戰爭臨近。前秦、東晉兩國自太元八年五月開戰，於同年在淝水決戰。淝水之戰中，謝玄、謝琰和桓伊率領晉軍八萬，戰勝了苻堅和苻融所統率的前秦八十九萬大軍，並斬殺苻融。淝水之戰以晉軍的全面勝利告終。這場勝利的主要謀劃者就是謝安。謝家的聲望因此達到了頂峰，但同時也遭到了猜忌和排擠，以致謝安始終沒有得到封賞。直到謝安死後，他才因淝水戰功被追封為廬陵郡公。

史冊上的第一位大旅行家：謝靈運

謝靈運，東晉陳郡陽夏（今河南太康）人，移籍會稽（治今浙江紹興市）。他的祖父是參加過淝水之戰的東晉名將謝玄，母親是王羲之的外孫女。因他從小被寄養在錢塘杜明師的道館中，所以小名為「客兒」，世稱謝客。謝靈運從小便博覽群書，「其文章之美，江左莫逮」。長大後，他遊覽山水。後來，謝靈運成為了第一個大量創作山水詩的詩人，他的詩意境新奇，

辭章絢麗，影響深遠，可謂山水詩派的鼻祖。他最著名的作品是《山居賦》，今存有《會吟行》、《田南樹園激流植楥》、《石壁立招提精舍》、《石壁精舍還湖中作》等篇。

血脈共性

謝姓族人大多性格沉穩，他們喜歡自然，尤其喜歡悠閒的生活。同時謝姓族人的責任感極強，無論做什麼事都會全力以赴。他們的性格沉穩，所以做起事來總是臨危不懼，這也是謝姓族人成功的秘訣。

東晉門閥之姓──蔡

姓氏溯源

蔡姓是一個古老且多源流的中國姓氏，據史籍記載，黃帝的二十五個兒子中有一個得姓為姞，被封於燕地。姞姓一脈中又分出八支，分別以闞氏、嚴氏、蔡氏、光氏、魯氏、雍氏、斷氏、須密氏相別。

另據史籍《姓氏考略》、《元和姓纂》等相關史料記載，武王滅商後建立周朝，封周文王的第五子叔度（姬姓，名度）於蔡地。後來叔度在蔡地建立了蔡國，人稱蔡叔度。蔡國於公

元前四四七年被楚國所滅，其王族子孫散居於楚、晉、秦、齊等地，且大多以故國之名為氏，稱蔡氏，世代相傳至今。

在少數民族漢化的過程中，也有一些族人改稱漢姓蔡的。如鮮卑拓跋部以及蒙古族撒勒只兀惕氏，鄂溫克族布喇穆氏，滿族烏靈阿氏、蔡佳氏、薩瑪喇氏等等。

遷徙分佈

先秦時期，蔡姓主要分佈於今河南、安徽一帶。戰國時期，蔡姓人分佈已十分廣泛，主要聚居於今北京、陝西、山東、湖南、湖北、山西等地。到了漢代，蔡姓人遷至今江蘇、浙江、內蒙古等地。南北朝時期，蔡姓人徙居於今寧夏、甘肅一帶。蔡氏族人入福建、廣東則始於唐朝。現如今蔡姓在中國分佈廣泛，且廣東、浙江、江蘇、四川等地分佈人數最多。

蔡姓名人堂

寄顏無所的原型人物：蔡謨

蔡謨，字道明。他性格穩重，學識淵博，又精通醫術，是東晉的重臣，成語「寄顏無所」就是由他而來的。蔡謨年輕時曾舉孝廉和秀才，後為避亂而南渡江南。

司馬睿即位做了東晉的開國皇帝，但不久後便憂憤而死。

太子司馬紹繼位三年後也死掉了，這時年僅五歲的司馬衍繼位，庾太后垂簾聽政。此時，朝廷大權掌握在庾太后的哥哥庾亮手裡。

大將蘇峻與庾亮不和，於是起兵反叛。蔡謨積極參與平叛，並殺死了蘇峻，此後，蔡謨便成為東晉對抗北方勢力的主要人物。不久後司馬衍死去，晉康帝司馬岳即位，因為之前的內亂，東晉於中原的領土已經喪失殆盡，所以他一直有北伐的志向，蔡謨在此期間極力反對北伐，主張等待時機。兩年後司馬岳病死，年僅兩歲的司馬聃繼位，蔡謨等人上奏請求褚太后臨朝攝政，自己則全力輔佐少帝。蔡謨晚年隱居於平田，去世後，被追贈為侍中、司空，謚號文穆。

有才子之稱的奸相：蔡京

說起史上最著名的貪官，很多人首先會想到清乾隆年間的和珅。也一定會有人想到《水滸傳》中的那位奸相蔡京。蔡京，字元長，北宋權相之一，以貪瀆聞名。在朝為官時，大興土本，勞民傷財，毒被全國，以致被稱為「六賊」之首。

雖說關於蔡京的負面記載很多，但他在文學和藝術上的成就極高，詩詞、散文、書法無一不通，無一不精，時有「才子」

之稱。尤其是他的書法，博采諸家眾長，自成一格，獨具特色，為海內所崇尚。現存的蔡京真跡有《草堂詩題記》、《節夫帖》、《宮使帖》。

血脈共性

蔡姓族人大多是多面手，他們在文學和藝術方面有著無與倫比的天賦。所以蔡姓族人總能給人一種恬靜又溫和的感覺，但有時候蔡姓族人的性格也略張揚，在公共場合需要注意自身形象。

兩晉時期外族之姓

　　兩晉指西晉與東晉兩個時期。在西晉時期發生了兩次較大的動亂，一次為司馬氏同姓王之間，為爭奪中央政權而爆發的混戰，史稱「八王之亂」，這也是西晉滅亡的主要原因。另一次是塞北多個遊牧部落聯盟，趁中原的西晉王朝衰弱空虛之際，大規模南下並建立政權，造成了他們與原政權對峙的局面，史稱「五胡亂華」。五胡指的是匈奴、鮮卑、羯、羌、氐五個胡人遊牧部落組成的聯盟。在此百餘年間，北方各族及漢人在華北地區建立了數十個強弱各異的國家，開啟了五胡十六國時期。

　　在這一時期，都有哪些姓氏家族的後人曾輝煌一時呢？

北涼開國皇帝之姓——段

姓氏溯源

　　段姓的來源，最早可追溯至周朝時期。據史籍《左傳》、《史記》記載，周宣王繼位後，封他的弟弟姬友於鄭，姬友就是鄭桓公。鄭桓公有個孫子叫共叔段，是家中的次子。後來，共叔段的兄長寤生繼承了君位，為莊公。共叔段便被封於京，

號稱京城太叔。共叔段預謀起兵謀反，卻反被莊公討伐並被打敗。他的子孫因共叔段戰敗而四處逃亡，在此期間就有人以先祖的名諱段為氏，稱段氏。河南段氏就是由共叔段發展而來的。

另據《史記》所載，老子的兒子宗是春秋時期的魏國將領，因功受封於段干，於是以封邑為氏，稱段干氏，在他的子孫後代中便有人以單字段為氏，稱段氏。西漢以後，就沒有人以段干為氏了，皆改為段氏。屬於以封地之名為氏，且為山西段氏的由來。

還有一支段姓，源於西晉時期的鮮卑後裔。有一個鮮卑的部落首領，名叫段務勿塵，他歸順朝廷後被封為遼西公。其領地主要在今遼寧西部，約有族人三萬戶，且多為段姓。十六國時期，段務勿塵的領地被後趙帝石虎所佔，後來其族人與漢人融合，且多以段為姓。到了後晉時期，白蠻人段思平建大理國，段姓為其王朝中的大姓。

另據記載，雲南的段氏是整個段姓家族中龐大的一支，書中說，雲南蠻段氏，魏末段延沒蠻，代為酋帥，裔孫憑入朝，拜為雲南刺史，本出武威（今屬甘肅省）。

遷徙分佈

段姓的發源地比較分散，主要在今河南北部、山西東南、河南北部、遼寧西部以及雲南一帶。早期段姓在陝西、甘肅一帶較為繁盛，魏晉南北朝時，段姓族人因躲避戰亂而遷居各地。唐朝時期，段姓仍然以北方分佈人數最多。後晉時期，雲南大理的段氏一族開始昌盛。到明朝時，山西段姓陸續遷至山東、河南、河北、甘肅、陝西、湖北等地。現如今，段姓已經廣泛分佈於全國各地，且以四川、山西、河北、雲南等省分佈人數最多。

段姓名人堂

被奸佞所誤的傀儡涼王：段業

段業，十六國時期涼州地方政權首領。京兆（治今陝西西安市西北）人。初任後涼建康（今甘肅高台西南）太守。龍飛二年（公元三九七年），沮渠蒙遜脫離後涼，推他為涼州牧，年號神璽。三年後改稱涼王。後被蒙遜所殺。

大理國的建立者：段思平

段思平，大理第一世王，出自白蠻大姓，大理國的建立者。他的家族世代為南詔貴族，曾顯赫一時。段思平出生時家道中

落，雖然此時的段家已是一個沒落的貴族，但段思平依舊受到良好的教育，有治世之才，文韜武略無所不能。因為出身沒落貴族之家，所以段思平既有出入權貴階層的資格，又有機會體察民間疾苦。憑借出眾的才能，他立下許多功勞，被升任為通海節度使。後來段思平發兵討伐大義寧國，於九三七年，滅大義寧國，建立大理國。

血脈共性

段姓族人的分支眾多，特點也不統一。其中一部分段姓族人善於隱忍，不鳴則已，一鳴驚人。另一部分人謙遜、有禮，給人一種翩翩君子的感覺。還有一部分人，經常野心勃勃，卻又匱於智力與能力，平易近人，但又不易與人相處，很有「兩面評價在人間」的雙重特色。

鮮卑入中原複姓改單字得姓——侯

姓氏溯源

據《魏書·官氏志》所載，侯姓為鮮卑複姓所改。南北朝時期，北魏有代北複姓侯伏、侯奴二氏，在他們進入中原地區後，便大多改複姓為單姓，稱侯氏。

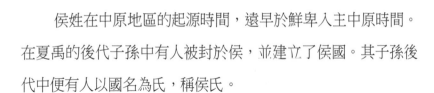

　　侯姓在中原地區的起源時間，遠早於鮮卑入主中原時間。在夏禹的後代子孫中有人被封於侯，並建立了侯國。其子孫後代中便有人以國名為氏，稱侯氏。

　　在《新唐書‧宰相世系表》中記載，曲沃武公攻伐並消滅了其他的晉國公族，一舉吞併晉國，稱晉武公。此後，被消滅的晉國公族，如晉孝侯、晉鄂侯、晉哀侯、晉緡侯的後裔分散逃到其他諸侯國中，其中便有部分子孫稱侯氏，相傳至今。

　　另據史籍《姓氏考略》記載，商代有鄧國，君主稱為鄧侯。鄧國在春秋時期為楚國所滅。鄧國的後世子孫中，便有人稱登侯氏。登侯氏族人後來多簡化為單姓侯氏、登氏，世代相傳至今。

　　此外，在蒙古族與滿族中，均有人因漢化改姓而稱侯氏。另外，在今苗族、彝族、瑤族等少數民族中，均有族人因羈縻政策與改土歸流，而改漢姓，稱侯氏的。

遷徙分佈

　　侯姓起源於今山西、河南一帶。先秦時期，侯姓族人主要分佈於今山西、河南、河北、山東等省。秦漢時期，侯姓族人為了躲避戰爭，有一部分族人向西遷徙至今甘肅、寧夏一帶。

兩晉南北朝時期的鮮卑中，有族人因漢化得侯姓，故而在今內蒙古、遼寧等地區開始出現大量侯姓族人。與此同時，其他地區的侯姓，已廣泛分佈於今四川、貴州、湖南、廣東、山東、安徽、江蘇等地。唐宋時期，侯姓已經播遷至江西、浙江、福建、廣西等地。現如今，侯姓族人已經遍佈全國各地，且以遼寧、安徽、湖南、廣東、四川、山東、黑龍江等省分佈人數最多。

侯姓名人堂

足雖有疾亦能馳騁沙場：侯景

侯景，字萬景，懷朔鎮（今內蒙古固陽西南）人。侯景小時候頑劣不羈，橫行鄉里，是當地著名的惡少，長大後也是好勇鬥狠之徒。他因左足生有肉瘤而行走不穩，雖腳上有殘疾，卻十分擅長騎射，也因此被選為懷朔鎮兵，後因功被升任為功曹史、外兵史等低級官職。

北魏末年政治極為腐朽黑暗，終於引起邊鎮各胡族群起反抗。侯景也在其中，他是葛榮起義軍的將領，且屢建功勳。後來，侯景投靠東魏丞相高歡，受重用，被封為司徒，兼定州刺史，擁兵十萬，統治河南地區。高歡死後，他的兒子高澄繼位，侯景叛變，幾經輾轉，最終投靠了梁，並且受封河南王。後來

在東魏與梁的戰爭中，侯景試探梁武帝對他的態度，結果大失所望，於是決定起兵叛亂，攻伐南梁。他還篡位自立為皇帝，在他稱帝之後不久，就被江州刺史王僧辯、揚州刺史陳霸先二人先後率領軍隊攻伐，最終兵敗身死。

大唐開國功臣：侯君集

侯君集，唐朝名將，豳州三水（今陝西旬邑北）人，凌煙閣二十四功臣之一。侯君集小時候就以勇武著稱。隋朝末年，他被李世民引入幕府，後來多次隨軍出征，屢立戰功，累遷左虞侯、車騎將軍。

唐朝建國後，他對李世民忠心耿耿，玄武門之變時助李世民登上皇位，深得李世民信任。此後，侯君集開始參與朝政，並先後被任右衛大將軍、兵部尚書等職。之後，他又屢次親征西域。侯君集領兵征伐高昌，並取得了平定高昌的大勝利，但在進入高昌時，因私取寶物被人告發而獲罪下獄。之後雖被免罪，卻也得不到任何賞賜。因此，他對朝廷心生不滿。貞觀十七年，侯君集參與了太子承乾策劃的政變，結果被人告發而事敗，最終被定罪處斬。

血脈共性

侯姓族人從得姓來源上大體可分為兩支,其一為晉國公族後裔,其二為鮮卑等少數民改姓。所以侯姓族人的性格也呈現出不同的特徵。出身晉國公族的侯姓族人的自尊心極強,對自己有著絕對的自信,但做事卻略顯保守。出身於少數民族後裔的侯姓族人,大多性格大方,不拘小節,慷慨,有義氣,有創事業的雄心。

後燕建立者之姓——慕容

姓氏溯源

慕容氏主要來源有二,其一出自漢朝時期,屬於以先祖居邑為姓氏。據記載,在東漢桓帝執政時期,鮮卑分為東、西、中三部,中部的首領叫柯最闕,居於慕容寺,其子孫後代便以此為氏,稱慕容氏。

其二為以部落名稱為氏。據史籍記載,慕容氏出自中古時期,為部族首領帝嚳高辛氏的後裔。因其世代居於東北地區,故而在秦、漢之際被稱作「東北夷」。後來,這個「東北夷」在鮮卑山一帶建立了鮮卑國。建國後,其單于自稱「慕二儀(天

地）之德，繼三光（日、月、星）之容」，因此便以「慕容」為稱號，稱慕容單于，意在遠離中原之地發揚王族傳統。鮮卑國在後來被稱作鮮卑慕容部，其族人因此稱慕容氏，此後相傳至今，且奉單于為得姓始祖。

遷徙分佈

慕容氏族人起源於中國東北地區。漢朝時期，慕容氏族人主要活動於大棘城一帶。三國時期，有部分慕容氏族人遷居至遼西一帶，一直到十六國時期，其族人依舊以北方為主要聚居地。現如今，在今江蘇、河南、河北、廣東、廣西、山西、山東、甘肅、陝西、湖南、安徽、雲南、貴州、四川、遼寧、吉林、黑龍江、重慶、北京、上海、內蒙古自治區、香港特別行政區等地，均有慕容氏族人分佈。

慕容姓名人堂

十六國第一名將：慕容恪

慕容恪是前燕的建立者慕容皝的第四子，是一位傑出的軍事家、政治家，在後世享有「十六國第一名將」的美譽。史稱慕容恪十五歲便已領兵出征，並且他從不以身份欺凌下屬，更不會對下屬太過嚴苛，但前提是他們不違背軍紀。所以，在他

的敵人眼中，慕容恪的軍隊紀律相對鬆散，似乎比較容易攻克，但事實上，慕容恪的軍隊警戒十分嚴密，從不給敵人靠近的機會。

也正是因為這樣，在他的軍旅生涯中未嘗一敗，南征北戰，屢立戰功，最終官至太宰，總攬大權。他在任期間，一心為國，勤於吏治，平定內亂，輔佐幼主，當真是前燕的第一支柱。他死後，前燕迅速衰落，由此足以見得，前燕第一支柱的頭銜掛在慕容恪的身上毫不為過。

血脈共性

慕容氏族人起源於中國北方，為鮮卑後裔，其血脈中留存著北方人豪爽、勇猛的特徵，所以其族人在歷史上多出武將。在性格方面，其族人容易沉溺在過去的輝煌之中，即使已經失去了那些光輝，他們也會執著地想要將那些失去的光輝重新奪回來。太過執著，只會使自己活得很辛苦，所以不要過分執著。

兩晉之後的南北朝名人之姓

南北朝上承東晉、五胡十六國，下接隋朝，是中國歷史上的一段大分裂時期。其具體時間為四二零年東晉大將劉裕代晉建立南朝宋（史稱劉宋）開始，至五八九年隋滅南朝陳為止。在此後的一百六十多年中，南方先後經歷了宋、齊、梁、陳四個朝代，歷史上稱其為南朝。

北朝從四三九年，北魏統一北方開始到五三四年分裂成東魏和西魏。此後，東魏又為北齊所代替，西魏被北周取代。歷史上把這北方的五個朝代（北魏、東魏、西魏、北齊和北周五朝）總稱為北朝。該時期，南北兩方雖然各有朝代更迭，但長期對峙，所以稱為南北朝。

在這種亂世中，哪些姓氏的後人曾輝煌一時呢？

北魏農民起義軍領袖之姓——葛

姓氏溯源

據史籍記載，遠古時期，在葛地有個部落，其族人以居邑為氏，稱葛天氏，後簡化為單姓，稱葛氏，並世代相傳至今。

又據史籍記載，約在夏朝時期，曾有一個強大的葛伯國，也稱葛國。葛國是由黃帝的支庶伯益的後代飛廉所建，位於葛地，後為商朝所滅。葛國滅亡後，葛伯的後世子孫便以其故國名稱為氏，稱葛氏。

南北朝時期鮮卑賀葛氏部落，明、清時期鄂倫春族葛瓦依爾氏族、鄂溫克族喀爾佳氏族，滿族葛加爾氏、葛濟勒氏等，皆有族人改稱葛氏的。

現如今的土家族、回族、苗族、黎族等少數民族中的葛姓，大多因於羈縻政策及改土歸流，改漢姓為葛。

遷徙分佈

葛姓起源於今河南省一帶，西周時期，已經有部分族人播遷至今四川省境內。到了秦漢時期，又有部分族人遷至今安徽及江南一帶。魏晉南北朝及隋唐時期，原居於河南的葛姓族人，為避戰亂分別遷至今山東、山西、安徽、江蘇、浙江、江西、湖南、湖北、福建、廣東等省。兩宋時期，葛姓族人主要分佈於江浙一帶。

明朝初期，由於朝廷施行遷民政策，葛姓族人被朝廷分遷於今河南、陝西、山東、江蘇、河北、北京、天津等地。葛姓

進入福建、廣東及海外地區則始於清朝。現如今，葛姓在全國分佈十分廣泛，且以浙江、江蘇二省分佈人數最多。

葛姓名人堂

北魏農民起義軍首領：葛榮

南北朝時期爭鬥不休，也是一個英雄輩出的年代。葛榮就是亂世中的一個傑出英雄人物。最初，葛榮只是懷朔鎮的一個鎮將。後來，在鮮卑貴族極度奢侈、腐化的統治下，百姓不堪重負，就連長期戍守北邊沃野等六鎮的將卒的待遇也跟著驟降，這引起將卒的不滿，終於在正光四年爆發了六鎮起義。

此後，關隴、河北各族紛紛起兵響應，北魏統治瀕臨崩潰。葛榮領導的起義就是六鎮起義的一部分，六鎮起義失敗後，他便投靠到鮮於脩禮帳下。

不久後，鮮於脩禮被叛將元洪業所殺，葛榮將元洪業斬殺並自立，繼續領導起義部眾。起義軍在博野（今河北蠡縣）斬殺魏章武王元融，推葛榮為天子，國號齊。此後，葛榮的勢力越發強大，只有爾朱榮可以與其爭鋒。五二八年，葛榮在相州（今河北臨漳西南）一戰中，因過度輕敵而被爾朱榮俘獲並斬殺，一代梟雄就此隕落。

南宋詩論家：葛立方

葛立方，字常之，江陰（今屬江蘇）人，自號懶真子，南宋著名詩論家、詞人。他的父親葛勝仲也是一位填詞名家，父子二人在當時都很有名。葛立方於紹興八年考中進士，曾官拜正字、校書郎、考功員外郎，後因忤逆秦檜獲罪，被貶官為吏部侍郎。

葛立方「博極群書，以文章名一世」，著有《韻語陽秋》、《西疇筆耕》、《萬輿別志》等。葛立方的詞現存約四十首，多為寫景詠物和贈答之作。他的文學成就極高，清人繆荃孫還專門為他寫了一部《葛立方傳》，刊於《歸愚集》卷末。

血脈共性

葛姓族人大多性格溫和，為人耿真，具有同情心，而且葛姓族人對待他人極為熱情爽快，他們特別喜歡結交朋友，也善於交朋友。另外，葛姓族人在處理問題時，在一般性問題上大多能夠獨立自主地完成，但對於某些高難度問題，常常拿不定主意，需要他人的幫助。

東魏權臣之姓——高

姓氏淵源

根據史籍《世本》記載：黃帝時期，有一個建造高樓的能工巧匠叫作高元，那時的建築多以高為尊，所以高元的子孫以此為榮，便以高為姓氏。由此可見，早在黃帝時期，就已有高這個姓氏了。

又據史籍《古今姓氏書辯證》、《通志》、《新唐書·宰相世系表》記載，姜尚（即姜太公）幫助周文王與周武工滅商立周後，因功受封於齊，並建立了齊國。齊國傳到他的六世孫姜赤（即齊文公）時，姜赤的兒子薑祁受封於高邑，稱公子高。此後，他的後人便以高為氏，並相傳至今。

在東漢時期，朝廷設有高廟令一職，主要負責掌管帝王宗廟、案行清掃、布設祭祀等。擔任過這一官職的人的子孫，多以先祖的官職稱謂為氏，稱高令氏，後簡化為高氏。同樣以其先祖的官職稱謂為氏的高氏還有一支，即晉朝時期設置的軍制官稱「高力督」，主要負責掌管高力兵種（由少數民族組成的外線作戰部隊，負責都城和重要軍鎮的外圍防禦等）。由「高力督」發展而來的高氏一脈，也是高姓族群中重要的一支。

另據《魏書》等史籍記載，南北朝時期鮮卑拓跋部寔婁（樓）氏部落，其部分族人因漢化而改為漢姓高。

遷徙分佈

高姓族人在春秋戰國時期主要活動在華北地區，至秦漢時期，高姓族人已廣泛分佈於海河流域，淮河流域，黃河上、下游，長江上、下游地區。

在兩晉時期，高姓族人曾向北方大舉遷移，直到南北朝時期，北齊滅亡，高姓族人被迫遷徙至陝南和西蜀，一直到隋唐時期都是如此。

宋朝以後，高姓族人在全國範圍內形成了以安徽、河南、陝西、河北為中心，向東北、西北、東南呈放射狀分佈的狀態。現如今，高姓族人已遍佈全國各地，且以山東、河北、江蘇、安徽、浙江北部、湖北東部、甘肅西部、東北三省、內蒙古東部等地分佈人數較多。

高姓名人堂

北齊的實際創建者：高歡

高歡是南北朝時期東魏的權臣，世居懷朔鎮（今內蒙古固陽西南）。他在六鎮起義爆發後，先後投靠杜洛周、葛榮，後

來投奔爾朱榮。後來，由於爾朱家族殘暴不仁，又欲對高歡不利，所以高歡便在信都起兵，立元朗為帝，討伐爾朱氏，一年後大獲全勝。

此後不久，孝武帝出逃關中，投靠宇文泰，卻反被其所殺，其後宇文泰立元寶炬為帝，定都長安，史稱西魏。高歡則另立元善見為孝靜帝，遷都鄴，史稱東魏。此後，兩魏形成了對峙的局面。此時的高歡，已經成為了東魏的實際掌權者，並親自率領大軍與西魏作戰。

玉壁之戰中，已征戰多年的高歡領軍圍攻由西魏名將韋孝寬鎮守的重要據點玉壁時，久攻不下，又暴發了瘟疫，心中備感憂憤，最後鬱鬱而終。

高歡死後，長子高澄遭家奴刺殺，次子高洋襲位，不久後高洋便廢掉東魏的傀儡皇帝孝靜帝，建立北齊，尊為神武帝。雖說首先稱帝的是高洋，可實際上，高歡才是北齊的創立者。

盲眼刺始皇的音樂家：高漸離

說起高姓名人，一定要說戰國末期的燕國樂師高漸離。據說，高漸離與荊軻是好朋友，在燕太子丹派荊軻謀刺秦王政時，高漸離到易水為荊軻送行，在那裡，荊軻在高漸離擊築的伴奏

下，高歌了一曲，慷慨激昂。

秦滅六國後，他隱名埋姓，為人傭保，但是秦始皇曾聽聞他善擊築，在音樂方面的造詣極高，便下令尋找他並召他入宮。高漸離進入秦皇宮後，被下令熏瞎了雙眼，然後又被命令為秦始皇奏樂。高漸離表面上領命為其奏樂，暗中卻在築中灌鉛，使他的築同時具備了樂器與武器的雙重屬性。

在秦始皇全神貫注地聆聽曲子之時，高漸離奮起，並用灌鉛的築擊打秦始皇，但以失敗告終，當場被殺。

血脈共性

高姓是一個大家族，其族人大多性格沉穩、嚴謹，足智多謀，而且思維敏銳，有理想，有抱負，是十足的野心家。然而，高姓族人中還有一部分並沒有什麼野心，完全是容易滿足的和平主義者，他們性格溫和，很容易融入自己喜歡做的事情之中，自得其樂。

西魏柱國大將軍之姓——於

姓氏淵源

於姓的來源十分古老，且源流眾多。相傳，在黃帝的後裔

中，有一支被分封在商於，在他的這一支後裔中，便有人以居邑名為氏，稱于氏，相傳至今。

根據史籍《新唐書·宰相世系表》記載，周武王滅商後，將他的第二子邘叔分封在邘，春秋時邘國被鄭國所滅，其後世子孫便以國名為氏，稱邘氏，後簡化為于氏，並世代相傳至今。

又據史料記載，夏朝時，有複姓淳于氏，為炎帝後代姜姓淳於公的子孫。淳于氏傳到唐朝貞觀年間時，被定為皇族七姓之一。至唐憲宗李純時，因「淳」與「純」同音，所以淳于氏為了避帝王的名諱，改複姓為單姓，稱于氏，並相傳至今。

另外，在漢朝的匈奴當于氏部落，南北朝時期鮮卑萬忸於部落、敕勒部，元朝時期的蒙古族烏梁海氏、札哈齊特氏、兀良哈氏等均有族人因民族漢化，改姓為於的。

同樣，因民族漢化改姓為於的，還有達斡爾族、鄂倫春族、土族、回族等少數民族中的部分族人。

遷徙分佈

於姓起源於今河南沁陽市北部一帶的古邘國。秦漢時期，於姓族人開始向今山西、河北、安徽、山東、陝西、甘肅等地遷徙。魏晉南北朝時期，河南的於姓族人為了躲避戰亂，而播

遷於湖北、湖南、四川等地。唐宋時期，有於姓族人遷居入福建、廣東。元明時期，於姓又被朝廷分遷於山東、河南、河北、陝西、江蘇等地。自清朝開始，於姓族人已經遍佈全國各地。

於姓名人堂

于謙

說起於姓名人，于謙自然算作一個，可這裡要說的于謙，不是近年來比較受觀眾歡迎的相聲演員，而是明朝時期的重臣、忠臣于謙。

于謙，字廷益，明朝浙江錢塘（今杭州）人，官至少保，世稱於少保，明朝兵部尚書。

于謙本是進士出身，土木之變後，英宗被俘，郕王朱祁鈺監國，于謙升任兵部尚書。之後，明軍在于謙的指揮下，取得京師保衛戰的勝利。

代宗朝，于謙官至少保，總統軍務，使也先（明代蒙古瓦剌部首領）無機可乘，最終迫使也先遣使議和，英宗才得以還朝。英宗發動奪門之變並成功後，于謙被誣陷下獄而冤死，諡曰忠肅。

血脈共性

於姓族人大多聰明而且仁慈，十分謙和且待人寬厚，十分善於交際。在性格上，於姓族人外柔內剛，自尊心強，有一種不服輸的精神，甚至會有爭強好勝的心理。

第五章
隋唐英雄，名將天下

　　隋朝和唐朝是中國歷史上兩個十分重要的歷史時期，它們與秦、漢兩朝有一點驚人的相似，即前面一個朝代雖然統一了中國，但其存在的時間卻十分短暫，而後面的朝代，不僅統治時間久於前朝，還比之更加強盛。同樣，朝代的更替少不了戰爭的洗禮，隋末群雄並起，大唐獨領風騷，隋唐之戰名將層出不窮，這些名將都是哪些姓氏家族的後裔呢？

大隋帝業，名臣之姓

　　經歷了永嘉之亂，五胡十六國，南北朝分裂的數百年動亂之後，中國終於在隋朝統治者的手裡再次統一。儘管隋朝的歷史不足四十年，統一的時間更加短暫，但其經濟發展迅速，與外國聯繫也比較密切，這為日後的大唐盛世奠定了雄厚基礎。

　　唐朝在隋朝的基礎上興起，吸取了魏晉南北朝以及隋朝治亂的經驗教訓，積極進取，兼容並包，經過不斷摸索，終於造就了大唐盛世，發展成為後世難以企及的繁榮時代。

　　隋唐時期，能夠成就繁榮盛世，除了君主自身奮發圖強和積極納諫、改過之外，也與大批賢臣的兢兢業業、敢於直言、忠心輔佐有著密不可分的聯繫。這些賢臣不但自身大有作為，出將入相，更輔佐賢君成就蓋世功業。由於賢臣自身的學識修養和膽略見識多與眾不同，並形成了極好的教育氛圍，其家族更容易誕生不平凡的人物，對歷史進程產生更多的影響。

　　因此，學習研究隋唐時期賢臣的姓氏來源與發展，對於更深入研究學習隋唐歷史發展變革，有著非常重要的意義和作用，這也是整個隋唐時期歷史發展的一個側面縮影。

隋朝皇帝的楊姓，隋唐時期重臣之姓宇文，大唐中興名將的郭姓，都是這一時期大勢力的代表姓氏，他們對這一時期的歷史發展有舉足輕重的影響力，是瞭解隋唐史的重要鑰匙。

大隋開國皇帝之姓——楊

姓氏溯源

　　楊姓的來源有二，其一出自姬姓。楊姓是黃帝後裔，源於晉地的楊國。晉獻公在位期間相繼消滅了周圍的一些小國，其中包括楊國。楊國滅亡後，有部分國人就以故國之名為氏，稱楊氏。第二個源流出自公子伯僑。據載，晉獻公封他的二弟伯僑於楊地，子孫以地取姓。伯僑就被奉為楊姓始祖。

　　此外，在楊姓家族中還有一部分人是因功被賜姓為楊的，例如隋朝的尉遲義臣，由於功勳卓著，被隋文帝楊堅賜姓為楊。此外鮮卑、氐族、白族、滿族、納西族、苗族、回族、拉祜族、侗族、朝鮮族、蒙古族等都有楊氏。

遷徙分佈

　　楊姓發源於今山西省，春秋時期，有個別楊姓人氏遷移到江蘇、安徽省境內，散佈於長江中下游地區。因避戰亂，楊姓

被晉所滅之後，就向西發展，先入陝西，後遷入山西汾水中游一帶，隨後進入河南。秦漢之際，河內、馮翊境內已有楊姓分佈。

至漢時楊姓廣泛分佈於北方大部分地區。楊姓入蜀也於此時，多由湖北、陝西遷去。晉以後這一段時期，中原社會動盪，許多楊姓子孫為了避亂，大舉南遷，以福建為播遷中心。隋唐後逐步向今河北、山東、內蒙、安徽、湖南、浙江、福建、廣東、四川、雲南、廣西等地發展。宋末，商人楊榮遷至上海。

近六百年中，楊姓人口由東南部向華中、華北的遷移已經大於由北向東南和南方的遷移，特別是向西和西南地區的強勁回遷，以及向東北地區的遷移。

楊姓名人堂

大隋的締造者隋文帝：楊堅

隋文帝楊堅是隋朝的開國皇帝，漢族，弘農華陰（今屬陝西）人。他在位期間成功統一了已經持續分裂數百年的中國，快速發展了文化經濟，使中國轉變為盛世之國。文帝在位期間，隋朝的疆域極為遼闊，人口大增，是中國古代的巔峰時期之一，為日後唐朝的強盛奠定了堅實基礎。楊堅也是周圍少數民族眼

中偉大的領袖。

北宋名將：楊業

楊業，又名楊繼業，麟州（治今陝西神木西北）人，北宋初名將。他自幼就在騎射方面成就突出，喜好打獵。楊業曾對同伴說：「我日後作為將軍領兵打仗，也像雄鷹追逐野兔一樣。」楊業原本是北漢的軍官，北漢君主劉崇賜其姓劉，名繼業。楊業驍勇善戰，屢建奇功，並當上了建雄軍節度使。

北宋滅掉北漢後，他隨劉崇歸宋，宋太宗讓他改回楊姓，名業。此後，他刀斬蕭多羅，生擒遼將李重海，讓遼軍為之聞風喪膽，看到楊業的旌旗就逃走。他曾在雁門關大破契丹兵，戰果輝煌。

因為楊業多次立下戰功，人們稱他為「楊無敵」。由於他熟悉邊境事務，朝廷便任命他擔任代州知州，兼三交駐泊兵馬部署，長駐代州抵禦遼兵。九八六年，宋太宗趙光義想要趁遼國皇帝剛去世，三路出兵伐遼，結果戰局失利，加上友軍配合不力，楊業最終重傷被俘，絕食而死。

血脈共性

楊姓是一個肯於積極進取，不斷做出新嘗試的家族，楊堅

設立科舉制度，打破了幾百年來的士族門閥控制官場的局面。楊姓家族中從不乏忠義之士，楊家將為國盡忠的故事激勵著一代又一代的人。

大隋建築學家之姓——宇文

姓氏溯源

宇文姓源於魏晉時期遼東匈奴南單于之後。據記載，北方鮮卑中有一宇文氏部落，它原是漢朝時期南匈奴的一個分支，當時宇文部的族人自稱是炎帝神農氏的後裔。東晉五胡十六國前期，宇文部被慕容部所建立的前燕政權擊敗，其後，宇文部的族人被慕容部首領分散遷移，至此宇文部滅亡。

鮮卑宇文部的族人，以及後來北周政權的皇族貴冑、臣子國民，皆以「宇文」為姓氏，後逐漸漢化，改為單姓宇氏、文氏，也有改單姓為尚氏、趙氏、胡氏、李氏的，皆世代相傳至今。

遷徙分佈

宇文姓最早分佈於北方地區，在南北朝時期逐步向南遷徙，且主要分佈於今遼寧、內蒙古、山西、陝西、河南等地。唐代時，已經大量融入漢族之中，遍及中原各地。

宋朝以後宇文氏已不常見。現今，宇文姓在今河北、遼寧、山東、河南、江蘇、安徽、浙江、山西、陝西、廣東、湖北、江西、湖南、北京、天津、重慶、上海等地，有少量族人分佈。

宇文姓名人堂

大隋建築學家：宇文愷

宇文愷，字安樂，鮮卑人，朔方（治今陝西靖邊北白城子）人，後遷居長安。他是隋朝時期的城市規劃和建築工程專家。他出身於武將功臣世家，父親曾官拜武衛將軍、驃騎大將軍等職，並受封許國公，他的兩個兄長也都是戰功顯赫的大將軍。

宇文愷自幼博覽群書，精熟歷代典章制度和多種工藝技能。楊堅任北周宰相後，宇文愷已在建築科學和工程管理方面嶄露頭角。

他奉隋文帝之命建造廣通渠，引渭水通黃河，又建仁壽宮。隋煬帝楊廣繼位後，要營建洛陽，便又任命他為營東都副監，後升任將作大匠。宇文愷把東都建築得極其壯麗，因此被升為工部尚書。

宇文愷著有許多建築學方面的著作，如《東都圖記》、《明堂圖議》、《釋疑》等均見行於世。其中除《明堂圖議》的部

分內容在《北史‧宇文貴傳》、《隋書‧宇文愷傳》及《資治通鑑》等史籍中尚有留存外，其他都已失傳，不得不說這是建築學歷史上的一大損失。

輕薄公子：宇文化及

宇文化及，隋末割據勢力之一的首領。其祖先為匈奴人，本姓破野頭。他的父親宇文述因幫助楊廣奪得了太子之位，所以備受楊廣寵信，遂官拜左翊衛大將軍。宇文化及為人凶殘陰險，依仗他父親的權勢，胡作非為，不遵法度，還經常帶領家丁，騎高頭大馬，在長安道上狂奔，因此，城中百姓稱他為「輕薄公子」。

隋煬帝為太子時，為太子僕。楊廣即位後史稱隋煬帝，對宇文化及更加寵信，而宇文化及也因為其弟與隋煬帝有姻親，所以更加狂妄自大，目中無人。

隋朝末年，軍閥混戰，民怨沸騰，導致鋪天蓋地的農民起義席捲全國各地，四處狼煙，烽火遍地。此時，宇文化及見隋煬帝已眾叛親離，便乘機擁軍發動政變，殺了隋煬帝，成為了一方叛軍首領。之後又率領叛軍四處逃竄，最終被殺。

血脈共性

宇文氏族人多為匈奴後人，而匈奴又是個歷史悠久的北方遊牧民族，所以宇文氏族人的身上有著北方人的豪爽以及遊牧民族的奔放這兩大特性。

大隋光祿大夫之姓——郭

姓氏溯源

郭姓的來源有很多，第一個來源為任姓後裔。相傳黃帝與次妃嫫母有兩個兒子：蒼林、禺虢，禺虢受封於任地，是任姓之祖。禺虢的後裔在夏朝時建立郭國，郭姓也就源自郭國。

郭姓的第二個源頭是姬姓。周武王滅商後，分封其叔虢仲（一說虢叔）在西虢，後來在周平王東遷時，西虢東遷，改稱南虢，春秋時被晉國所滅。留在原地的西虢史稱小虢，春秋時被秦國滅掉。另傳周武王曾封其叔虢叔於東虢。周平王東遷後，把東虢的土地賞賜給東遷有功的鄭國，東虢北遷到平陸，史稱北虢，後被晉國滅掉。周武王分封虢叔的孫子虢序到陽曲，號郭公（古代虢與郭二字是通用的）。四個虢國以及郭公的後裔中都有姓郭的，且郭公的後裔是郭姓的主要支派。

還有一支郭姓，源於地名，郭，也叫廓。郭（廓）是古代城池的外城部分，一些居住在外城的人就以郭為姓氏，稱郭氏，世代相傳至今。

此外，郭姓還源於回族、突厥、蒙古族人的改姓。

遷徙分佈

郭姓族人最初發源於河南、山西、陝西等地，先秦兩漢時期，郭姓族人依舊以如今的山西、陝西、河南為主要分佈地，太原是郭姓的主要繁衍地之一，也是日後郭姓人繁衍播遷的主要支源，他們在山西、河南等地成為望族。

魏晉南北朝時期，郭姓人開始在浙江、江蘇等地分佈，南遷的人裡以太原郭姓居多。唐朝中期，名將郭子儀的後裔成為汾陽望族。後來，汾陽郭姓後裔郭嵩入閩，成為福建郭姓的始祖之一。現如今，郭姓族人已遍佈全國各地。

郭姓名人堂

隋朝名將：郭衍

郭衍，字彥文，北周時官至上柱國，隋朝時擔任左武衛大將軍、光祿大夫，是當時的名將。北周時期，郭衍守衛陝城，多次擊退北齊的入侵。後來，北周武帝討伐北齊，郭衍立下大

功，為滅亡北齊立下突出功勳。

北周武帝死後，楊堅獨攬大權，相州總管尉遲迥起兵反對楊堅，郭衍領兵平叛，尉遲迥兵敗自殺。隋朝建立後，郭衍擔任開漕渠大監，同宇文愷率水工鑿渠引渭水，經大興城北，東至潼關接黃河，漕運四百餘里，緩解了關中糧荒。

開皇九年，隋朝平定南陳，統一全國。不久後，南陳故地爆發了反隋叛亂，郭衍擔任行軍總管，平定了多地叛亂，穩固了統治。隋煬帝楊廣即位後，郭衍幫助楊廣平定多方反對勢力，幫助楊廣坐穩了天下。大業七年，郭衍病逝。

不遭皇帝猜疑的大功臣：郭子儀

郭子儀，中唐時期大將，華州鄭縣（今陝西華縣）人，以武舉高第入仕參軍，任九原太守。安祿山叛亂時，郭子儀擔任朔方節度使，擁立肅宗後率軍收回洛陽、長安兩京，為平定安史之亂立下大功，晉陞為中書令，封汾陽郡王。

唐代宗在位時，他又平定了僕固懷恩的叛亂，並說服了回紇統治者，共同擊敗吐蕃。郭子儀戎馬一生，立下蓋世功勳，唐朝依靠他獲得了二十多年的安定，後人稱讚他「權傾天下而朝廷不猜忌他，功高震主而皇帝不猜疑他」，享有極為崇高的

威望與聲譽。

血脈共性

　　郭姓之人一方面極為能幹，可以創下蓋世功勳，另一方面又擅於協調各方關係，避免出現「功高震主，兔死狗烹」的局面，從而做到善始善終，這是郭姓之人左右逢源，能力突出的表現。

隋唐之戰，名將之姓

隋唐時期雖然以盛世繁榮而名揚後世，但期間戰亂頻繁，征伐不休，割據勢力層出不窮，因此這一時期也是名將輩出的重要時期。

在隋唐三百多年的時間裡，先後經歷了隋朝統一天下，隋末群雄並起，唐朝建立等幾個時期。唐朝統一天下後，也曾北征突厥，東征高麗，內部更有以安史之亂為代表的多次叛亂，及以黃巢起義為代表的農民戰爭。

頻繁的戰亂固然給天下蒼生帶來了沉重的苦難，但也給那些善於領兵打仗的將才、帥才帶來了飛黃騰達的機遇，因此，在這一時期湧現了大批名將。縱觀隋唐名將，其出身既有名門望族的世家子弟，也有出身寒微、早年貧苦，甚至曾身陷囹圄的「底層人」。但他們都以自己的才能在亂世硝煙中，開闢出一席之地，並青史留名。那麼，這些名臣將士，都是哪個姓氏家族的後人呢？

隋末虎賁郎將之姓──羅

姓氏溯源

羅姓主要支脈是妘姓後裔，源於顓頊之後代祝融氏後裔的封地──羅國，屬於以國名為氏。西周時期，祝融的後裔中有子孫被分封在宜城，稱之為羅國。羅國在周莊王姬佗七年被楚武王滅掉，在原地另置鄀國。國破家亡後的祝融氏子孫就逐漸向南遷移，遷居枝江，此後便以故國名為氏，稱羅氏。

還有一支羅姓源於西周初期的官吏「羅氏」，屬於以官職稱謂為氏。「羅氏」是兩周時期的一個官職，掌管天下飛禽的捕捉以及飼養，供王公貴族欣賞和食用。所以，「羅氏」的後世子孫中，便有以先祖的官職稱謂為氏者，稱羅氏。

此外還有從蒙古族、苗族、布依族、彝族、土家族、瑤族、滿族、土族、拉祜族、哈尼族、黎族、白族、仡佬族、侗族、東鄉族、回族、壯族、朝鮮族、羌族、布朗、俄羅斯族、仫佬族、佤族等少數民族改姓而來的羅姓族人。

遷徙分佈

先秦時期，羅姓人始終活躍在湖北、河南、甘肅等地區。直到楚文王時期，羅姓族人朝南進入湖南的汨羅。秦漢時期，

羅姓已經遷徙到了江西南昌地區，直到宋朝時期，羅姓在江西都是名門望族。

隨後，羅姓從湖南和江西向南遷徙進入兩廣地區，向西進入湘西與湘南，再向西進入川東、貴州、雲南。等到唐朝以後，尤其是在明朝，羅姓已經分佈到全國各地，同時在廣東、福建、四川等地得到了非常穩定的發展。

羅姓名人堂

降唐又反唐的大將軍：羅藝

羅藝，字子延，隋襄州襄陽（今湖北襄陽市襄州區）人，寓居京兆雲陽（今陝西涇陽西北）。隋末擔任虎賁郎將，駐守涿郡（治今北京城西南隅）。六一九年，羅藝歸降唐朝，被賜李姓，初封燕公，後晉封為燕郡王。他幫助唐朝擊敗了劉黑闥，並統領天節軍，鎮守涇州。唐太宗登基後，羅藝因與其有隙，不自安，羅藝起兵反唐，佔據豳州（治今陝西彬縣），後被唐軍擊敗，逃往甘肅烏氏，被其部下殺害。

隋唐英雄：羅士信

羅士信，漢族，唐初齊州歷城人。隋朝大業年間，羅士信是齊郡通守張須陀部下的一員戰將，勇武過人，很得張須陀的

器重。後來，他追隨張須陀鎮壓李密領導的瓦崗軍，結果被擊敗，張須陀被殺，羅士信追隨裴仁基等歸降瓦崗軍，擔任總管之職。

在率部征討王世充時，受重傷被俘。王世充愛惜他是個人才，對其以禮相待，但羅士信恥於與王世充為伍，不久後，便率部下千餘人降唐，被封為陝州道行軍總管。武德五年，在洺水城的防禦戰當中，羅士信陷入河東軍的重圍，城破被俘拒降，被劉黑闥的河東軍殺害，其諡號勇，葬於北邙山。

血脈共性

羅姓族人大多重義，所以人緣極好。其族人大多為人坦誠直率，淳樸忠厚，卻有些急性子，做事的時候往往因此而衝動。羅姓族人的性格中還有著極為堅毅的一面，所以在做事時，往往會因為這一點而成功。

隋末割據吳王之姓——汪

姓氏溯源

汪姓是一個歷史悠久的中國姓氏，其主要源流有二。其一源於姜姓，為夏朝時期的古諸侯國汪罔的後裔，屬於以國名為

氏。汪罔，古國名，國君為防風氏，是神農氏後裔所建的諸侯國，後來防風氏被大禹殺害，國人遷居到湖州的深山中，稱汪罔氏。汪罔國後為楚國所滅，其國人躲避到安徽後，改稱汪氏。

其二源於姬姓，為春秋時魯成公姬黑肱次子姬汪的後裔，屬於以名為氏。相傳，魯成公姬黑肱的次子出生時兩掌有紋，「左水右王」，因此被取名為汪。他的後人就以汪為姓，並相傳至今。汪姓還有另一個源頭，出自古代汪水，屬於以居邑名稱為氏。在汪水流域居住的人們，很早就以河流名稱命氏，稱汪氏。此外還有部分汪姓族人為蒙古族、滿族改姓而來。

遷徙分佈

先秦時期，汪姓活躍於浙江、河南、陝西、山西、山東地區。兩漢到唐朝時期，汪姓主要活動於安徽、江西、浙江、江蘇地區，並且已經成為當地望族。唐朝以後，汪姓主要從安徽和江西朝河南、湖南、湖北、貴州、四川、兩廣以及福建地區擴散。

汪姓名人堂

徽州地方神：汪華

汪華，字國輔，歙州登源人，被徽學大師葉顯恩教授稱讚

為「古徽州第一偉人」。隋末天下大亂時，汪華毅然起兵奪取歙、宣、杭、睦、婺、饒六州，使六州免遭兵刃之苦，同時形成了割據一方的形勢，建吳國，稱吳王。他為政寬宏，備受百姓擁戴，而且他盡力調和當地居民與移民之間的矛盾，史稱「鎮靜地方，保境安民」，讓六州百姓都能夠安居樂業。唐朝建立後，官拜歙州刺史、越國公。徽州人對這位鄉土偉人極為崇敬，尊其為徽州地方神。

明朝醫學家：汪昂

汪昂，字訒庵，明末清初安徽休寧人。汪昂從小苦讀經書，是縣裡的秀才。明朝末年，汪昂旅居浙江麗水，其間多次參加科舉考試，欲走仕途，但總是名落孫山。明朝滅亡後，汪昂看清了科舉考場的腐敗，毅然棄儒學醫，以畢生精力鑽研醫學理論並著書立說，成為一代名醫。編著有《素問靈樞類纂約注》、《醫方集解》、《本草備要》、《湯頭歌訣》等作品。

血脈共性

汪姓人始終懷有愛人、利人之心，能夠首先顧及他人的利益，為周圍的人做出突出貢獻，因此容易受到人們的愛戴，是非常有人緣的姓氏。

瓦崗軍前期領袖之姓——翟

姓氏淵源

翟姓的源頭之一是隗姓，屬於以國名為氏。隗原本是周代中原北部地區的赤狄人的姓氏。春秋時，赤狄人主要活躍在晉、衛、齊、魯、宋等國之間，並建立了翟國。公元前六世紀末，晉國進攻赤狄，滅掉了翟國，翟人大多成為晉國臣民，後來逐漸被晉人融合。其後裔就以原國名為氏，稱翟氏。

翟姓源流之二是姬姓，屬於以國名為氏。周成王分封自己的次子於翟，其後裔以國名為氏。

翟姓源流之三為黃帝軒轅氏的後代，屬於以國名為氏。據說上古時期，北方有一個由遠古時黃帝的後裔所建立的翟族（後稱翟國）。翟國傳至春秋時，為晉國所滅。後來，韓、趙、魏三家分晉，到了戰國時期，這三國又先後為秦國所滅。在長期戰亂中，翟國人為避戰亂而遷居各地，且多以原國名為氏，稱翟氏，並相傳至今。

此外還有從張姓改翟而來。安徽部分地區的翟姓，原姓張。翟姓中還有部分由白族、瑤族、滿族、蒙古族、回族等民族中改姓而來的人。

遷徙分佈

　　兩漢時期，翟姓人已遷徙到陝西，南入四川、江蘇。魏晉南北朝時，汝南、南陽的翟姓非常興盛，後來經過繁衍發展，最終形成了汝南翟姓和南陽翟姓兩大望族。隋唐時期，翟姓在北方很興盛。五代十國及兩宋時期，翟姓出現了很多名人，尤其是河南、山東兩地，同時在南方的安徽、江蘇等地，翟姓也已經相當興旺。元明時期，翟姓人基本遍佈全國。

翟姓名人堂

瓦崗軍前期領袖：翟讓

　　翟讓，隋東郡韋城（今河南滑縣東南）人，他武功高強，有膽量，為隋末農民起義軍瓦崗軍的早期領袖。他起初擔任東郡法曹，因犯法而逃亡到瓦崗，隨後便率眾起義。由於單雄信、李勣等人的群起響應，其部下多達萬人，且多為漁獵手，善用長槍。

　　大業十二年，李密前來歸附，幫助其進行策劃，併合並附近多股義軍，攻破金堤關，佔領滎陽等地，之後又在滎陽大海寺北的叢林中設伏，殺死隋朝名將張須陀，威震天下。次年，他與李密佔領隋朝重要糧倉之一的興洛倉，並開倉賑濟災民。

其後，瓦崗軍在他的帶領下，相繼攻佔河南諸郡，軍隊發展到數十萬。但隨著瓦崗軍的不斷壯大，李密與翟讓的矛盾尖銳起來，李密為了能夠穩固自己的權力，將翟讓殺害。

看清人情冷暖的廷尉：翟公

翟公，西漢人。漢武帝元光五年至元朔二年擔任廷尉（掌管刑獄），賓客盈門。被貶官後，門庭冷落。後來復職，賓客又欲前往。翟公於是在大門張貼告示說：一死一生，乃知交情。一貧一富，乃知交態。一貴一賤，交情乃見。

血脈共性

翟姓之人往往嫉惡如仇，敢於直言表露自己的觀點，有很強的執行能力與洞察力，善於發現周圍事物的真相與核心。

開國名將翼國公之姓——秦

姓氏溯源

秦姓的主要源頭是嬴姓。相傳，伯益的後裔非子的封地是秦國，屬於以國名為氏。秦一開始建國於雍，後來，秦穆公橫掃十二國，在西北地區初步確立起霸業。但在戰國初期，秦國經濟比較落後，且內亂不斷，以致國力逐漸衰微。秦孝公任用

商鞅變法，國力逐漸強大，並遷都咸陽，成為戰國七雄之中實力最強的。傳承到秦王政時，逐一滅掉六國統一天下，但在秦二世時期就宣告滅亡，秦國後世子孫以國名為氏，稱為秦氏，也就是陝西秦氏。

秦姓的另一個源頭是姬姓。周公旦的兒子伯禽之裔孫的封地為秦邑，屬於以居邑名為氏。

此外還有部分秦姓源於蒙古族、滿族、達斡爾族人改姓。

遷徙分佈

先秦時代，秦姓已經在河南、陝西、山東、湖北、河北等地廣泛分佈。西漢初年，山東秦姓的一支豪族被漢高祖劉邦遷居到扶風茂陵。這支秦姓人口眾多，出了很多官員，成為名門望族。同時，秦姓也有遷入甘肅、江蘇、四川、北京等地。

漢末三國時期，源自姬姓的秦姓一部分遷入山西，形成了太原郡望。魏晉南北朝時，北方連年戰亂，秦姓南遷，且分佈在江南的眾多地方，其中又以江蘇、浙江為主。宋、元、明時期，秦姓逐漸遷徙到廣西、安徽、貴州、福建、北京、上海等地，清代至近現代，基本已經遍佈全國甚至遠播海外。

秦姓名人堂

中國的傳統門神：秦瓊

秦瓊，字叔寶，齊州歷城（今山東濟南）人，以勇猛彪悍著稱於世，起初是隋朝將領來護兒的部將。秦叔寶的母親去世，來護兒派人弔唁，其手下不解：「士兵死亡與家中有喪事的很多，將軍都沒有弔唁，為什麼只對秦叔寶這樣做呢？」來護兒回答：「此人勇悍，有志氣與節操，日後必成大器。」

隋朝末年天下大亂，秦瓊與程咬金、牛進達等人投靠唐朝，被分配到李世民帳下，擔任馬軍總管。他還參與了李世民的歷次對外征戰，每戰必衝鋒在前，常在萬軍中取上將首級。

秦瓊參與了玄武門之變，官至左武衛大將軍、翼國公。秦瓊晚年時，由於早年受傷太多而疾病纏身，後因病去世。

宋朝數學家：秦九韶

秦九韶，字道古，自稱魯郡（治今山東曲阜）人，出生於普州安岳（今屬四川），南宋數學家，與李冶、楊輝、朱世傑並稱為宋元數學四大家。他精研星象、音律、算術、詩詞、弓劍、營造之學，先後在多地任文武官員，後被貶官。

他在一二四七年完成著名數學著作《數書九章》十八卷（一

作九卷）。大衍總數術（一次同余方程組解法）和正負開方術算法（高次方程數值解法）是他的兩項最突出的貢獻。

血脈共性

　　秦姓之人善於在不利的情況下奮起直追，奮發圖強，做出更好的成績，使得自己重新處在有利的位置，這種永不停息的奮鬥精神伴隨著秦姓人走過了幾千年的風風雨雨。

大唐伊始，盛世名人之姓

隋朝末期，隋煬帝多次發動戰爭，勞民傷財，最終引起統治危機，各地義軍相繼起義，其中以河南的瓦崗軍，河北的竇建德軍，江淮的杜伏威軍三支義軍最為強大。他們雖然沉重地打擊了隋王朝，但在隋朝滅亡後，卻是以李淵為首的關隴集團贏得了最終的勝利，建立了唐朝。玄武門之變後，李世民登基為帝，史稱唐太宗，並開創了貞觀之治。唐朝也成為了中國封建時期統一時間最長，國力最強盛的朝代之一。

唐朝得到最終勝利的過程並非一帆風順，自李淵晉陽兵變開始，眾多英雄豪傑隨之征戰沙場，這才開創了大唐盛世，他們本身也留名青史。這些功臣名將都屬誰家，都是哪個姓氏家族的後裔呢？

貞觀之治帝王之姓──李

姓氏溯源

李姓的最主要來源是高陽氏的直系後裔，源自偃姓或姚姓，是高陽氏的後裔理徵與舜帝姚姓後裔結合的後代：理徵是

皋陶的後裔，皋陶是高陽氏的後裔，生於曲阜，為偃姓。舜帝，出生於姚地，以地取姓為姚，其後代就以姚為姓。堯時，皋陶擔任大理（負責刑獄的官）的職務，其子孫歷三代世襲大理這一職務，並依照當時的習慣，以官為氏，稱理氏，後來理氏改為李氏。

另一種說法稱商紂王時，皋陶的後裔理徵，因直言進諫得罪了商紂王而被處死，其妻契和氏帶兒子利貞逃難，途中吃李子充飢，才得以活下來，所以不敢稱理，便改姓李氏。還有一種說法是，周朝之前沒有李姓，有老子後才有李姓。老子姓李，名耳，相傳為彭祖後裔，因祖先做過理官，理、李兩字相近，便以李為姓氏。

李姓的另一個主要源流是改姓，屬於賜姓為氏。尤其是唐朝，很多唐朝皇帝喜歡把功臣賜姓為李。

此外鮮卑、苗族、壯族、瑤族、傣族、彝族、土家族、京族、藏族、鄂溫克族、維吾爾族、鄂倫春族、土族、高山族、德昂族、侗族、黎族等少數民族，均有部分族人改姓為李的。

遷徙分佈

春秋時，李耳是第一個在正史中被立傳的李姓人物。李耳，

字伯陽，也就是老子，春秋時楚國人，春秋時的思想家，道家的創始人，著有《老子》（此說法有爭議）一書。李耳的後代李宗，字尊祖，在魏國為官，李宗之子李同是趙國大將軍，孫子李兌是趙相，曾孫李躋是趙國的陽安君。戰國末年，李躋的後裔李曇，在秦國擔任御史大夫，其長子李崇開創了隴西李氏，四兒子李璣的次子李牧開創趙郡李氏，這兩支是李姓宗族中最重要，也是最根本的兩大支派。

　　兩漢魏晉南北朝時期，李姓人已經逐漸分佈到了全國各地，五胡十六國當中，先後出現了兩個李姓政權——大成國與西涼國。

　　隋唐時期，隴西李氏在西魏、北周以及隋代政權當中都是權貴，等到隋朝末年，隴西李氏的李淵建立了李唐王朝，並統一整個中國。李姓成為帝王之姓，唐朝也因此成為李姓高速發展的時代。李姓在初唐與盛唐時期，主要在北方發展。

　　唐朝末年，由於安史之亂與牛李黨爭等因素，李姓族人不斷南遷，逐漸在南方落地生根。兩宋時期，李姓遷徙更加頻繁，尤其是在「靖康之變」後，開始大舉南遷，基本做到了遍佈全國。明末清初，四川戰亂不斷，人口銳減，康熙帝下旨鼓勵其

他各省人口向四川遷移，這就是所謂的「湖廣填四川」，李姓在這一時期大批遷入四川。

李姓名人堂

貞觀之治帝王：李世民

唐太宗李世民，唐朝繼高祖李淵之後的第二位皇帝，在位共二十三年，年號貞觀。貞觀的含義為「濟世安民」。唐太宗李世民不僅是著名政治家、軍事家，也是一位書法家兼詩人。早年追隨父親李淵進兵長安，於六一八年正式建立了唐朝。他帶領軍隊征戰天下，為大唐的統一做出了突出功績，被封為秦王，任尚書令。

六二六年，發動玄武門之變，殺掉太子李建成與弟弟李元吉，奪位登基當上了皇帝，開創了歷史上極為著名的貞觀之治，他虛心接受勸諫，勤儉節約，減少大量賦稅，使百姓休養生息，各族都能夠融洽相處，國泰民安，對外開拓疆土，設立了安西四鎮，為後來的開元盛世奠定了基礎，成為後世明君的典範。廟號太宗，諡號文武大聖大廣孝皇帝，葬於唐昭陵。

詩仙：李白

李白，字太白，號青蓮居士，唐朝著名浪漫主義詩人，被

後人稱為「詩仙」。自稱祖籍隴西成紀（今甘肅靜寧西南），四歲隨父親遷居綿州昌隆（今四川江油）青蓮鄉。李白留存到今天的詩文有千餘篇，有《李太白集》傳世。七六二年去世，享年六十一歲。

李白主要生活在盛唐時期，二十五歲時隻身出蜀，開始了長期的漫遊生活，南到洞庭湘江，東到吳、越，寓居於安陸、應山。直到天寶元年，依靠舉薦，李白被召喚到長安，供奉翰林，後來由於為權貴所不容，在京僅有一年餘，就被賜金而離開長安，然後過起了飄蕩四方的遊歷生活。

後世將李白與杜甫並稱為「大李杜」（後來的杜牧與李商隱合稱「小李杜」）。他的詩歌既反映了盛唐時代的繁榮景象，也揭露了統治階級的荒淫與腐敗，展現出蔑視權貴，反抗傳統束縛，追求自由與理想的精神。

血脈共性

李姓作為當前中國的大姓，經過幾千年的繁衍生息，從無到有，由小到大，數度建立王朝與地方政權，名人輩出，在中國歷史上扮演了重要角色，可以說在血脈當中傳承了偉大的進取與創造力量，是維繫姓氏不斷發展的根本動力。

開國宰相之姓──房

姓氏溯源

　　房姓是一個古老且多源流的中國姓氏，最早的源頭是伊祁氏，是堯帝之子丹朱的後裔，屬於以封邑名為氏。堯帝的兒子朱最初被分封到丹水，史稱丹朱。舜繼位後，把丹朱分封到房地，是為房邑侯。丹朱的兒子陵，襲封後以封地名為氏，史稱房陵，後代於是以房為氏。

　　據傳其後裔房雅在漢朝時期擔任清河太守，房氏家族開始在清河定居，並成為當地望族，史稱房氏正宗。後來唐朝宰相房玄齡也曾擔任清河太守，所以清河房氏成為房氏最有名的一支，有「天下房氏，無出清河」的說法。

　　房姓的第二個源頭是地名，出自春秋時楚國的房渚，屬於以地名為氏。房渚，西周之前是彭部落的方國。春秋時稱為「防渚」，屬於麇、庸二國之地，後來成為楚國的一個邑，改稱「房渚」。古代居住在房渚的人，有取地名為姓氏者，稱房渚氏，後簡化為房氏、渚氏，世代沿襲到今天。

　　還有部分源自職業，春秋戰國時期的一些工匠，以職業為氏。房，在春秋戰國時期是箭室的通稱，箭室，也就是盛裝箭

的箭匣，在古代製作「房」的工匠，稱作房人、房工，其後裔有以先祖職業為氏的，是為房氏。

此外房姓成員中，還包括鮮卑人與蒙古族人，皆是在漢化過程中，改漢姓而來。

遷徙分佈

源於丹朱後裔的房姓族人逐漸壯大，在夏、商時，朝廷都不敢輕視他們。周朝時，周王室與房姓族人長期聯姻。丹朱的第四十九代孫房雅在漢代擔任清河太守，房氏家族開始在清河定居，並繁衍成當地望族。在南北朝後期，房姓逐漸衰落，但到了隋末唐初，房姓出了一位大人物，就是唐初名相房玄齡。此後，整個唐代，清河房氏五代人出了三位宰相，房氏家族再次興盛。唐朝末年，房氏再次陷入衰落。直到明初，才出現房寬與房勝兩位將軍。

房姓名人堂

貞觀之治的締造者之一：房玄齡

房玄齡，字喬（一說名喬，字玄齡），名玄齡（因為清康熙帝名玄燁，為避名諱，清代重修的史書與相關資料當中又改其名為「元齡」），齊州臨淄（今山東淄博市臨淄區北）人，

唐朝著名政治家。

隋末大亂之時，房玄齡在渭北投奔李世民，擔任秦王府記室，多次跟隨秦王出征，網羅人才，協助李世民登上皇位。李世民稱讚他有「籌謀帷幄，定社稷之功」，是唐初凌煙閣二十四位功臣之一。

唐太宗即位後，房玄齡擔任中書令，後任尚書左僕射，監修國史，掌政務長達二十年。」由於房玄齡善於謀劃，另一位名臣杜如晦善於決斷，史稱「房謀杜斷」。

後世史家認為「唐代賢相，前有房杜，後有姚宋（姚崇、宋璟）」。唐人柳芳讚歎：「房玄齡佐太宗定天下，及終相位，凡三十二年，天下號為賢相。然無跡可尋，德亦至矣。故太宗定禍亂而房玄齡不言己功；王珪、魏徵善諫，房玄齡贊其賢；李勣、李靖善將兵，房玄齡行其道；使天下能者共輔太宗，理致太平，善歸人主，真賢相也！房玄齡身處要職，然不跋扈，善始善終，此所以有賢相之令名也！」

唐軍左領軍大將軍：房仁裕

隋末天下大亂，房仁裕最初加入了王世充的軍隊，授龍驤將軍。後來與裴仁基等人改投唐軍，官至左領軍大將軍。永徽

二年（六五一年），母親李氏逝世，丁憂離職。後又授金紫光祿大夫，行揚州都督府長史。病故時七十有六。

血脈共性

房姓族人始終保持著傳統士族的清高與傲氣，對於功名利祿並不很熱衷，出現了很多隱士，偶有出世者，都是一代奇才，為國為民做出突出貢獻，因此房姓是一個頗有建樹的姓氏。

書法大家之姓——顏

姓氏淵源

顏姓主要來源有二，其一是出自姬姓，源於古邾國國君曹夷父（曹甫，字伯顏），屬於用先祖名字為氏。首個以顏為氏的人是夷父的次子小邾國國君顏友。魯懿公九年，魯武公的長子姬括的兒子伯御造反殺害魯懿公，伯御自立為魯君。後來，周宣王舉兵攻魯，殺掉伯御，擁立魯孝公。

周宣王討伐伯御時，與魯國相鄰的邾國響應周宣王，協助王師討伐伯御獲得成功。周宣王賜封邾國國君夷父為公爵，夷父的次子友被分封到郳地，史稱郳國，因是從邾國分出來的，所以也叫小邾國。小邾國對於曹姓邾國而言是另一支派，其後

裔不能繼續以曹為氏，於是就以邾武公夷父的字「顏」為氏，小邾國於是成為顏氏國。小邾國國被楚國滅掉，顏公的子孫以顏為氏，史稱顏氏正宗。

其二來自魯國顏邑，屬於以封邑名為氏。西周初年，周公旦被封為魯國國君，由於在朝廷任職無法前往封國，於是派長子伯禽到魯國赴任。伯禽把子孫當中的一支分封在顏邑，這支後代後來以地名為氏，稱顏氏。此外顏姓還源於女真、契丹、滿族、錫伯族等，皆為漢化或民族融合而改姓顏氏的情況。

遷徙分佈

在先秦時代，顏姓族人主要在山東地區活動。直到晉朝，發生永嘉之亂、五胡亂華之後，顏姓族人過長江來到南京地區，逐漸遷徙到安徽、浙江等地。

唐宋時期，顏姓從山東、河北、河南等地朝四川和江南遷徙。五代末年，顏姓已經遷徙到了福建。到明清時，江南地區顏姓的分佈已經相當廣泛。

顏姓名人堂

顏體之祖：顏真卿

顏真卿，字清臣，漢族，唐京兆萬年（今陝西西安）人，

唐代書法家、大臣。他與趙孟頫、柳公權、歐陽詢並稱為「楷書四大家」，學習楷書的人，「歐柳顏趙」四位的字體是必學的。

開元年間中進士，曾四次擔任監察御史，後來擔任殿中侍御史。由於受到權臣楊國忠的排擠，被貶黜到平原（治今山東陵縣）擔任太守，人稱顏平原。

天寶十四年，平盧、范陽、河東三鎮節度使安祿山造反，他聯絡從兄常山太守杲卿起兵對抗叛軍，附近的十七郡群起響應，被推舉為盟主，合兵二十萬，使得安祿山不敢進攻潼關。德宗時，淮西節度使李希烈造反，奸相盧杞與顏真卿有仇，想要借李希烈之手殺他，派其前往勸降，顏真卿正氣凜然，不畏艱險，最終被李希烈殺害。在藝術成就上，顏真卿的書法獨樹一幟，他幼年時家貧缺少紙筆，只能用筆蘸上黃土水在牆上練字，勤練不輟，最終有所成就。顏真卿的字端莊雄偉，其行書遒勁，楷書勻而藏鋒，內剛勁而外溫潤，字的曲折處圓而有力。他的書法被稱為「顏體」，與柳公權並稱為「顏柳」，有「顏筋柳骨」之譽。

孔子傳人：顏淵

顏淵，名回，字子淵，春秋時魯國人，孔子學生。他十幾

歲就拜孔子為師，此後一生追隨老師。在孔門各位弟子中，孔子對他的稱讚最多，不僅稱讚其「好學」，而且還以「仁人」讚許他。歷代文人學士對他都尊仰不已。

血脈共性

顏姓後裔熱衷於刻苦學習，而且品行高潔，剛正不阿，敢於與惡勢力進行鬥爭，富貴不能淫，貧賤不能移，威武不能屈。

武周女皇帝之姓——武

姓氏溯源

武姓的來源有很多，其中之一是源於姒姓，夏代大臣武羅的封地被稱為武羅國，亡國後，其子民便有以武為氏者，屬於以國名為氏。

武姓的第二個來源是子姓，屬於以祖先名字或謚號為氏，這一來源又可分為兩支，其中一支是源自商王武丁之後，屬於以祖先名字為氏；另一支源自春秋時宋武公的後裔，屬於以謚號為氏。

武姓的第三個來源是姬姓，是周平王的後人，屬於帝王賜姓號。因為周平王的手掌當中有一個類似於「武」字的紋路，

所以出生時，周幽王賜號武氏。

周平王去世後，其子孫當中有以先祖賜號為氏的，稱為武氏，世代相傳至今，史稱武氏正宗，是河南武氏的來歷。

此外，王孫滿的後裔被分封在武疆，在其後世子孫中，也有用先祖封邑名稱為氏者，稱武疆氏，後簡化為武氏，世代相傳至今。這兩支武氏雖然起源不同，但都是源於同一個祖先，所以可算作一支。

在古代，還有源於官職以及賜姓等情況得姓為武的，這一支人員較為零散，人數也不多。

遷徙分佈

武姓最早的發源地在河南，此後不斷繁衍，並迅速朝鄰近的山東與江蘇等地進行遷徙。到漢朝時期，山東武氏已經成為當地的名門望族。來自這裡的武姓，後來繁衍到安徽、山西等地。

魏晉南北朝時期，由於北方戰亂不斷，武姓也隨著中原的士族一起大規模南遷，還有一支武姓遷入如今的山西省境內。

唐代時，武姓家族由於出了女皇武則天，因此到達輝煌頂點，武姓也是從唐代開始，才在北方各地再次大規模繁衍遷徙，

族派不斷擴大，並在山西太原成為望族的，所以太原武姓是武姓的一大重要分支。與此同時，武姓在南方也得到了進一步發展，此後遍及全國各地。

武姓名人堂

史上唯一正統女皇帝：武則天

武則天，并州文水（今山西文水東）人。她是中國歷史上唯一一位正統的女皇帝，也是即位時年齡最大（六十六歲）、壽命最長的皇帝之一（享年八十一歲）。她是唐朝功臣武士攫之女，十四歲時進入後宮，成為唐太宗的才人。唐高宗時，起初被封為昭儀，後來成為皇后，再後來上尊號為天后，與唐高宗李治並稱為「二聖」。

六八三一六九零年，在唐中宗、唐睿宗時期，她以皇太后身份臨朝稱制，後自立為皇帝，定都洛陽，改稱神都，建立武周政權。神龍元年正月，武則天病重，宰相張柬之發動兵變，逼迫武則天退位。唐中宗隨後復辟，恢復了唐朝，為武則天上尊號「則天大聖皇帝」。以皇后身份與唐高宗合葬於乾陵，諡號大聖則天皇后。

反秦的義軍首領：武臣

　　武臣，秦末農民起義軍首領之一，陳縣（今河南淮陽）人。秦末，陳勝、吳廣率領農民起義並建立起張楚政權後，部將張耳、陳餘要求陳勝發兵攻奪趙地。陳勝答應下來，命武臣為將軍，張耳、陳餘為左右校尉，率軍三千進攻趙地。武臣率軍從白馬津（今河南滑縣東北）渡過黃河北上，沿途軍隊不斷壯大，達數萬人之多，連續佔據趙地十餘城。趙地的秦朝官員見武臣實力強大，紛紛投降。

　　武臣採納了說客蒯通的計策，實施招降後，又不戰而收穫三十餘城。武臣佔據邯鄲後，經張耳、陳餘勸說，自立為趙王。自立為王後，他不再聽從陳勝的指揮，拒絕陳勝西進擊秦的號召，而是北上進攻燕地，致使周文率領的進攻秦都咸陽的農民軍功虧一簣。公元前二零八年，武臣被其部將李良殺害。

血脈共性

　　武姓自古多英傑，武則天是其中的典型代表。她打破了歷朝歷代女子不能從政的傳統。武姓之人多官宦，這一點在唐朝達到了頂峰。武姓世代以北方為主要居住地。武姓字行輩分嚴謹，意味深長。如武懿民所修《武氏家譜》內有浙江武姓一支字行為：「善德慶美，誠信斯國。」

第六章
唐之後世，百家之姓

　　自唐朝盛世之後，兩宋、遼、金、元、明、清等朝代在中國歷史的舞台上相繼出現。從北宋統一全國到元朝滅亡，再從明朝建立到清朝覆滅，這是中國封建統治從昌盛走向滅亡的歷史過程。在這個過程中，中國出現了眾多著名人物，他們在政治、經濟、文化等不同的領域中，均扮演了極為重要的角色。這些著名人物，都姓甚名誰呢？

學者天下，大家之姓

　　唐朝在世人眼裡是中國封建時期最強盛的朝代之一，因為唐朝無論在政治、經濟、軍事還是文化方面都強盛一時，甚至在當時世界中都處於領先地位。不過唐朝之後的那些朝代的強盛程度與之相比也毫不遜色。

　　例如宋朝，雖然在政治和軍事上始終走不出「積貧積弱」的困境，但在文化上異常繁盛。

　　明朝的火器發展世界領先，即便到了晚清時期，朝廷庫房裡存放的明朝火器依舊有較大意義。

　　其他方面不需要多說，這裡只說唐朝以來的文化發展。唐朝的詩，宋朝的詞，元朝的曲都是當時的文化精髓。

　　那麼，唐朝以後的名士大家都是哪些姓氏家族的後代呢？

北宋六一居士之姓──歐陽

姓氏溯源

　　歐陽這個姓氏來源於夏朝君主少康的兒子無餘，他被分封到會稽，建立越國。到春秋時，越國被吳國滅亡。十九年後，

勾踐再次復國。等到勾踐的六世孫無疆為越王時，越國被楚國所滅，無疆的次子蹄被分封到烏程歐余山的南部，山南為陽，所以稱之為歐陽亭侯。無疆的子孫，就以封地山名及封爵名為姓氏，分別形成了歐、歐陽、歐侯三個姓氏。

遷徙分佈

歐陽氏曾有「繼固承遷五代史，勒碑刻銘九成宮」之譽，指的是宋代歐陽修撰成《新五代史》，唐代歐陽詢寫下《九成宮醴泉銘》，流芳百世。

歐陽氏源自姒姓，戰國時，越王勾踐的六世孫越王無疆受到齊人挑唆，出兵進攻楚國，結果越國反而被楚滅掉，無疆被殺。無疆的兒子們爭搶王位，各據一方。

如今，歐陽姓主要分佈在江西省彭澤、南昌、新建、萍鄉、新余、吉安、永豐、樂安、萬載、贛州、會昌、安遠，湖北省枝江、荊州、潛江，廣東省廣州、江門，河南省新鄭，四川省綿陽、南充營山、達州開江、遂寧，安徽省阜陽、滁州，湖南省長沙、永州寧遠、漣源（石旗頭）、新化、瀏陽、隆回（六都寨、司門前、石橋鋪）、洞口、漵浦，貴州省，廣西壯族自治區等地。

歐陽姓名人堂

千古文章四大家之一：歐陽修

歐陽修，字永叔，號醉翁，又號六一居士，吉州吉水（今屬江西）人。北宋文學家、史學家，「唐宋八大家」之一。由於吉州原屬廬陵郡，因此以「廬陵歐陽修」自居，謚文忠，世稱歐陽文忠公，與晏殊並稱「晏歐」。後人又把他與韓愈、柳宗元和蘇軾合稱為「千古文章四大家」。

唐人楷書第一：歐陽詢

唐代著名書法家，潭州臨湘（今湖南長沙）人，字信本，與虞世南、褚遂良、薛稷並稱為唐初四大書家。其父因造反被斬，家道中落，歐陽詢由於年幼而倖免。

歐陽詢聰慧勤學，涉獵經史，官至太子率更今，弘文館學士，封渤海縣男。由於其子歐陽通書法成就也很高，所以其又被稱為「大歐」。歐陽詢的楷書法度極為嚴謹，筆力之險峻，舉世無雙，人稱「歐體」，對後世影響很大。

血脈共性

歐陽這個姓氏多出學者，血脈中流淌著文人高潔、聰慧的血液，世代傳承嚴謹治學的精神。歐陽修修史嚴謹全面，歐陽詢書法法度嚴謹，筆力險峻，都是對血脈特性的極好詮釋。

晚唐花間派首席之姓——溫

姓氏溯源

溫姓起源比較簡單，其中兩支源於己姓，是顓頊的後裔。顓頊的後裔昆吾氏之子立溫國後以國為氏。後來溫國被商王所滅，溫國國君的同宗就遷移到蘇地，建立蘇國。後蘇國被狄族所滅，末代君主蘇明自盡，族人多逃往衛國。在溫國和蘇國滅國之時，均有故國遺民以溫國國名為氏，稱溫氏。關於溫姓來源，也有源於姬姓的說法，稱其為唐叔虞之後，但此種說法經考證是後世附會的，並不是真實來源。

除了上述的來源外，還有一支來源，就是通過改姓加入到溫姓大家族之中。在歷史中曾有劉氏族人改姓為溫，少數民族改姓為溫等。

遷徙分佈

早期溫姓主要分佈在黃河流域的中部，河南、山西地區。西周初年，溫姓的一支向西遷徙到甘肅祁連山，與月氏人相遇，成為月氏人當中的溫部落，再向西遷的溫人在新疆南部建立了溫宿國，是漢朝西域三十六國之一。漢朝初年，溫姓已經是山西太原的望族，在華北地區有了很大發展，是漢代常見姓氏之

一。

魏晉南北朝時期，中國北方戰亂頻繁，溫姓受到極大衝擊，人口迅速減少。一部分朝西北遷移，一部分與中原其他姓氏一樣，紛紛向南方及東南進行遷移。最終成為南方著名氏族。

宋朝時，溫姓除了生活在北方與西北地區的支脈外，其他支脈主要分佈在河南、廣東和福建。南北方溫姓人口幾乎對半分，全國形成中原、粵閩兩大塊溫姓聚集區。

宋、元、明三朝，溫姓人口的流動主要是從中原朝西北與東南兩個方向移動，初步形成了南北溫姓對峙分佈的局面。

溫姓名人堂

有溫八叉之稱的詩人：溫庭筠

溫庭筠，唐代詩人、詞人，花間詞派的代表作家之一。詞風濃綺艷麗，語言工煉，格調清俊，他與李商隱齊名，合稱為「溫李」。

溫庭筠詩風向上承接南北朝齊、梁、陳宮體餘風，下啟花間派的艷體，是民間詞轉變為文人詞非常重要的標誌。他著有作品集，但都已經失傳，現存的《花間集》當中收錄了六十餘闋其詞作。

東晉名將：溫嶠

溫嶠，字太真，東晉名將，太原祁縣（今山西祁縣東南）人。溫嶠十七歲開始做官，由司隸都官從事陞遷為潞縣縣令。後為劉琨謀主，積功成為司空府左長史。三一七年，溫嶠作為劉琨的信使南下勸司馬睿即位當皇帝，從此成為朝廷顯貴，並與晉明帝成為布衣之交，任為中書令，參與平定了王敦、蘇峻叛亂。蘇峻之亂被平定後，溫嶠官拜驃騎將軍、開府儀同三司，加散騎常侍，封始安郡公。死後贈侍中大將軍，諡號忠武。

血脈特徵

溫姓族人的性格溫和，很容易與人打成一片，甚至成為一群人中的小中心。歷朝歷代的溫姓名人大多有一個共同的特點，即學識非凡，多為文官。由此可以看出，溫姓族人身上的學者氣質極為濃郁。

武周秘書監之姓——賀

姓氏溯源

據史籍記載，慶姓，齊公族慶公之後。又據史籍《古今姓氏書辯證》記載：齊桓公的支庶後代慶封的後裔中，皆以先祖

名字為姓氏，稱為慶氏。春秋時，齊桓公有個支孫叫公孫慶克，其子慶封就以父名命氏，稱為慶氏，史稱慶父。

慶封在齊靈公時擔任大夫，在齊莊公時為上卿，掌管國政，後來在齊景公繼位後逃到吳國。到了東漢時，慶氏後裔慶純擔任侍中，漢安帝即位後，為了避漢安帝的父親清河王劉慶的名諱，改姓名為賀純，其後代就世代相傳成為賀氏，史稱賀氏正宗。

此外，賀姓成員中，還有鮮卑、土族、蒙古族、滿族、錫伯族、苗族等少數民族，皆因改姓而來。

遷徙分佈

賀姓起源於如今的浙江紹興。西晉時期，賀姓開始在江浙一帶進行緩慢遷徙。會稽賀姓在魏晉南北朝時期，與同郡的虞、魏、孔三姓並稱為「會稽四姓」。魏晉南北朝時代，由於北方戰亂不斷，各民族不斷大規模南遷，使得南方賀姓家族分佈得更加廣泛，且逐漸在北方的河南郡與廣平郡成為望族。

唐朝時，會稽賀姓族人已經開始大批北上。唐宋之際，賀姓廣泛分佈於中國東部的廣大地區，北方以今河南、河北、山西、山東、陝西最為集中。明清以後，賀姓遍佈全國各地，並

有出國前往海外者。如今，賀姓是湖南、山西兩省的大姓。

賀姓名人堂

以絕句見長的四明狂客：賀知章

賀知章，字季真，自號四明狂客，唐越州永興（今浙江杭州市蕭山區西）人。證聖進士，官至秘書監。賀知章的詩文以絕句見長，其寫景、抒懷的詩文有著獨特的風格，清新通俗，著名的《詠柳》、《回鄉偶書》兩首詩膾炙人口，被人們千古傳誦，他的詩歌多數失傳，今存有二十首。賀知章的書法成就也很高，擅長草隸。他時常與張旭、李白飲酒賦詩，切磋詩藝，又與包融、張旭、張若虛合稱「吳中四士。」

賀姓名人簿

說起賀姓族人，歷朝歷代皆有傑出人物。例如明朝時期就有一位著名醫學家賀岳，現有《明醫會要》、《醫經大旨》、《藥性準繩》等著作傳世。在清朝時期又出現了一位寬舒公明，清慎仁愛的貴州道監察御史賀戀，被時人稱為「賀青天」。

到了中國近現代時期，更有一位功勳卓著的開國英雄，他為中國的無產階級革命做出了重要貢獻，建立了不朽功勳，這位將軍便是共和國十大元帥之一的賀龍。

血脈共性

賀姓族人極有正義感，他們追求正義，始終不渝。同時賀姓族人還有極強的分析力，而且為人可靠、自信。他們對事物的靈敏度也極為突出，這令他們很容易發現別人忽略的東西。

宋遼金，民族勇士之姓

　　宋朝是九六零年由後周大將趙匡胤所開立的朝代。整個宋朝又分為北宋和南宋兩個時期，上承五代十國、下啟元朝，此間經濟、科技、文化等方面得到極大發展，成為歷史上影響極深遠的朝代之一。

　　一一二六年，金兵大舉南侵，不僅攻破了東京（今河南開封），還俘虜了宋徽宗、宋欽宗父子，更粉碎了北宋政權的統治，史稱靖康之變。北宋滅亡後，宋高宗趙構南遷建立了南宋，後為蒙古族所滅。

　　宋朝從建立到滅亡共經歷了三百二十年，有十八個皇帝。它是中國古代歷史上文化與科學創新高度繁榮的時代，也是中國歷史上的黃金時期之一。與此同時，在北方還有兩個極為強盛的國家與宋朝並立，其一為以契丹為主體建立的遼朝，其二為女真所建立的金朝。遼朝全盛時期疆域廣大。金朝也非常強大，尤其在金滅遼之戰中，表現極其優異。那麼宋、遼、金三朝中的賢臣名將都是哪些姓氏族人的子孫後代呢？

大宋開國帝王之姓──趙

姓氏溯源

趙姓歷史悠久，在趙姓來源中，漢族中的趙姓源自嬴姓。相傳，伯益是顓頊的後裔，被舜帝賜姓嬴。造父是伯益的九世孫，是西周時期著名的駕車高手，他得到八匹駿馬，訓練好後獻給周穆王。

周穆王讓造父為他駕車，時常外出打獵、遊玩，曾經西行到崑崙山，見到西王母，樂而忘歸，這時聽到徐偃王造反的消息，周穆王極為著急，此時造父駕車一日千里，使周穆王迅速返回鎬京，擊敗徐偃王，平定叛亂。造父立下大功，周穆王於是將趙城賜給他，此後，造父一族就以趙為氏。

趙姓的第二個源流是改姓，屬於以帝王賜姓為氏。在宋朝時期，匈奴、南蠻、女真、黨項等，都有漢化改為趙姓，或是被宋王朝賜姓而加入到趙姓族群之中的族人。

遷徙分佈

趙姓是中國著名的大姓，西周時期，造父的侄孫非子被封在犬丘，建立了秦國。造父的第七代孫叔帶率領部分宗族由周投晉，從此昌盛壯大，最後得以在三家分晉時建立趙國，史稱

「去周如晉，趙姓始昌」。

到趙國被秦國滅亡時，趙姓已分佈在山西、河北、河南、山東等地。秦王政滅趙後，把代王嘉的後人遷往甘肅天水，趙王遷被流放到如今的湖北。

秦朝末年，秦國宗室趙佗建立了南越國，又把趙姓的活動範圍擴大到兩廣與越南北部。西漢末年，趙氏族人遷徙到遼西郡，這也是趙姓人在東北地區活動的起始點。

到了宋朝，趙匡胤建立政權，據史料記載：宋朝宗室分為三個支派，即太祖（趙匡胤）支派、太宗（趙光義）支派、魏王（趙廷美）支派。太祖支派又分成燕王（趙德昭）支派與秦王（趙德芳）支派，燕王支派在北宋末年分佈到安徽、四川、江蘇、福建、湖北、廣東等地，秦王支派則遷居浙江、福建、江蘇等地；而魏王支派則降調到房州，後來遷居河南、山東、福建、江蘇、浙江等地。

太宗這一支作為世襲的皇帝，一直主要在汴梁發展，北宋滅亡後，徽欽兩帝及其族人被迫遷往五國城，太宗支派因此在東北地區繁衍。隨著南宋的建立，趙姓宗族大批移居江南。南宋滅亡後，南宋宗室主要在閩粵一帶繁衍。趙姓此後基本遍佈

全國各地。明末，有趙姓遷居海外，如今在東南亞和美國都有大量分佈。

趙姓名人堂

北宋開國之君：趙匡胤

趙匡胤，北宋王朝的開國皇帝，廟號宋太祖。祖籍涿州（今屬河北），年輕時常年練武，是武術高手。九四八年，投入郭威麾下，屢立戰功。

九五一年，郭威稱帝，建立後周政權，趙匡胤擔任禁軍軍官，後周時官至殿前都點檢。九六零年，趙匡胤發動陳橋兵變，黃袍加身，代周稱帝，建立了宋朝，定都開封，在位十八年。在位期間，趙匡胤加強中央集權，滅掉多個割據政權，為宋朝統一長城以南地區奠定了堅實基礎。他提倡文人政治，開創了文治盛世，死後安葬於鄭州鞏義宋陵中的永昌陵。

元人冠冕：趙孟頫

趙孟頫，字子昂，號松雪道人，又號水精宮道人，湖州（今浙江）人。元代著名書畫家，楷書四大家（歐陽詢、顏真卿、柳公權、趙孟頫）之一。

趙孟頫博學多才，能詩善文，懂經濟，工書法，精繪藝，

擅金石，通律呂，解鑒賞。尤其是在書法和繪畫方面成就最高，開創了元代的新畫風，被稱為「元人冠冕」。他也善篆、隸、真、行、草書，尤以正、行書和小楷聞名天下。

血脈共性

趙姓族人自出現那一刻起便是十足的野心家，這種野心早在韓、魏、趙三家分晉時便已顯現出來。到了宋朝，更有除朱元璋之外的另一個草根皇帝趙匡胤出現，同樣可以證明這一點。然而並不是有野心就能夠成功，想要成功還需要天賦及努力，顯然這兩點在趙姓族人的身上也並不缺少。

北宋彪炳青史的名相之姓——寇

姓氏溯源

寇姓的主要淵源有二，其一是以官名為氏。周朝時，昆吾氏的後人蘇忿生擔任周武王的司寇，其子孫中有人就以其官名為氏，稱寇氏，並相傳至今。

第二個來源是姬姓，也是以官名為氏。春秋時，衛康叔是周國的司寇，子孫以官為氏，稱寇氏，並相傳至今。另外春秋時衛靈公的兒子公子郢的後裔擔任衛國司寇，其後人也以寇為

氏。

　　源自鮮卑與滿族改姓而來的寇姓族人，也是寇姓的重要來源之一。

遷徙分佈

　　今全國各地，以及馬來西亞、美國、澳大利亞、日本等國，均有寇姓之人分佈。

寇姓名人堂

兩度為相的名臣：寇準

　　寇準，字平仲，北宋著名政治家，華州下邽（今陝西渭南北）人。他為人剛直，太平興國進士。淳化五年為參加政事，景德元年拜相。

　　景德元年，遼兵南侵，寇準力排眾議，堅主抵抗，並促使宋真宗御駕親征，前往澶州（今河南省濮陽）督戰，與遼訂立澶淵之盟，後因王欽若等人排擠而被罷相。

　　後寇準再次擔任宰相，但又因真宗病時密奏請以太子監國事洩而罷相，封萊國公旋復相，丁謂乘機傾陷，貶道州司馬，最後死在雷州（今屬廣東），終年六十二歲。仁宗時期，追封其為中書令，謚忠愍。此外，寇準在詩文方面也成績斐然，著

有《寇萊公集》，並留存於世。

東漢開國功臣：寇恂

寇恂，字子翼，東漢初上谷昌平（今屬北京）人，東漢名將，是雲台二十八將之一。他出身豪強大族，在王莽新朝末年時曾擔任上谷郡功曹，輔佐太守處理郡內政務，並因才智出眾、剛強果決而深受太守耿況器重。

漢光武帝時，寇恂擔任河內太守，光武帝南征，他跟隨前往，來到盜賊猖獗的穎川，盜賊聽說寇恂到來，紛紛投降。

據說漢光武帝所到之處，百姓紛紛攔路請求，說：「希望陛下讓寇君在這裡多待一年」。光武帝只好讓寇恂暫駐長社縣，鎮撫官民，受納其他投降的盜賊。後世就用「借寇」來指代地方上挽留官吏，是對官員政績的褒揚。

寇恂明習經術，德行高尚，受到朝廷的倚重，遠近聞名；他一生戎馬，奮其智勇，所得俸祿，卻經常贈送給親友與將士。他治民有方，威望極高，顧全大局，當時的人無不景仰。

血脈共性

寇姓先祖是擔任司寇官職的人，司寇的職責，顧名思義是抓捕盜賊，負責司法，因此寇姓人有著極強的是非觀念，而且

能夠秉公辦事，從最理性公平的角度分析問題，解決問題，也因此受到眾人的愛戴與擁護。

遼太祖之姓──耶律

姓氏溯源

耶律是遼代契丹皇室的姓氏。在史料中記載：「契丹部族，本無姓氏，惟以各所居地名呼之。」開國之後，皇帝耶律阿保機以出生地為姓，原大賀氏、遙輦氏的契丹人，也都以耶律為姓。又據史料記載：阿保機「稱皇帝，自號天皇王，以其所居橫帳地名為姓，曰世裡。世裡，譯者謂之耶律。」

耶律阿保機創建了契丹國，後來改稱為遼，國名時有反覆修改，在遼與契丹之間經常轉換。

耶律氏在金代時，被稱為移喇氏，其氏族後來被女真同化，成為如今滿族的組成部分之一。滿族、錫伯族當中的伊喇氏、伊拉裡氏都是耶律氏的後裔。

遼太祖耶律阿保機建立契丹國之後，由於崇敬漢高祖劉邦，於是將耶律氏兼稱為劉氏。又認為乙室、拔裡氏功勞極高，可以與漢朝開國丞相蕭何相提並論，於是將後族（遼國皇帝與

乙室和拔裡氏部落世代通婚，遼國皇后均出自這兩個部落）一律改為蕭氏。

儘管阿保機的皇后述律平本人沒有改姓，但她的兩個弟弟都改姓蕭。遼國滅亡後，很多漢化的契丹人改姓劉。

遷徙分佈

耶律姓早出現在北魏時期，源於鮮卑分支宇文部族，直接源頭是唐朝末年契丹迭剌部耶律家族，屬於以家族名為氏。在北魏後期，契丹逐漸形成古八部，八部之間彼此沒有管轄關係，各部獨立地向北魏朝貢。到了隋朝，因為突厥人不斷侵略，契丹各部為了防突厥，開始形成比較鬆散的部落聯盟。

唐朝末年，契丹八部當中的迭剌部靠近中原，其部族首領一直由耶律氏家族世襲，耶律氏家族後來逐漸統一了契丹各部，最終建立政權。耶律氏家族在遼、宋、金時期發展到頂峰。

北宋宣和七年金滅掉遼國後，稱耶律氏為「移喇氏」，大多數耶律族人被裹挾入女真。等到一二三四年蒙古和南宋滅掉金國後，因為輔佐並受到成吉思汗器重的著名政治家耶律楚材的影響，耶律氏（移喇氏）一族依舊極為興旺，但元朝以後，該姓氏開始逐漸衰敗，原因是耶律氏族人為了躲避災禍，紛紛

改為其他姓氏，例如滿族的伊喇氏、葉祿氏等，後來大多改為漢姓，如劉、王、肖、蕭、李、黃、白、蘇、包、蔣、谷等，其中以王姓居多。

耶律姓名人堂

大遼的開國帝王：耶律阿保機

遼太祖耶律阿保機，漢名億，遼朝開國君主，能征善戰，統一契丹其餘七部，並任用漢人韓延徽等，改革習俗，創造了契丹自己的文化，發展農業、商業。九一六年稱帝，建立契丹國家，年號神冊。

耶律阿保機經過常年征戰，將北方各族置於自己的統治下，建立起幅員遼闊的遼王朝，密切了北方各個民族之間的政治、經濟以及文化交流，推動契丹與北方各民族之間的發展與進步。至今，俄語發音稱中國仍是「契丹」，可見其深遠影響。

血脈共性

耶律氏族人是遼代契丹皇室，所以他們總會在無形中透出一些貴族的氣質。同時，他們身上還普遍具有契丹人的共同特點，即遊牧民族的熱情與奔放。

金代開國君主之姓──完顏

姓氏溯源

完顏這個姓氏源於女真中的安出虎水女真完顏部，屬於以氏族部落名稱為氏。

女真，亦稱「女直」。與挹婁、勿吉、靺鞨及滿族關係深遠。

現在，完顏氏已經大多改成了單字漢姓王、汪、鄢、張氏、完、顏、苑、粘、趙、艾等。近年來，有許多完顏氏後裔申請改回「完顏」這一複姓，民族屬性也要求改回滿族。此外，在蒙古族、錫伯族當中也有完顏氏族人，金國滅亡後，完顏氏人加入元籍者，與滿族的完顏氏屬於同宗同源。

此外，在金朝時，也有漢人被賜姓完顏，如郭阿林、郭仲元、李霆、李耀珠等人。

遷徙分佈

金代以來，由於戰爭而遷徙的完顏女真人，依靠家族群聚式定居而成為地方望族，這些地區有：安徽肥東、福建泉州、台灣彰化、甘肅涇川。從金代開始，沒有東歸的女真人大多保留著自己的民族特性。目前，安徽、福建地區的完、苑、粘姓者，經考證都是金代女真宗室完顏氏的後裔。金朝滅亡後，完顏守

祥東歸，其後裔得到後金（清）的認同，歸入到鑲黃旗，今天的完顏氏多改漢姓為王或汪。

完顏姓名人堂

女真的偉大首領：完顏阿骨打

完顏阿骨打，金王朝建立者，漢名旻。他是女真完顏部非常偉大的領袖，對金國滅亡遼國、統一北方具有奠基性的意義。天慶四年，完顏阿骨打起兵對抗遼國，一一一五年稱帝，建國號金，年號收國。同年十二月，完顏阿骨打加號大聖皇帝，次年改年號為天輔。他在位期間，將女真原有的猛安謀克制度改進為軍事行政組織，使完顏希尹頒行女真文字。一一二三年八月，完顏阿骨打領兵西逐天祚帝，病死在途中，九月，安葬在上京宮城西南，諡武元皇帝，廟號太祖。

血脈共性

完顏氏族為女真後裔，雖然現如今已經多改為漢姓王或汪，但他們都曾是女真人，即便經過了數百年，也依然可以從他們身上看到那種高貴的氣質。同時，完顏氏族人總是有一顆積極進取的心，理智、沉穩等性格在其成功的道路上有著重要的影響。

元明清，名人之姓

　　元朝是由蒙古族建立的，也是中國歷史上第一個由少數民族建立的大一統帝國。元朝極為強大，不僅消滅了金、西夏、大理等國，還在亞歐進行了強大的武力擴張。元朝強盛時的疆域北面包括西伯利亞大部分，東北到鄂霍次克海。

　　即便是如此強大的帝國，也經不起內耗以及腐敗的政治統治，人民在元朝統治者的強力壓迫下，奮起反擊，終於改朝換代，進入了明朝時期。說到明朝，就一定要提朱元璋這位草根皇帝，他當過乞丐，做過和尚，但終究憑藉著過人的才能以及獨特的個人魅力，召集了一群同樣有能力的手下，開創了大明朝。

　　那麼在這樣的一段時期裡，都出現過哪些名人，他們又都屬於哪些姓氏家族呢？

史上最強帝國君主之姓——孛兒只斤

姓氏溯源

　　孛兒只斤是蒙古族的姓氏，來源比較單一，源於蒙古乞顏

部。孛兒只斤出自蒙古族尼倫奇雅特·古孛兒只斤·乞顏部（亦稱乞彥、奇渥溫），屬於以部落、部族名稱為氏。相傳遠古時期的蒙古族圖騰為「孛兒貼赤那」，形為蒼狼，所以孛兒只斤氏的起源也可能是以圖騰為氏，但這一點還有待進一步考證。

遷徙分佈

成吉思汗統一蒙古後規定，只有本家的嫡系後裔，才有繼承蒙古大汗及留在蒙古本部的資格，後世便稱其為「黃金氏族」或「黃金血胤」。博爾濟吉特氏，源於成吉思汗的弟弟哈布圖哈薩爾。清朝時期，後宮中有許多后妃皆出自此家族，這使得博爾濟吉特氏成為一個很顯赫的家族，尤其是清朝初年的崇德五宮，皆出自此家族。現如今，中國境內的孛兒只斤氏後裔大多已改漢姓為包、鮑、寶、孛、巴、白、博、屈、奇、羅、波等姓氏。

孛兒只斤姓名人堂

一代天驕成吉思汗：孛兒只斤·鐵木真

孛兒只斤·鐵木真，古代蒙古首領、政治家、軍事家，稱「成吉思汗」，意為「海洋」或「強大」，出生於蒙古。鐵木真所在的蒙古部族因為他的父親被殺而分散，後來他聯合札木

合以及父親的諳達，又經過不斷努力，終於統一各部，建立了蒙古汗國。此後，蒙古汗國在成吉思汗的帶領下，勢力益盛，並實行千戶制，建立護衛軍，開始發動大規模征服戰爭。在蒙古武力興盛時期曾發動三次西征，成吉思汗領導的第一次西征滅花剌子模、並擊破欽察各部。後來鐵木真在回軍滅西夏時，病逝於六盤山附近的清水縣。元世祖忽必烈追尊成吉思汗廟號為元太祖，諡號為聖武。

血脈共性

孛兒只斤氏族人源於蒙古族，而且只有皇族才可擁有此姓，所以其血脈中的高貴自是不言而喻。同時其族人身上流淌著遊牧民族的血，所以他們的內心嚮往自由，喜歡無拘無束的生活，孛兒只斤氏族人都是嚮往且崇尚自由的戰士。

大明開國帝王之姓——朱

姓氏淵源

朱姓最早形成於西周，是顓頊的後人。古帝顓頊的玄孫陸終有六子，其中第五子名安，大禹賜給其曹姓。周武王建立周朝之後，封安的後裔曹挾於邾，建立邾國，是魯國的附屬國。

邾國又作鄒國，也叫邾婁，公元前六一四年邾文公遷都於繹。
到了戰國中期，被楚所滅，邾國貴族以國為氏，也就是邾氏，
後邾國君主的支庶子孫又去邑（指「阝」）改為朱姓。

據傳還有一部分朱姓源於祁姓，是上古時堯帝之子丹朱的
後裔。堯帝姓祁，堯的兒子丹朱的後裔分為幾支，其中一支以
始祖之名朱為氏。此外，還有部分朱姓族人是由鮮卑部分族人
改姓而來的。

遷徙分佈

朱姓發源於今河南、安徽及江蘇等地。西漢時期，朱姓子
孫避難逃往丹陽。同時有族人在今陝西、河南、湖北等地進行
繁衍。魏晉之前，朱姓已經繁衍到北方的山東等地區。唐末有
朱葆光遷居到湖南。東晉時有朱瑋從河南南陽遷居南康（今屬
江西），其後人朱熹搬遷到建陽（今屬福建）。

朱熹之孫朱銓回遷到廬陵（今江西吉安），朱銓的五世孫
朱章甫在南宋末年為避亂遷居吉安府（今屬江西），後又搬到
廣東興寧。朱章甫的三兒子朱泗在元代搬遷到羅浮（屬廣西），
此後，子孫繁衍，分佈於今廣西、廣東的很多地方。朱姓從明
代開始陸續有一些人遷居東南亞及歐美國家。

朱姓名人堂

大明開國之君：朱元璋

明太祖朱元璋，濠州鍾離（今安徽鳳陽東北）人，字國瑞，幼名重八，又名興宗，後改名元璋，明朝的開國皇帝。

朱元璋幼時極為貧困，曾入皇覺寺出家，一三五二年參加郭子興為首的紅巾軍反抗元朝，龍鳳七年被韓林兒封為吳國公。一三六八年，朱元璋擊敗各路農民起義軍後，在應天（治今江蘇南京）稱帝，國號明，年號洪武，同年攻佔元大都（今北京），結束了元朝的統治，此後逐漸平定四川、廣西、甘肅、雲南等地區。

一三八零年，朱元璋殺掉丞相胡惟庸，廢除丞相職銜，設置承宣佈政使司、提刑按察使司、都指揮使司三司掌管權力，使得中央集權進一步加強。一三九八年，朱元璋病逝於應天，享年七十歲，廟號太祖。

宋代理學的創立者：朱熹

朱熹，字元晦，一字仲晦，號晦庵，別稱紫陽，南宋著名哲學家、教育家，人們稱其為朱子，是繼孔子、孟子以後最為傑出的儒學大師之一。

朱熹師從於程顥、程頤的三傳弟子李侗，小時候家境窮困，但非常聰穎，弱冠時就已經及第，中了紹興十八年進士。他還在建陽雲谷結草堂，名為「晦庵」，在這裡講學，世稱「考亭學派」。朱熹承襲了北宋周敦頤與二程的學說，創立了宋代研究哲理的學風，稱為理學。其著作非常多，包括《四書章句集注》、《周易本義》、《詩集傳》、《楚辭集注》。明代時，將朱熹註釋的四書五經作為科舉考試的標準教材，從此朱熹的地位得到空前提升，成為對明清兩代讀書人影響最大的儒家學者。

血脈共性

　　朱姓之人普遍有一種努力不懈，堅持到底的決心，朱元璋出身貧苦，歷盡艱辛，但始終咬牙堅持，不斷向前邁進，最終成為開國皇帝。朱熹也曾受到朝中權貴打壓，但他的學說最終歷久彌新，大放異彩。所以，在朱姓族人的血脈中，奮鬥二字深蘊其中。

大明右丞相之姓——徐

姓氏溯源

徐姓的最早源頭是嬴姓，始祖是黃帝的後裔顓頊的玄孫伯益之子若木。若木在徐地建立了徐國，其後人就以國名為氏。徐國曾經強盛一時，是東夷中極為強大的國家，歷經夏、商、週三代，周朝時還曾多次進攻西周，但後來在徐偃王時期被周穆王擊敗。後徐國被吳王闔閭滅掉。徐國滅亡後，徐氏族人依舊以國號為氏，成為徐姓的源頭。

第二個來源是子姓，是商朝徐氏部落的後裔，屬於以部落名稱為氏。

其他的源流則是蒙古族、朝鮮族、滿族等少數民族改姓。

遷徙分佈

徐姓族人起源於山東南部的郯城到淮河流域一帶，以古代徐國為發源地，春秋末期，徐國為吳國所滅，有一部分徐姓人逃到河南、山東，並在山東逐漸繁衍昌盛。秦朝時有山東人徐福前往東海為秦始皇尋找長生不老之藥，並帶領一眾童男童女隨行。他們從此消失於茫茫大海上。相傳徐福帶領這些人東渡到了日本。

除山東外，在接近徐國的江蘇、安徽、江西、浙江一帶，在秦漢時代也有徐姓人活動。東漢以前，已有徐姓人西遷到現

今的甘肅境內。東漢桓帝時，有徐姓族人遷至今南昌、浙江一帶。徐姓的大舉南遷是在魏晉時期。五胡亂華時期，北方的徐姓避居江南，等到隋唐時期，在南方又進行了進一步繁衍。

宋末時，有徐姓人從江南石城遷到福建汀州。元時，有徐姓人從江西、福建遷居廣東。明清以後，徐姓已廣泛分佈於大江南北。

徐姓名人堂

大明魏國公：徐達

徐達，字天德，濠州（今安徽鳳陽東北）人，明朝開國元勳，著名軍事統帥。元末參加朱元璋軍，並跟隨朱元璋攻佔定遠，奪取和州。徐達渡江、攻城、拔寨，都是全軍之冠。後來，徐達升任大將軍，四處征戰，率兵北伐攻佔大都（今北京），元順帝北逃，宣告了元朝的滅亡。之後，他又領兵攻擊漠北，追殲蒙古殘餘勢力，功勳卓著，官至中書右丞相，封魏國公，死後又被追封中山王。

徐達有四子三女，在他去世後，長子徐輝祖繼承其爵位，成為第二代魏國公，但因其反對朱棣篡位，而被軟禁直到去世。徐達的第四子徐增壽在明成祖朱棣起兵南下時為他通風報信，

結果消息走漏，被建文帝所殺，後追封為定國公。能夠做到一門之中出兩個公爵爵位的，明朝只有徐達一家。

徐達的三個女兒都嫁給了朱元璋的兒子，長女嫁給了燕王朱棣，朱棣稱帝後她成為當朝皇后，所生的長子朱高熾後來登基稱帝，即明仁宗；次女嫁給代王朱桂，三女嫁給安王朱楹。徐達第四子徐增壽的兒子徐茂先，娶朱元璋第五子的長女蘭陽郡主為妻，徐家可謂是滿門富貴。

明朝大詩人：徐渭

徐渭，字文長，號青籐道士，明代著名書畫家、文學家。他與解縉、楊慎並稱為「明代三大才子」。清代鄭燮對徐渭極為敬服，曾刻一印，自稱「青籐門下走狗」。少年時的徐渭就已嶄露頭角，被稱為神童。他在短時間內就可以寫上萬字的文章，二十歲時成為秀才，但考取舉人時慘遭八連敗。

嘉靖二十六年在山陰城東租房設館授徒，後來為浙直總督胡宗憲做幕僚，是胡宗憲最看重的參謀，其一切計謀，都出自徐渭之手，為大破倭寇立下了突出功勳。嘉靖四十三年，胡宗憲由於捲入嚴嵩倒台的政治事件而被捕，後來在獄中自殺，徐渭寫下了《十白賦》進行哀悼。

李春芳嚴查胡宗憲一案，徐渭也受到牽連，一度因此發狂，寫下《自為墓誌銘》，隨後三次自殺，但僥倖沒死。嘉靖四十五年徐渭在發病時殺害了妻子張氏，因此入獄七年。獄中完成《周易參同契》的註釋，揣摩書畫藝術。

萬曆元年，新皇登基，大赦天下，徐渭在狀元張元忭等人的努力幫助下得以出獄。此時，他已五十三歲，從此窮困潦倒，痛恨官府之人，曾教授名將李如松兵法，七十三歲時在潦倒中去世。

血脈共性

徐姓族人為人忠義，有王佐之才。每當遇到自己認同的人或者團隊的時候，一定會傾盡全力使其強大起來。同樣，他們對自己的家庭也是如此，一定會使盡渾身解數，將自己的家庭成員安排妥當。所以說，徐姓家族的成員是會為了朋友和家人付出一切的人。

大清開國帝王之姓 —— 愛新覺羅

姓氏溯源

最初女真人對自己的姓氏並不重視，都是用部族名為姓。

比如完顏部的人大多就姓完顏，葉赫部的人基本都姓葉赫。努爾哈赤的遠祖姓夾古，是愛新（舊女真「按出虎部」）部族的遠支之後，他們又隨部族以愛新（滿語：aisin，金的意思）為姓，再加上覺羅（滿語中為遠支的意思），於是努爾哈赤便稱為愛新覺羅·努爾哈赤。其子皇太極建立清朝，效仿漢制，取消了遠支與大宗的區別，使得愛新覺羅正式成為一個姓氏。

由於古代女真遠支宗室的劃分非常詳細，於是許多姓氏出現了覺羅的劃分：伊爾根覺羅、阿顏覺羅、舒舒覺羅、西林覺羅、通顏覺羅、扈倫（呼倫）覺羅、嘉木瑚覺羅、阿哈覺羅、伊拉拉覺羅、察拉覺羅等。各個覺羅的前兩（三）個字是地名或是身份，後兩個字為姓。

愛新覺羅氏統治初期，子孫並沒有按照輩分進行命名，直到康熙年間，才開始採用漢人依照輩分取名的方法。康熙初年，幾位皇子曾先後用「承」、「保」、「長」三字命名，康熙二十年才固定統一採用「胤」字，其中雍正帝的名字為胤禛，孫輩則用「弘」，曾孫輩用「永」。乾隆帝時，又依據他自己寫的一首詩，確定後人用「永」、「綿」、「奕」、「載」幾字命名。道光帝時確定「溥」、「毓」、「恆」、「啟」，咸

豐帝時確定「燾」、「闓」、「增」、「旗」。修續愛新覺羅氏宗譜時，溥儀又添了十二個字，「敬志開瑞，錫英源盛，正兆懋祥」。

　　清朝皇族兄弟在避諱方面沒有統一的方法。雍正帝胤禛登基後，其兄弟統一改名為「允」字輩，但乾隆帝弘曆即位之後，並沒有要求兄弟們避諱，所以都沒改名。當乾隆帝傳位給嘉慶帝永琰後，為了避免其他人改名，嘉慶帝反而自己改名為讀音相近且很少出現的顒琰兩字。道光帝綿寧繼位後也主動把自己名字改為旻寧。

　　隨著時間的推移，愛新覺羅家族不斷壯大，為了細分，從嘉慶帝開始，又規定同輩同一世系的第二個字的部首要一致。例如咸豐帝名叫奕寧（詝），有同父異母兄弟奕訢等，他們的名字的第二個字都是「言」部。慶親王奕劻，由於不是道光帝的兒子，所以是「力」部。

　　清朝根據血緣關係的遠近，大致上分成宗室與覺羅兩部分。

　　宗室，是指努爾哈赤的父親塔克世的直系子孫，也就是努爾哈赤和其兄弟的後裔，包括塔克世系、努爾哈赤系、皇太極

系、福臨系、玄燁系、胤禛系、弘曆系、顒琰系、旻寧系、奕詝系、載淳系、載湉系、溥儀系。

覺羅，是指清興祖福滿與景祖覺昌安的後世子孫，還有塔克世兄弟的後裔，包括福滿系、覺昌安系。宗室系黃帶子，覺羅系紅帶子，來顯示貴族的身份和地位。

宗室又根據與皇帝血緣關係的遠近，分成近支與遠支。近支是指皇帝的直系後裔，以及當朝皇帝兄弟的子女；其他各支是遠支。宗室由於犯罪而被革退者改為束紅帶子；覺羅由於犯罪而被革退者改為束紫帶子。

遷徙分佈

由於愛新覺羅這一姓氏是皇族，因此有定期修訂的皇族族譜，資料極為詳細，皇族的族譜叫作「玉牒」。中國歷代王朝都有玉牒，但唯一系統保存到現在的皇族族譜只有清代的。清朝從順治十八年起，總共纂修玉牒二十八次。因此愛新覺羅的後裔遷徙分佈情況是極為清晰的。

清朝入關前，在清太宗皇太極時期，皇族成員大約有一百人；到清世祖順治皇帝時期，皇族成員為四百一十九人；到清聖祖康熙皇帝時期，皇族成員約為四百九十人；到清世宗雍正

皇帝時期，皇族成員已超過一千人；到嘉慶皇帝時期，皇族已接近四千七百人；清朝滅亡之後，二十世紀三十年代，皇族後裔已超過兩萬人。

根據《愛新覺羅宗譜》，愛新覺羅家族在三個多世紀當中，宗室的後裔有八萬多人，覺羅後裔有近六萬人，整個愛新覺羅家族總共有後裔接近十四萬。

但在二十世紀三十年代之後，愛新覺羅家族逐漸衰落，族人流散各地，再也沒進行過族譜的修訂，血緣逐漸變得複雜。據估計，現在愛新覺羅氏有三十萬至四十萬人，分散到全國各地，但很多人已經改姓了。

愛新覺羅姓名人堂

大清開國之君：愛新覺羅‧皇太極

愛新覺羅‧皇太極，清太宗，清太祖愛新覺羅‧努爾哈赤第八子，滿族。努爾哈赤死後，皇太極受到推舉繼承汗位。繼位後，皇太極限制了滿族的一些特權，改善漢人的生存條件，發展農業生產，學習漢族的文化，同時強化中央集權，鞏固大汗的權位，仿明朝官制與行政組織機構，設內三院、六部，建立起一套比較完備的國家機構。為了增強兵力與兵源，增編「八

旗漢軍」與「八旗蒙古」，並將老滿文改造成為新滿文，使得滿文更加完善。

皇太極承襲父志，一心想要入主中原，取代明朝的統治。他一面與明朝議和，一面多次入關，搶奪明朝的大批人畜、財物。一六三六年，皇太極改後金為清，在瀋陽稱帝，年號崇德。為此後大清迅速擴張並最終入主中原，打下堅實基礎。

康熙大帝：愛新覺羅．玄燁

愛新覺羅．玄燁，廟號清聖祖，年號康熙，是清世祖福臨的第三子，康乾盛世的開創者，是一位非常有作為的君主。康熙帝在位期間，先後平定三藩叛亂，收復台灣，阻止了沙俄的進一步擴張，親征準噶爾，使得邊疆穩定，開創了康乾盛世的大局面，是一位英明的君主，偉大的政治家。

血脈共性

愛新覺羅氏曾是馬背上奪得天下的皇族，擁有堅強不屈，敢打敢拚的精神，而在奪取天下後，又能及時轉變策略，安撫漢人，實現了較長階段的安定治理，具有很強的變通能力。

少年抗清英雄之姓 —— 夏

姓氏溯源

夏姓源於姒姓，是夏王朝大禹的後裔，屬於以國名為氏。公元前十一世紀，周朝滅商後分封諸侯，夏禹的後裔東樓公被分封到了杞，是為杞侯。到杞簡公時，被楚國滅掉。簡公的弟佗（本姒姓）逃奔到了魯國，魯悼公因他是夏禹的後裔，封地讓其為侯，稱為夏侯，其後裔以夏為氏，稱夏氏，是為河南夏氏始祖。

第二個源頭是源於媯姓，源自舜帝的後裔媯滿創立的陳國，其第十六位君主是陳宣公杵臼，其庶子字子夏，他的孫子以祖父的字為姓氏，後沿襲夏氏到今天，屬於以先祖名字為氏。

第三個源頭還是姒姓，出自古代夏、商、周時代的官職大司樂。相傳大禹的兒子啟從九天偷來天庭之樂，從此人間才有了音樂。後來大夏就成為官職名稱，即大司樂。這一支夏氏屬於用官職稱謂為氏。

遷徙分佈

夏姓發源於如今河南、安徽等地境內。早期在中原一帶繁衍，並向西、北方向擴展。春秋時，夏征舒的後人夏齒、夏區夫都在陳國擔任大夫，夏禦寇擔任齊國大夫。秦、漢時期，江

西、江蘇、浙江等南方地區都有夏姓族人遷入。

在魏晉南北朝之際，浙江夏姓族人極為昌盛，所以有夏姓為會稽郡望之說，始祖是西晉名士夏統。宋、元、明、清時代，夏姓的支脈延伸非常廣，以江南一帶為繁衍的望地。

如今夏姓族人在全國各地均有分佈，且以江蘇、浙江兩省為多。

夏姓名人堂

明末詩人也抗清：夏完淳

夏完淳，松江華亭（今上海松江）人，其父夏允彝是江南名士。夏完淳受父親的影響，崇尚名節，忠義無雙。他天資聰穎，五歲讀經史，七歲能詩文，九歲寫出《代乳集》。他曾拜陳子龍為師，在文章氣節方面，深受這兩位名士的熏陶。

崇禎十七年春，農民起義軍席捲整個北方，夏完淳自稱是「江左少年」，上書四十家鄉紳，請發義兵援助皇帝。清順治二年，清兵進軍江南，夏完淳時年十四，隨父、師在松江起兵抗清。兵敗後，夏允彝投水自殺，夏完淳追隨陳子龍與太湖義軍繼續抗清。

順治四年春，明魯王賜謚夏允彝為「文忠」公，並授予夏

完淳為中書舍人。後來，夏完淳被明軍降將洪承疇抓住。洪承疇親自審訊並勸降，夏完淳假裝不知道眼前的人就是洪承疇，並且大讚洪承疇忠義。當左右差役告訴他堂上的「大人」就是洪承疇時，夏完淳越發聲色俱厲地說：「亨九先生為國捐軀已久，天下人都知道，天子曾經親自祭拜七壇來悼念。你是何等逆徒，敢冒充他，以玷污他的忠魄！」洪承疇很是慚愧，無言以對。

夏完淳雖死，卻成為千古傳頌的忠臣。

明朝唯一一個上柱國：夏言

夏言，字公謹，號桂洲，明江西貴溪人，正德進士，被授予行人官職，後來陞官為兵科給事中。嘉靖七年，夏言調任吏部，深受明世宗皇帝的賞識。嘉靖十年，夏言被提拔為少詹事兼翰林學士掌院士，隨後升任禮部左侍郎，仍舊掌管翰林院。嘉靖十五年擔任禮部尚書兼武英殿大學士，入內閣，為首輔執政。嘉靖十八年，夏言加官為少師，特進光祿大夫、上柱國。整個明朝，只有夏言一人擔任過這一官職。

接替夏言擔任禮部尚書的嚴嵩，原本與夏言以同鄉相稱，表面上對夏言十分恭謹，內心卻非常嫉恨夏言，他利用夏言與

皇帝及武定侯郭勳等人的矛盾，不斷陷害夏言，並勾結宦官一起說夏言的壞話。夏言後來被罷官，嚴嵩利用夏言支持收復河套地區這一把柄，誣陷夏言意圖勾結邊關將領，有謀反嫌疑，致使夏言被殺。

嚴嵩倒台後，夏言家人上書伸冤，明穆宗為其昭雪，並下詔恢復其官爵。夏言有《桂洲集》及《南宮奏稿》傳世。

血脈共性

夏姓族人始終都在為國著想，堅持自己的主張與信仰，與惡勢力不斷鬥爭，不惜犧牲自己的生命，是堅定的戰士，血脈當中流淌著不屈的血液。

大明海洋生物學家之姓——屠

姓氏溯源

屠姓是一個十分古老的姓氏，最早可追溯到上古蚩尤時期。和悠久的歷史相比，屠姓的源流卻相對不多。相傳古時候有人專門以屠宰為業，且春秋時期，有一種官職叫作屠人，就是專門負責牲畜屠宰的官員。屠人的後代中便有以此職業為氏，稱屠氏的。

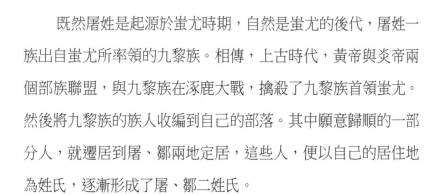

　　既然屠姓是起源於蚩尤時期，自然是蚩尤的後代，屠姓一族出自蚩尤所率領的九黎族。相傳，上古時代，黃帝與炎帝兩個部族聯盟，與九黎族在涿鹿大戰，擒殺了九黎族首領蚩尤。然後將九黎族的族人收編到自己的部落。其中願意歸順的一部分人，就遷居到屠、鄒兩地定居，這些人，便以自己的居住地為姓氏，逐漸形成了屠、鄒二姓氏。

遷徙分佈

　　屠姓最早的起源，就是遷居屠、鄒兩地的九黎族的後裔，即屠姓起源於山東。在當今，屠姓在全國分佈較廣，尤以浙江、江蘇、安徽等省人口較多。

屠姓名人堂

海洋生物學家：屠本畯

　　屠本畯，字田叔，又字豳叟，號漢陂，晚年自稱憨先生、乖龍丈人等，浙江鄞縣（今寧波）人，明朝萬曆年間的海洋生物學家。

　　他出身於官宦世家，卻不好名利，喜歡讀書，屬於活到老學到老的那種人。明中葉以後，好學的他通過調查研究，著有《野菜箋》、《閩中荔枝譜》、《離騷草木疏補》等書。內容

涉及植物、動物、園藝等廣闊領域。其中《閩中海錯疏》全書分為三卷，共記載福建沿海海產動物約二百種（包括少數淡水種類），以海產經濟魚類為主，是中國最早的海產動物誌。

在明朝以前，中國的動物學知識主要散見於各種醫藥學、農學著作中，並沒有形成一門獨立、系統的科學。在這種歷史條件下，屠本畯是中國最早用自然分類概念寫出一部海產著作的人，這些著作在生物學史上意義非凡。

明朝賢臣：屠勳

屠勳，明朝大臣。字元勳，號東湖，浙江平湖人，後居浙江秀水（今嘉興），明朝官員。其人天資穎敏，少年時已學貫經史，在整個鄉里很是出名。累官至南京大理寺寺丞，進少卿。初到南京時，恰巧漳州溫文進煽動作亂，屠勳奉命前往處理此事，使事態迅速平息。屠勳此人十分好學，雖然公務繁忙，仍不放棄讀書。他擅長詩文，著有《太和堂集》（又名《家藏集》）六卷、《東湖內奏》一卷、《東湖遺稿》十二卷、《屠康僖公集》。

正德三年，宦官劉瑾專權，屠勳不屈從他，使劉瑾對他懷恨在心，欲加以報復。不得已之下，屠勳托病還鄉，之後被加封太子太保。死後贈太保，諡號康僖。

血脈共性

屠姓一族最早可追述到上古蚩尤時期，在春秋時期又有因職業名稱得姓的另幾個主要分支。雖然起源不同，可從他們的族人身上卻能夠看出一個共同的特點：屠姓後人通常都為人謹慎，剛正不阿，且要麼勇武過人，要麼在學術、藝術等方面有絕佳天賦。

封建帝制結束，亂世的弄潮兒之姓

中國古籍中有「封建」一詞，它的意思是「封國土、建諸侯」。顯然，「封建社會」中的「封建」二字便是這個詞。中國持續了兩千多年的封建社會，終於在清朝末期逐漸被打破。一九一一年辛亥革命爆發，徹底結束了中國的封建君主專制制度。

辛亥革命無論在政治上還是思想上，都給中國人民帶來了不可低估的解放作用。革命使民主共和的觀念深入人心。反帝反封建鬥爭，以辛亥革命為新的起點，更加深入、更大規模地開展起來。

那麼，從清朝末期開始，一直到共和國建立之前的這一段時間裡，那些亂世中的弄潮兒們，都是哪個姓氏族群的後裔呢？

清末重臣之姓——曾

姓氏溯源

曾姓是黃帝軒轅氏的後裔，夏禹王（禹姓姒氏）的六十三代孫。相傳，黃帝的第二十五子是昌意，昌意生下了顓頊，顓

項生下鯀，鯀生禹。堯命禹的父親鯀治理洪水，而鯀治水長達九年卻無效果。舜繼承堯之位後，仍命鯀治理水患，結果勞民傷財，水患依舊沒能解決，於是在羽山殺掉了鯀，舜接下來命令鯀的兒子禹繼續治水。

禹受命後，耗時十三年，三過家門而不入，採取疏導方法，最終消除水患。由於禹獲得重大功績，舜便讓其繼任其位。大禹死後，大禹的兒子啟殺掉公推的繼承人伯益，建立了第一個奴隸制國家夏。

後來王位傳到啟的後代少康手中時，少康封自己的次子曲烈為甑子爵，在甑建立了鄫國，成為鄫國的始祖。古代以封地為氏，曲烈從此為鄫氏。

鄫國歷經夏、商、週三代，沿襲了將近兩千年，直到公元前五六七年才被莒國滅掉。此時，懷著亡國之痛的太子巫逃到附近的魯國，並在魯國當官。其後代就用原本的國名「鄫」為氏，後來去掉「阝」旁，表示離開了故城，稱曾氏，這是曾氏得姓的最早來歷。後人尊巫為曾氏始祖。

曾參是巫的直系後代，拜孔子為師，是孔子的得意弟子之一，曾參收孔子的孫子孔汲為徒，孔汲後來收孟子為徒，因此

曾參是孔孟學派承上啟下的重要人物，在儒家發展史上有重要地位，因此很多曾姓族人將曾參看作是曾姓始祖。

遷徙分佈

曾姓起源於今山東省蒼山西北一帶。春秋時期，逃到魯國的曾姓後代在魯國做官，並且從此在魯國繁衍生息，同時逐漸向周圍地區遷徙，使得曾姓族人在山東、河北等地大量繁衍。西漢時期，有部分族人遷徙到扶風、冀州、青州一帶。

西漢末年發生王莽之亂，曾姓部分族人從山東遷徙到廬陵的吉陽，廬陵於是成為曾氏望族的中心，隨後在東漢末年，因為累官或戰亂等原因，不斷遷移，逐漸分佈到今山東、河北、湖南、陝西、江西、廣東等省，且因人口眾多而形成了幾個大家族。魏晉南北朝時期，戰亂頻繁，曾姓向南遷徙，大量進入南方，在唐朝前基本遍佈全國。近代又逐漸分佈到東南亞、歐洲等地。

曾姓名人堂

洋務運動的發起者之一：曾國藩

曾國藩，原名子城，字伯涵，號滌生，漢族，道光進士，晚清重臣，湘軍的創立者與統帥。他是清朝洋務派成員，晚清

「中興四大名臣」之一，官至兩江總督、直隸總督、武英殿大學士，封一等毅勇侯，諡文正。嘉慶十六年，曾國藩出生在一個普通的耕讀家庭當中。兄妹九人，曾國藩是長子。咸豐二年，曾國藩為母親守孝。此時太平天國運動已席捲大半個中國，清政府多次頒發鼓勵民間興辦團練的命令，曾國藩趁機在自己故鄉湖南依靠同鄉、師生關係，組建了一支悍勇之師 —— 湘軍。後湘軍開始與太平軍作戰，苦戰十年，最終徹底擊敗太平軍，成為清政府剿滅太平軍的頭號功臣。

曾國藩不但官場得意，戰功卓絕，而且文學成就也不俗，更是一位理學家，主張理、辭章、考據三者並重。

北宋詩人：曾鞏

曾鞏，字子固，南豐（今屬江西）人，北宋文學家，諡為文定，世稱南豐先生，「唐宋八大家」之一。

曾鞏十八歲時，赴京趕考，因其擅長策論，與當時流行的文體有些差別，所以屢試不中。可喜的是，在這一時期，他結識了王安石與歐陽修。後來又考取了進士。曾鞏任太平州司法參軍，以明習律令，量刑適當而聞名。嘉祐五年，他被歐陽修舉薦為館閣校勘、集賢校理，並理校出《說苑》、《新序》、

《梁書》、《陳書》、《唐令》、《戰國策》、《列女傳》、《鮑溶詩集》和《李太白集》等大量古籍。

此外，曾鞏還是北宋詩文革新運動的積極參與者，也是宋代新古文運動的骨幹。他擅寫議論性散文和記敘性散文，他的散文細緻入理，氣勢磅礡，卻不露鋒芒，被世人所推崇。今有《元豐類稿》和《隆平集》傳世。

血脈共性

曾姓是一個非常注重仁孝忠義的姓氏，曾姓的始祖曾參作為孔子的得意弟子，十分注重孝道、修身、慎獨、忠恕等為人處世原則，對誠信、孝敬等品格極為看重。曾國藩雖然殺戮深重，甚至被稱為「屠戶」，但始終對忠義、修身之道有執著追求，以經世濟民為己任，為此奮進一生。

清末禁煙英雄之姓——林

姓氏溯源

林姓源自子姓，血緣始祖源自忠臣比干，比干後被暴君紂王挖心而死，他的夫人逃走並生下了一個兒子。周武王姬發擊敗紂王滅商後，賜比干的兒子林姓，並分封其在博陵，他就是

林堅，是林姓得姓始祖。林堅的子孫後來逐漸形成了著名的西河郡、濟南堂、下邳、晉安等望郡，是林姓最大派系。

林姓中有一支源於姬姓，源自周平王的世子姬開，屬於用先祖的名字為氏。周平王姬宜臼有一個庶子叫開，字林，其子孫以字為氏，稱為林氏。由於周平王在洛陽定都，所以這支林氏源自河南，也就是河南林氏。

由官職得姓的姓氏中也有一支林氏，來自於西周時的官吏林衡，屬於以官職稱謂為氏。林衡，也叫林人，是西周中期設置的官名，主要掌管林木，負責植樹造林等，其子孫中，有用先祖官職稱謂作為姓氏者，稱為林衡氏、林史氏、林丞氏、林役氏，後來逐漸簡化為林氏，世代相傳至今。

遷徙分佈

林姓是大姓，橫跨多個民族，人口約一千六百萬。先秦時期，林姓活動在黃河以北、太行山以東的區域，東周之後，林姓已散佈到了甘肅、陝西、山西等地。秦漢時代，濟南林氏始終佔據林姓的主體地位。兩漢、三國、兩晉與南北朝時期，北方戰亂，中原混亂，林姓隨中原居民朝周圍遷移，此時的林姓族人已經抵達四川等西南地區，江浙等東南地區。

到了西晉末年，林姓已經到達江南，越過南嶺以及武夷山，進入兩廣與福建地區。唐朝兩次從河南出發南下抵達福建，大批林姓人氏定居閩南，林姓中心開始轉移到東南沿海。現在林姓是福建省第一大姓；在廣東省，林姓是重要的大姓，此外在韓國也有一百多萬林姓人氏。

林姓名人堂

偉大的禁煙英雄：林則徐

林則徐，字元撫，一字少穆，諡號文忠。他是唐朝莆田望族九牧林的後裔，一七八五年生。林則徐被稱為中國近代「睜眼看世界的第一人」（著名思想家魏源的評價），偉大的愛國主義者。他在道光十八年作為欽差大臣赴廣東禁煙，在虎門銷毀了收繳上來的鴉片約兩百三十七萬斤，取得禁煙運動的偉大勝利，名振中外。後來在鴉片戰爭時期，他主張嚴禁鴉片、抵禦侵略，有「近代中國的第一人臣」的讚譽。

現代小說家：林語堂

林語堂，中國現代著名作家。福建龍溪（今漳州）人，出身貧窮牧師家庭。原名和樂，後改玉堂，又改語堂。早年曾經留學國外，回國後先後在北京大學、廈門大學等名校任教，

一九七六年在香港逝世，終年八十一歲。林語堂在中國古典文學方面有紮實的功底，又有非常高的英文造詣，他一生筆耕不輟，著作等身。林語堂在一九四零年和一九五零年兩次獲得諾貝爾文學獎提名。

著作有小說《京華煙雲》、《啼笑皆非》、《紅牡丹》，散文和雜文文集《人生的盛宴》、《吾國與吾民》、《有不為齋文集》、《優遊人間》等，還出版了大量教育著作與譯著。

血脈共性

林姓習慣為天下蒼生著想，為民族國家人義，即使身處險境，也要奮力拚搏，鞠躬盡瘁。比干為國家直言進諫，最後被紂王殺害；林則徐為了國家大義，為了百姓免受鴉片荼毒，不顧國內外的巨大阻力，銷毀鴉片，並積極備戰，給侵略者以迎頭痛擊。最後被清政府流放，但依舊心繫國家。這是一種偉大的品格，也是了不起的血脈共性。

清末工商實業家之姓——祝

姓氏溯源

祝姓源自姬姓，是一個十分古老的中國姓氏。相傳，自周

武王分封黃帝後裔，其中一支因封地稱謂而得氏，屬於以國名為氏。祝國在春秋初年就被齊國吞併，成為齊國的一個邑。祝國子孫於是以國名為氏，世代相傳至今。

另一個源頭是任姓，其先祖是黃帝後裔顓頊的孫子重黎，是高辛氏火正，屬於以官職稱謂為氏。重黎當火正後，功勞很大，帝嚳封他為祝融。後來，共工氏叛亂，重黎前去鎮壓沒有成功，帝嚳殺掉了重黎，讓重黎的弟弟吳回接任其官職。重黎死後，其子孫以先祖官職為姓氏，而吳回的子孫當中，也有以先祖官職為姓氏的，皆稱祝融氏，後簡化為祝氏，這是祝氏的主源，史稱祝氏正宗。

第三個源頭也是源於官位，源自古代主管祭祀活動的祭司，屬於以官職為氏。古代專門負責部落、氏族的祭祀活動，通鬼神、問吉凶的官職是「巫祝」。在古代氏族社會、奴隸社會、封建社會早期，巫祝的社會地位極高，大多都是世襲，因此其子孫中很多以官職為氏，稱祝史氏、祝司氏、祝師氏、巫史氏等等，後多簡化為祝氏，世代相傳至今。

在少數民族漢化過程中，鮮卑、滿族均有人改為祝姓，這也是祝姓的來源之一。

遷徙分佈

祝姓發源於如今的山東長清，西周、東周兩代祝姓除了在發源地繁衍之外，由於為官等原因，逐漸來到今陝西、河南等地。等到東漢時期，祝姓已經成為北方名門望族之一。魏晉南北朝時期，河南、太原兩地的祝姓繁衍極為昌盛，人丁興旺。這一時期，由於戰亂頻繁，大量祝姓人氏遷徙到今安徽、江蘇、浙江、江西等地。

晚唐時期，中原戰亂不斷，祝姓由河南躲避到湖北，或是從陝西翻越秦嶺進入四川。兩宋時期，祝姓在北方陷入衰落，但南方的祝姓卻逐漸興盛。明清兩代，祝姓流動頻繁，基本遍佈全國。現在安徽、四川等省，祝姓人數最多。

祝姓名人堂

中國近代實業家：祝大椿

祝大椿，字蘭舫，是晚清著名的實業家，上海灘工商業界的著名人物。祝大椿幼年喪父，生活貧苦，幾乎沒上過學，在舊鐵行當學徒。他在店裡一面鑽研業務，一面補習各種文化知識，滿師後對五金經營業務極為熟悉。光緒十一年左右在上海蘇州河附近開設源昌號，專營進口煤鐵五金，兼營拆解、販賣

舊輪船，出售舊機器、舊鋼鐵等。由於他專於經營，並恪守信用，贏得很多外商信賴，所獲利潤頗豐。

上海的各家洋行的買辦都非常賞識祝大椿，還聘請他進入怡和洋行擔任執行買辦（即代辦），這讓他如虎添翼。他充分利用自己的關係和條件，開辦多家工廠。

自一八九八年起，陸續開設源昌機器碾米廠、華興麵粉公司等。由於創業有功，一九八零年他獲賜二品頂戴，並被清庭聘為顧問，成為一名紅頂商人。除了積極投身商業，他還熱心興辦教育，在多地創立了大量學校。

二十世紀二零年代，祝大椿在一次股票投機中，買入一批橡皮股，結果損失極為慘重，幾經變賣資產，才脫離困境。晚年，祝大椿任上海總商會董事，並投身慈善事業。

吳中四才子之一：祝允明

祝允明，字希哲，號枝山，長洲（今江蘇蘇州）人，明朝文學家、書法家。在參加科舉考試後，他成功考中舉人，曾任廣東興寧知縣，應天府通判。他博覽群書，在書法上頗有造詣，小楷、狂草無一不精。與唐寅、徐禎卿、文徵明並稱為「吳中四才子」。他著有《懷星堂集》等。

血脈共性

祝姓的先祖基本都是為官出身，有較強的洞察力和隨機應變的能力，因此祝姓後人往往能夠在不同的環境當中及時調整自己，讓自己能夠迅速適應這個環境，並做出成就。即便是身處逆境當中，祝姓族人也能從容鎮定，走出瓶頸期。

民國初期維新志士之姓──譚

姓氏溯源

譚姓是一個古老且多源流的中國姓氏，其來源之一是古代西南的少數民族。巴南六姓當中有譚氏，自稱是盤古的後裔，這支譚氏主要分佈於雲南、貴州。第二個來源是嬴姓。秦朝亡後，嬴姓為避戰亂，其中一支遷徙到巴地。遷到巴地的嬴姓中有一支便改姓為譚。第三個來源是姒姓，周朝初年，周武王姬發分封諸侯時，把大禹的姒姓子孫封在譚，建立譚國，屬於子爵國，因此稱譚子。

譚國國勢一直不盛，是齊國的附庸國。齊桓公小白登上國君之位前，曾流亡到譚國，譚國國君不以禮相待，待齊桓公登位後，又不派人送禮祝賀，因此與齊國交惡，後被齊國滅國。

亡國後，譚國後人就以國名為姓氏。此外瑤族與蒙古族都有人改姓譚。

遷徙分佈

先秦時期，譚姓的主要活動區域是山東與河南。經過秦、漢、晉、南北朝時期，譚姓已經繁衍到了全國各地。唐朝時譚姓已是湖南大姓，而且主體也從北方遷移到了華南地區。

唐、宋、元時期的幾次大移民及民族融合，南部的譚姓得到不斷的充實和發展，譚姓成為典型的南方姓氏。明清時期，山東地區的譚姓開始朝東北地區遷移，同時清朝滿洲八旗漢化過程不斷加速，形成了膠東以及遼東兩個半島的譚姓群體，最終形成了當前中國南北譚姓對峙分佈的局面。

譚姓名人堂

民國先覺：譚嗣同

譚嗣同，字復生，號壯飛，湖南瀏陽人，是近代著名思想家，維新志士。他認為中國要想實現強盛，必須發展民族工商業，學習西方資產階級政治制度。於是他公開提出廢科舉、興學校、開礦藏、修鐵路、辦工廠、改官制等變法主張，並撰寫大量文章抨擊清政府。

一八九八年他參與並領導了戊戌變法，失敗後被殺，年僅三十三歲。臨終時他還說：「有心殺賊，無力回天，死得其所，快哉！快哉！」他被譽為「戊戌六君子」之一。代表作品有《仁學》等。

明代抗倭名將：譚綸

譚綸，字子理，明江西宜黃人，抗倭名將、傑出的軍事家，曾官拜兵部尚書。譚綸自幼飽讀詩書，思維敏銳，智力過人，性格極為沉穩，有雄才大略，愛讀兵書。他在嘉靖年間考取進士，之後成為南京禮部主事。

不久，成為兵部郎中。此時倭寇逼近南京，大小官員都驚慌失措，將士不敢戰鬥。譚綸請求招募壯士五百，擊退了倭賊，以能用兵被朝廷所熟悉。嘉靖二十九年，浙江的倭犯猖獗，譚綸受命任台州知府。他招募了鄉兵千人，進行嚴格訓練，成為一支勁旅，並親自率兵大敗倭犯。三十七年四月，倭寇再次聚集數萬人攪擾台、溫、福、泉、漳等州，譚綸親自帶領精兵與倭寇大戰，三戰三捷。

此時，他與浙江僉都司、參將戚繼光，浙江總兵官俞大猷等人聯合，轉戰浙江沿海一帶，多次擊敗倭寇，到了嘉靖四十

年，浙江倭患得以基本平息，譚綸改任福建參政。之後，他官拜右僉都御史、福建巡撫，負責福建軍務，數次與倭寇交戰，為徹底清繳倭寇做出突出貢獻。

血脈共性

譚姓人始終懷揣著一顆為國為民、救亡圖存的心。為國忠心奮鬥一生，而且鍥而不捨，幾十年如一日地堅持，不管是成功還是失敗，都能始終如一，這是一種堅持不懈的偉大毅力，是留存在血脈中的不朽力量。

為保障您的權益，每一項資料請務必確實填寫，謝謝！

				性別	□男　□女
	年	月	日	年齡	

郵遞區號□□□

電話 | | E-mail | |

□國小　□國中　□高中、高職　□專科、大學以上　□其他＿＿＿＿＿

□學生　□軍　□公　□教　□工　□商　□金融業

□資訊業　□服務業　□傳播業　□出版業　□自由業　□其他＿＿＿＿＿

謝您購買　__你必須知道的百家姓故事__　與我們一起分享讀完本書後的心得。

必留下您的基本資料及電子信箱，使用我們準備的免郵回函寄回，我們每月將

出一百名回函讀者，寄出精美禮物以及享有生日當月購書優惠！想知道更多更

時的消息，歡迎加入"永續圖書粉絲團"

也可以使用以下傳真電話或是掃描圖檔寄回本公司電子信箱，謝謝！

真電話：（02）8647-3660　　電子信箱：yungjiuh@ms45.hinet.net

請針對下列各項目為本書打分數，由高至低5～1分。

	5 4 3 2 1		5 4 3 2 1
內容題材	□□□□□	2.編排設計	□□□□□
封面設計	□□□□□	4.文字品質	□□□□□
圖片品質	□□□□□	6.裝訂印刷	□□□□□

●您購買此書的地點及店名＿＿＿＿＿＿＿＿＿＿＿＿＿＿＿＿＿＿＿

●您為何會購買本書？

□被文案吸引　□喜歡封面設計　□親友推薦　□喜歡作者

□網站介紹　□其他＿＿＿＿＿＿＿＿＿＿＿＿＿＿＿＿＿＿＿＿＿

●您認為什麼因素會影響您購買書籍的慾望？

□價格，並且合理定價是＿＿＿＿＿＿＿＿　□內容文字有足夠吸引力

□作者的知名度　□是否為暢銷書籍　□封面設計、插、漫畫

●請寫下您對編輯部的期望及建議：